국역 동패락송 東稗洛誦 ❷

노명흠 지음
김동욱 옮김

보고사

이 책은 2012학년도 상명대학교 교내 학술연구비
지원(2012-A000-0012)으로 국역하였음.

책머리에

국역 《동패락송》(동양문고본)은 역자의 열 번째 국역물이다. 다른 경우의 번역도 다 마찬가지겠지만, 한문으로 기록된 원전을 우리말로 옮긴다는 것 또한 쉽지 않은 일임을 시간이 지날수록 더욱 절감하게 된다.

무르익지 못한 재주에 국역 초고를 바로 컴퓨터에 입력하다 보니, 갖가지 실수가 그대로 넘어가는 경우가 허다하다. 출력해서 보는 원고도 글자 따라 읽지 않고 대강의 내용으로만 읽다 보니, 건성건성 넘어가기가 일쑤다.

생경한 번역 투가 여기저기 눈에 띄고, 우리말도 꼴을 제대로 갖추지 못한 경우가 자꾸만 눈에 거슬린다. 그런 이유로 대가들도 선뜻 국역 전선에 나서지 않았던 것임을 뒤늦게 깨닫고, 실없는 웃음을 날릴 따름이다.

이번 《동패락송》(동양문고본)의 경우는 지난해 6월말 1주간 캐나다 UBC 아시아연구소 한국문학 분과에서 로스 킹 교수님을 비롯한 대학원생들과 더불어 윤독을 한 결과물이다. 윤

독회에 참여해준 각국의 학우들께 경의를 표한다. 그 초고를 박시내 박사께서 꼼꼼한 교정은 물론 윤문까지 해주어서 제법 안심이 된다. 여러 가지로 못마땅하게 여기면서도 선배 교수의 원고라 내키는 대로 수정하지 못한 곳도 많은 듯하다. 아직도 발견되는 실수가 있다면, 그런 경우로 생각해주기 바란다. 다시 한 번 박시내 박사의 도움에 고마운 뜻을 표하며, 자랑하고 싶다.

아울러 늘 한결같은 표정으로 흔쾌히 출판을 해주시는 보고사 김흥국 사장님과 부족한 원고를 정성껏 엮어 주신 편집부 오은아님, 표지 디자인을 해주신 윤인희님께 머리 숙여 감사의 인사를 드린다.

계사년 입춘일 안서골에서

김동욱 씀

《동패락송(東稗洛誦)》에 대하여

1. 《동패락송》은 18세기 후반에 남인인 노명흠(盧命欽, 1713
~1775)이 찬술한 야담집으로, 표제는 '우리 땅의 이야기를 되
풀이해서 외운다'는 뜻으로 붙인 말이다. 노명흠의 자는 천약
(天若), 호는 졸옹(拙翁), 본관은 교하(交河)이며, 과시(科詩)로
유명한 한원(漢源) 노긍(盧兢, 1738~1790)의 부친이다. 그는
1759년(영조 35) 47세의 나이에 진사가 되었다. 이 책이 완성된
시기는 저자의 몰년 직전인 1774년 전후로 추정된다.

노명흠은 35세까지 고조부 이래의 세거지인 청주에 머물면
서 문장으로 이름을 떨치다가 1747년경 상경하여 경화세족의
한 사람인 홍봉한(洪鳳漢, 1713~1778) 가의 숙사(塾師)가 되어
30년 가까이 지냈다. 그의 아들 노긍 역시 6년간의 유배생활
을 전후하여 홍문의 숙사로 지냈다.

홍봉한의 아우인 홍용한(洪龍漢, 1734~1809)은 노명흠의 전기
인 〈노졸옹전(盧拙翁傳)〉을 《장주집(長洲集)》(연세대 소장)에 남겼
고, 홍용한의 아들인 홍낙수(洪樂受, 1755~1819)는 〈동패락송서

〈東稗洛誦序〉〉와 노긍의 제문인 〈제노한원문(祭盧漢源文)〉을 《두계집(杜溪集)》〉(연세대 소장)에 남겼다. 홍봉한의 손자이자 홍낙임(洪樂任, 1741~1801)의 아들인 홍취영(洪就榮, 1759~1833)은 〈동패락송서〉·〈한원집서(漢源集序)〉·〈제한원문(祭漢源文)〉·〈노한원묘갈명(盧漢源墓碣銘)〉 등을 지었는데, 《녹은집(鹿隱集)》(삼성출판박물관 소장)과 노긍의 문집인 《한원집》 부록으로 남아 있다. 홍낙수의 아들인 홍직영(洪稷榮)은 〈동패락송발(東稗洛誦跋)〉을 지어 《소주집(小洲集)》에 남겼다.

18~19세기경, 서울에 세거하며 권력과 재력을 누리던 노론 벌열인 경화세족(京華世族)들은 가문간의 다양한 인연을 바탕으로 야담 자료를 공유하며 새로운 야담집을 찬술하거나 그 바탕을 마련해주었다. 특히 영·정조 시대 대표적인 경화세족인 풍산홍문(豊山洪門)을 중심으로 야담 관련 인맥이 복잡하게 얽혀 있다. 홍봉한은 《천예록(天倪錄)》을 찬술한 임방(任埅, 1640~1724)의 외손자이고, 《잡기고담(雜記古談)》을 찬술한 임매(任邁, 1711~1779)는 임방의 친손자이다. 임방과 동시대를 살면서 《해동이적(海東異蹟)》 등을 찬술한 홍만종(洪萬宗, 1643~1725)은 홍봉한의 증조부인 홍만용(洪萬容, 1631~1692)의 8촌 아우[三從弟]이다.

《계서잡록(溪西雜錄)》을 찬술한 이희평(李羲平, 1772~1839)의 고조부인 이집(李潗, 1670~1727)은 홍봉한의 장인이고, 그러한 인연으로 이희평은 1795년 홍봉한의 딸인 혜경궁 홍씨(惠慶宮洪氏, 1735~1815)의 회갑연에 참석하여 〈화성일기(華城日記)〉를 남기게 되었다. 또한 이희평은 금산부사(金山府使)로 재임하였던 1822~1826년경 인근의 선산부사(善山府使)로 있던 소론 명문 이형회(李亨會, 1770~1827)와 절친하게 지냈는데, 이형회는 《기리총화(綺里叢話)》를 찬술한 이현기(李玄綺, 1796~1846)의 부친이다.

한편, 홍봉한의 사촌형인 홍상한(洪象漢, 1701~1769)의 증손자인 홍한주(洪翰周, 1798~1868)는 《금계필담(錦溪筆談)》을 찬술한 서유영(徐有英, 1801~1874?)과 평생지기로 1832년 낙산시사(駱山詩社)를 결성하여 활동하였다. 서유영은 《천예록》·《동패락송》·《계서잡록》 등의 야담집에 빠지지 않고 등장하는 서성(徐渻, 1558~1631)의 7대손이다.

2. 《동패락송》은 현재 10여종 가량의 이본이 알려져 있다. ①연세대 도서관 소장본 1권1책(이하 '연세대본'이라 함.), ②이화여대 도서관 소장본 권2.(이하 '이화여대본'이라 함.), ③임형택 소장 경인본(絅人本) 권2.(이하 '경인본'이라 함.), ④일본 동양문고 소장본 2권2책(이하 '동양문고본'이라 함.), ⑤일본 천리대 도서관 소장본 1권1책(이하 '천리대본'이라 함.), ⑥한화그룹 아단문고 소장본 1권1책(이하 '아단문고본'이라 함.), ⑦경상대 문천각(文泉閣)

소장본 1권1책(이하 '문천각본'이라 함.), ⑧국립중앙도서관 소장본 《동패락송초(東稗洛誦抄)》(이하 '국도본'이라 함.), ⑨《동패락송 속(續)》 1책 등이 그것이다. 그밖에 현재 3종의 언해본이 알려져 있는 바, ⑩단국대 소장 나손본 《육신전(六臣傳)》 끝에 〈원싱몽유록〉과 더불어 필사본으로 전하는 《동패낙송》에 3화가, ⑪서강대 소장 《단편야담집(가제)》에 11편의 《동패락송》 자료가 언해되어 있고, ⑫국민대 소장 언해본 《동패낙송》에 8편이 필사되어 있다.

연세대본에는 78편, 이화여대본에는 현재 전하는 권2에 37편, 경인본에는 38편, 동양문고본에는 권건(卷乾)에 23편, 권곤(卷坤)에 34편 등 57편, 천리대본에는 114편, 아단문고본에는 36편, 문천각본은 동양문고본과 동일하게 57편이 수록되어 있으나 권의 구분이 없다. 국도본에는 60여 편의 자료가 수록되어 있으나 《동패락송》의 여타 이본과 관련된 이야기는 9편 정도이다. 다만 동양문고 소장 《동패락송속》 1책은 이가환(李家煥) 자신의 기록이 상당수 보이는 등 수록 내용의 성격이 다르다.

연세대본은 모두 79장으로 매면 12행 매 행 30~45자이며, 목록이 있고 필사 연대는 알 수 없다. 이화여대본은 모두 78장으로 매면 11행 매 행 18자로 균일하며, 목록이 있고(이 목록은 연세대본 목록 첫 장과 동일한 필체인데, 2편의 제목이 빠져 20편만 적혀 있음) 필사 연대는 알 수 없다. 경인본은 모두 61장으로 매면 12행 매 행 22자로 균일하며, 목록이 있고 필사 연도가 도광(道光)14년(1834, 순조34년)으로 밝혀져 있다. 천리대본은 모두 66장으로 매면 10행 매 행 31~35자이며, 목록이 없고 필사 연대도 알 수 없다. 아단문고본은 모두 67장으로, 홍취영의 〈동패락송서〉가 있다. 연세대본과 수록 순서가 동일하나 제12화(허적)가 누락되었고, 연세대본의 제67, 68, 69화가 이 책에는 제26, 27, 28화로 수록되어 있다. 문천각본은 모두 81장으로 매면 11행 매 행 24~25자이며, 필사 연대는 알 수 없다. 국도본은 모두 150장으로 매면 14행 내외, 매 행 40여 자 내외로 균일하지 않다. 《동패락송》의 여타 이본과 관련되는 자료로는 〈해풍군 정효준(海豊君鄭孝俊)〉〈관원희(官員戲)〉〈기읍 박성인(畿邑朴姓人)〉〈성 승지 삼문(成承旨三問)〉〈청의동자(青衣童子)〉〈치숙(癡叔)〉〈기우옹(騎牛翁)〉〈지리산 신인(智異山神人)〉〈이 좌랑 경류(李佐郎慶流)〉 등 9편에 불과하다.

이 가운데 본 번역의 대본인 동양문고본은 국내에 1990년 이우성(李佑成) 편 《동패락송 외 5종》(아세아문화사)에 천리대본과 함께 영인판으로 소개되었다. 동양문고본 《동패락송》은 모두 58장으로 매면 12행 대 행 33~39자이며, 목록이 없고 필사 연대도 알 수 없다. 각 편에 제목이 없으며 각 편이 시작될 때마다 항을 달리하여 첫머리에 동그라미를 그려 넣어 구별하는 방식을 취하고 있다. 이 책에 수록된 이야기들은 조선후기의 사회상을 다양하게 반영하고 있다.

　동양문고본과 여타 주요 이본들과의 관련 양상은 다음과 같다. 동양문고본의 제목은 이우성 편 《동패락송 외 5종》의 목차에 붙인 것을 그대로 따른다. 각 이본의 숫자는 그 책에 수록된 순서이다.

동양문고본		연세대본	천리대본	이화여대본
수록 번호	제 목			
권건 01	속현(續絃)	74		34
02	호서 이담(湖西異談)	75		35
03	두신(痘神)	76		36
04	김 장군 덕령(金將軍德齡)	01	01	
05	임 장군 경업(林將軍慶業)	02	02	
06	가평 교생(嘉平校生)	04		
07	장 도령(蔣都令)	05	04	
08	완강(頑强)	10		
09	고담(古談)	11	08	
10	허 상국(許相國)	12		
11	소설(掃雪)	40		
12	일타홍(一朶紅)	39	28	
13	청풍김씨 제사(淸風金氏祭祀)	38	27	

동양문고본		연세대본	천리대본	이호·여대본
수록 번호	제 목			
14	완승(頑僧)	37	26	
15	아공자(啞公子)	36	25	
16	관원희(官員戲)	35	24	
17	마(馬)	34		
18	노 옥계(盧玉溪)	33		
19	염(鹽)	31		
20	순흥 만석꾼(順興萬石君)	30		
21	광작(廣作)	29	22	
22	낙동강변 박성촌(洛東江邊朴姓村)	28	21	
23	납채선(納采扇)	27	20	
권곤 01	아기씨(阿只氏)	25		
02	아환비(丫鬟婢)	23		
03	재신옹(載薪翁)	13	09	
04	지례 김 별감댁 비(知禮金別監宅婢)	14		
05	청의동자(靑衣童子)	16	11	
06	치숙(癡叔)	17	12	
07	기우옹(騎牛翁)	18	13	
08	지리산 신인(智異山神人)	19	14	
09	이 좌랑 경류(李佐郎慶流)	21	16	
10	궁마직(宮馬直)	41		01
11	금산기(錦山妓)	42		02
12	묘(墓)	43		03
13	연도(戀盜)	44		04
14	청참이이첨소(請斬李爾瞻疏)	45		05
15	김 창의사 부인(金倡義使夫人)	46		06
16	혼벌(婚閥)	51		11

동양문고본		연세대본	천리대본	이화여대본
수록 번호	제목			
17	수원 이동지(水原李同知)	52		12
18	신문외 서생(新門外書生)	53		13
19	차태(借胎)	54		14
20	조보(朝報)	55		15
21	염희도(廉希道)	56		16
22	광주 경안 정생(廣州慶安鄭生)	57		17
23	유기장 서(柳器匠婿)	58		18
24	서 약봉 기일(徐藥峰忌日)	60		20
25	모녀 신행(母女新行)	61		21
26	진안 좌수(鎭安座首)	62		22
27	이 일재(李一齋)	63		23
28	관상(觀相)	67		27
29	걸객(乞客)	68		28
30	척검(擲劍)	69		29
31	사대부 별업(士大夫別業)	70		30
32	적서형제(嫡庶兄弟)	71		31
33	상죄(償罪)	72		32
34	칠곡옥사(柒谷獄事)	73		33

    3. 18세기 초에 찬술된 ≪천예록≫과 18세기 말에 찬술된 ≪동
패락송≫은 앞서 밝혔듯이 긴밀한 관계에 있으면서도 다루는
방식의 성격이나 문체상에 상당한 차이가 있는 것으로 보인다.
김영진이 조선후기 사대부층의 야담 창작과 향유의 양상을 검
토하는 가운데 "전반적으로 ≪천예록≫의 내용이 번다·장황하

다면, 《동패락송》은 이에 비해 간략하다.”고 한 이후로 남궁윤은 두 야담집에서 이야기를 다루는 방식이 성격상 다름을 다음과 같이 말하였다.

　　《천예록》의 비현실성은 그 자체가 현실성 있다는 방식이었으며, 《동패락송》의 현실성은 비현실까지 현실로 끌어들이는 방식이었다. 전자가 비현실을 향한 현실이라면, 후자는 비현실의 현실적 표현이라고 할 수 있다. 이에 《천예록》은 비현실의 문제에 따른 현실과의 거리를 좁히기 위해 현실적 증명이란 방식을 사용하였다. 따라서 읽는 이는 비현실과 현실의 문제를 당연하게 의식하게 되었고, 《천예록》이 비현실적으로 느껴졌던 것이다. 반면 《동패락승》은 비현실과 현실의 서사적 거리가 이미 가까워져 있었다. 이 때문에 《동패락송》의 비현실적 상황들은 장황하게 표현될 필요 없이, 간단·명료한 서사로 구축될 수 있었다. 또한 《동패락승》을 읽는 이는 이야기에 내재된 비현실적 상황을 가깝고 친근하게 반응하게 되어, 이야기를 현실적으로 느꼈던 것이다.

　　이강옥은 이 두 야담집의 차이를 ‘사대부 글쓰기’와 ‘구연 분위기를 살린 기록’으로 다음과 같이 설명하였다.

　　가문 이야기판을 바탕으로 한 《동패락송》은 비교적 구연의 분위기를 많이 살렸다는 인상을 준다. 그 점은 《동패락송》의 가

장 중요한 참고서적 중 하나였을 《천예록》과 비교할 때 더 분명
해진다. 《천예록》이 사대부 글쓰기의 성격이 강한 반면, 《동패
락송》은 구연의 환경을 어느 정도 살리고 있다. 《동패락송》은
기록 한문의 번다함을 생략하고, 스토리 흐름을 흐트리지 않으
려고 서사를 초점화하였다. … 문인의 文飾이 뚜렷한 《천예록》에
비해 《동패락송》의 문면에서는 口氣가 강하게 느껴진다.

요컨대, 《동패락송》의 이야기 서술방식이 《천예록》에 비
해 한층 현실지향적이며, 그에 따라 문체도 《천예록》과는 달
리 이야기판에서 구연하는 말투가 상당히 반영되어 있다는 지
적이다. 《동패락송》의 이러한 특징은 실제로 노명흠의 이야
기판에 참여하였던 홍씨일문의 구성원들이 쓴 노명흠의 전기
나 《동패락송》의 서발문에도 잘 드러나 있다. 홍용한의 〈노졸
옹전〉에서는 이렇게 말하였다.

우리 형제 숙질이 한 동네에 살았으므로 날마다 서로 모여 각
자 보고들은 것을 가지고 졸옹에게 물으면, 졸옹은 남김없이 이
야기해주는데 지루한 기색이 없었다. 물러나서는 졸옹의 사적인
일을 살피니, 고금의 오묘한 말 기이한 문자를 파헤치고 모아 침
식도 잊은 채 바늘 끝처럼 세세하게 기록하여 책으로 만드느라
많은 힘을 소진하였다. 그렇듯 널리 꿰뚫어 알아 뱃속에 담아두
었으니 평상시의 멋진 말들이 모두 거기서 나온 것이다. 비록 패

설과 잡다한 기록이라 할지라도 또한 근거가 있어 즐길 만하였다.

홍낙수는 〈동패락송서〉에서 이렇게 말하였다.

졸옹 노공은 유자로서 학문을 깊이 닦아 지식을 넓히며 60년 동안 부지런히 힘써, 위로는 경전으로부터 아래로는 국사와 야사에 이르기까지 섭렵하지 않은 것이 없었다. 시문을 짓는 여가에 세속에 떠돌아다니는 이야기 백여 종을 모아 엮어 한 책으로 만들었는데, 그 가운데에는 놀랄 만한 것, 괴이한 것, 기이한 것, 통쾌한 것 등 여러 가지 다른 것들이 다 들어 있다. 이름 하여 《동패락송》이라고 하였다. 이들은 모두 증빙할 수 있는 것으로 유서 깊은 세족의 집안에서 평소 전해오던 것으로부터 나왔으니, 심심풀이 혹은 잠을 물리치기 위해 일시에 지어낸 황당무계하거나 귀신을 찾는 이야기와는 다른 것이다.

1818년에 홍취영이 쓴 〈동패락송서〉에서는 다음과 같이 말하였다.

예로부터 야담집은 날조한 것을 주워 모으고 참과 거짓이 뒤섞여 참으로 괴이한 귀신 이야기나 상도에 어긋난 이야기가 아니면 대부분이 외설스럽고 비윤리적인 이야기로, 비록 일시의 즐거움을 줄지는 모르나 대개 우스갯소리로 그치고 만다. 그러나 이 책에 기록된 유명한 정치가나 위대한 학자, 훌륭하고 씩씩

한 인물이나 지조 있고 의기로운 인물로부터 연단하는 도사, 절개를 지키는 기생, 신선, 귀신, 별자리를 맡은 나무꾼, 시해한 거지의 이러저러한 기이하고 위대한 자취, 신령스럽고 괴이한 기록에 이르기까지 다 명확한 근거가 있어 제멋대로 지은 것이 아니니, 절대로 없는 것을 있는 듯이 만들어 냈다는 의심은 없는 것이다. 그러니 역사에 빠진 것을 보충하고, 예술계에서 필요한 것을 모으는 것으로 갖출 만하며, 유교의 가르침을 보완하고 듣고 기록할 거리가 됨이 적지 않다.

《동패락송》의 야담사적 의의에 대해 임형택은 다음과 같이 평가하였다.

야담이란 우리 고유의 서사양식은 15세기 말 16세기 초 《용재총화》에서 출발하여, 17세기 초 《어우야담》에서 자기의 이름을 부여받았으며, 19세기 전반 《청구야담》에서 집대성이 된 것이다. 특히 18세기 후반의 《동패낙송》에서 19세기 전반의 《청구야담》에 이르는 기간은 그야말로 야담의 고전적 시대다. 《동패낙송》으로 야담의 고전적 시대가 열렸다고 말할 수 있다.

《동패낙송》에 반세기 이상 앞서서 임방의 《천예록》이 나왔다. … 《천예록》쪽은 신이성을 대폭 증장시키면서 내용 또한 복잡해져 있다. 뿐 아니고, 그 전면에 신비와 환상의 색채가 짙게 깔려 있어, 방금 《동패낙송》에서 주목한 '사실의 성취'와 같은 문학적 자질은 발견하기 어려운 것으로 되었다. 《천예록》은 미학적 성질이 환상적·낭만적인 방향이다.

… 처음부터 야담집으로 엮어진 ≪동패낙송≫은 비중이 커서 당시 야담의 성과를 대변하고 있다 말해도 지나치지 않을 것이다.…

우리의 ≪동패낙송≫은 '글을 가지고 사실을 생성한' 것이라기보다 차라리 '글로 사실을 운영한' 것에 가깝다. '글을 가지고 사실을 생성한' 그런 경우에도 상상의 날개를 분방하고 화려하게 펼치질 않고 아무쪼록 '인간현실'에 집착해서 '살아갈 방도'를 그리는 데 그치고 있다.

〖 참고문헌 〗

김동석, 「동패락송 연구」, 성균관대 석사논문, 1991.

김영진, 「조선후기 사대부의 야담 창작과 향유의 일양상」, 『어문론집』 37, 운암어문학회, 1998.

남궁윤, 「천예록과 동패락송의 비교 연구」, 동국대학교 대학원 석사논문, 2009.

_____, 「천예록과 동패락송의 국문번역본 고찰」, 『한국어문학연구』 57, 한국어문학연구학회, 2011.

백승호, 「국민대학교 소장 한글본 동패락송 연구」, 『국문학연구』 16, 국문학회. 2007.

이강옥, 「이중언어현상으로 본 18·19세기 야담의 구연, 기록, 번역」, 『고전문학연구』 32, 한국고전문학회, 2007.

_____, 「야담의 전개와 경화세족」, 『국문학연구』 21, 국어국문학회, 2010.

이승현, 「기리총화연구」, 성균관대학교 대학원 석사논문, 2009.

임완혁, 「문헌전승에 의한 야담의 변모 양상」, 성균관대 박사논문, 1997.

임형택, 「동패락송 연구」, 『한국한문학연구』 23, 한국한문학회, 1999.

정명기, 「동패락송연구2」, 『연민학지』 5, 연민학회, 1997.

정명기,「서강대본 단편야담집(가제)의 원천과 그 의의에 대한 소고」,『동남어문논집』
      19, 동남어문학회, 2005.

진재교,「지수염필 연구의 일단」,『한문학보』12, 우리한문학회, 2005.

_____,「19세기 경화세족의 독서문화」,『한문학보』16, 우리한문학회, 2007.

일러두기

1. 이 책의 국역 대본은 동양문고본 《동패락송》 권곤(卷坤)이다.

2. 국역은 직역을 위주로 하되, 직역으로 이해하기 어려운 곳은 의역하였다.

3. 원문에는 별도의 제목이 없으나 이우성·임형택 편, 《동패락송 외 5종》의 목차에서 부여한 제목을 그대로 따랐다.

4. 국역문은 가능한 한 평이하게 풀어쓰고 설명이 필요한 곳에는 역주(譯註)를 붙였다.

5. 국역문은 한글로만 쓰되, 부득이한 경우에는 ( ) 속에 한자(漢字)를 병기하였다.

6. 대화는 " "로 묶고, 대화 속의 대화, 생각이나 강조 부분, 문서의 내용 등은 ' '로 묶었다.

7. 연구자의 편의를 위하여 국역문 뒤에 교감한 원문과 인명색인을 붙였다.

8. 원문의 ( )에는 분명한 탈자를 보충하였고, [ ]에는 오자, 속자 등을 바로잡았다.

차 례

제1화

아기씨 阿只氏

　　영남의 어느 한 선비가 말 한 필에 두 하인과 함께 수백 리
길을 가게 되었다. 가는 길에 주막을 만나지 못한 채 날이 저물
어 버렸다.

　　멀리 바라보니 한 쓸쓸한 마을에 양반집의 농장이 있었다.
말을 달려 그 집의 대문 앞에 이르러 보니 인적이 없이 적막하
였다. 말에서 내려 마루에 오르니 벽에는 먼지가 가득하고, 눈
이 닿는 곳마다 황량하였다.

　　떠날지 머물러야할지를 결정하지 못한 채 잠시 앉아 있자
니, 문득 한 늙은 계집종이 안채에서 나와 말하였다.

　　"우리 집 아기씨가 나리께 전하라고 하십니다."

　　선비는 그 까닭을 알지 못했으나 다만 그 말을 전해 보라고
하였다.

　　"여행 중에 기체가 평안하신지요? 뜻밖에 찾아주시니 얼마

나 기쁘고 다행인지 모르겠습니다. 즉시 나가 인사를 드리고 싶으나 저녁 차려 드릴 때를 기다려 우선 이렇게 문안을 여쭙니다."

선비는 마음속으로,

'평생 소식을 주고받지 않던 집에서 안주인의 전하는 말이 이처럼 친숙하다니 참으로 알 수가 없다. 그러나 다만 그 말에 따라 답을 해주고 다가올 일을 살펴보는 것이 좋겠다.'

라고 생각하고는 회답을 전하였다.

"이렇듯 찾아와 문안을 물어주니 그 기쁨을 이기지 못하겠네. 마침 이곳을 지날 일이 있어 들어가 인사를 하려 했는데, 그럼 저녁 때 만나기를 기다리겠네."

잠시 후에 저녁을 차려 내왔는데 자못 정갈하였다. 온돌에 불을 넣어 덥혀주고 등불도 밝혀주었다. 선비는 말없이 앉아 의아해 하고 있었다.

밤이 되자 한 다 큰 처녀가 안채로부터 나왔다. 머리를 탐스럽게 땋았는데, 행동거지가 조용하고도 신중하였다. 그녀가 방문 앞에 들어서기 전에 급히 말하기를,

"오라버니께서 의지할 데 없는 이 사촌누이를 찾아주시니 참으로 기쁩니다."

하고는 들어와 서로 인사를 나눈 뒤 선비가 말하였다.

"내가 이곳을 지나면서 어찌 누이동생을 찾아보지 않겠는가?"

몇 마디 말을 주고받은 후 처녀가 말하였다.

"밤중에 오래 앉아 있자니 편치 않네요. 잠시 안으로 들어갔다가 다시 나올게요."

수식경이 지난 뒤에 처녀는 손에 언문 편지 한 장을 들고 나와 선비 앞에 놓으며 말하였다.

"여기 적힌 말대로 꼭 해주셨으면 합니다."

선비가 촛불을 돋우고 자세히 보니, 그 대략의 내용이 다음과 같았다.

'박명한 여자가 일시에 부모님을 여의고 장차 대상을 앞두고 있습니다. 일신에 친척 하나 없이 상을 치르며 빈 집에 홀로 살고 있는지라 이미 매우 위태로운 데다 집안의 종 하나가 감히 흉악한 마음을 품어 무례하게도 저를 겁탈하려 합니다. 생각건대, 능욕을 당하지 않으려고 힘써 항거하는 사이 틀림없이 죽게 될 것입니다. 이 한 몸이 죽고 나면 부모님의 제사를 지낼 사람도 없습니다. 제가 처한 형편이 너무나 절박하여 잠시 그 종의 뜻을 누그러뜨리느라고 임기응변으로 말하기를,

"의지할 만한 사람이 아무도 없는 내가 기댈 데라곤 너밖에 없는데, 네 말을 따르지 않는다면 누구의 말을 따르겠느냐? 단지 지금은 상중이라 무례한 일을 행할 수 없으니 3년 상을 마칠 때까지 서서히 기다리는 게 좋겠다."

라고 하니, 그 종이 믿어주어서 아직까지는 변괴가 없었습니

다. 다만 3년 상을 마칠 날이 머지않아 목숨을 다할 때가 다가
오고 있습니다. 다행스럽게도 하늘이 손님을 보내주셔서 뜻밖
에 저희 집에 오셨습니다. 문틈으로 엿보니 손님께서는 기골이
장대하시고, 하인 두 사람도 건장하더군요. 박명한 제 생각에
손님의 힘을 빌릴 수 있으리라고 여겼습니다. 이곳은 앞내가
제법 깊답니다. 손님께서는 틀림없이 날이 샌 뒤에 바로 앞내
를 건너실 겁니다. 오늘밤 미리 제게 전갈을 하셔서 냇물에 익
숙한 하인에게 앞장을 서게 해달라고 하시면 제가 마땅히 그
종에게 명하여 가보라고 하겠습니다. 그 종은 큰 욕심이 눈앞
에 있는지라 제 명을 마치 국법인 듯이 여겨 가지 않을 리가
없습니다. 그 종이 냇물에 들어간 뒤에 손님과 하인 등 세 사람
이 힘을 합하신다면 쉽게 그 종을 없애실 수 있을 겁니다. 엎드
려 바라옵건대, 보답할 길이 없는 제게 덕을 베푸셔서 이 화근
을 제거해 주소서. 그리하여 이 한 목숨이 살아남게 하셔서 부
모님의 제사를 모시게 해주실 것을 간절히 축원합니다.'

　선비는 편지를 읽고 나서 그녀의 절행과 지려가 예사 처녀
들보다 크게 빼어난 데 대해 흠복하였다. 문득 온몸의 털과 뼈
마디가 으슬으슬 떨려왔다.

　선비는 잠든 하인들을 불러 일으켜 귀엣말로 이리이리 하라
고 부탁하였다. 그러고는 편지 내용에 따라 처녀에게 전갈하
였다.

선비의 전갈을 받은 처녀는 즉시 그 종에게 명하여 건널 만한 곳으로 인도를 해주라고 하였다.

4경 무렵 칠흑같이 어두울 때에 선비 일행은 집을 나서 앞내에 이르렀다. 안내를 하러 나온 그 종을 앞세우고 가다가 중간쯤 이르렀을 때 선비는 그 종의 머리를 잡고, 두 하인은 좌우에서 그 종의 팔을 잡아 물속으로 밀쳐 넣은 뒤 큰 돌로 그의 가슴을 때렸다. 그 종은 그 자리에서 죽었고, 시신은 물에 떠올랐다.

선비는 어찌할 바를 몰라 하며 말을 달려 집으로 돌아갔다. 그는 부친에게 그녀의 현명함에 대해 입에 침이 마르도록 이야기를 하였다.

이듬해 선비는 그 처녀가 어찌 되었나 궁금하여 다시 그 집을 찾아갔다. 아직도 그 종의 친척들이 그 이웃마을에 몰래 숨어 있을까 두려워 그 종의 아내와 아우를 염탐하였다.

마침 그들이 하룻밤 자고 올 만한 곳으로 출타하자, 선비는 곧장 그 처녀의 집으로 달려 들어갔다. 만나기를 청하자 그녀가 바로 나왔는데 아직도 시집을 가지 않고 있었다.

그녀는 두 손을 모아 쥐고 전의 은혜를 사례하였다. 선비가 말하기를,

"전날의 한 마디 말로 우리는 이미 남매의 의를 맺었는데, 나의 마음 씀씀이가 최선을 다하지 못한 듯하네. 규중처녀의

나이가 이렇게 들도록 홀몸으로 기댈 곳이 없으니 어찌 지냈는가?"

하자 그녀는,

"처음에 규중처녀로 잘 모르는 남자를 나와 만나서 화근을 제거해달라고 빌었을 뿐만 아니라 평생 이 몸을 우러러 의탁하려 했었지요. 행여 길이 돌봐 주실 것을 바랍니다."

하는 것이었다. 선비가,

"우리 집이 그다지 빈곤하지는 않다네. 장차 자네를 받들어 돌아가서 방 한 칸을 치워 안돈하게 하고, 계집종 두어 명으로 받들어 모시며 심부름을 하게 해서 남매간의 성의를 보이려 하는데 자네 뜻에 어떤가?"

하고 물으니 처녀가 대답하였다.

"그 말씀은 마음에 새겨 감사하지 않을 수가 없군요. 그러나 여자가 거처를 옮기는 것은 용이한 일이 아니니 다시 생각해 주시기를 바랍니다."

마침내 선비는 그녀 집안의 계파와 문벌의 내력을 상세히 물어보았다. 자신의 집안에 비해 약간 처지는 집안이었으나 그래도 명색이 사족이라 혼인 관계를 맺을 만하였다.

그의 집안에 아직 장가를 가지 않은 아우가 있었으므로, 집으로 돌아가 부친에게 아뢰고 즉시 아우의 사주단자를 쓰고 아울러 택일을 한 뒤 그녀에게 언문 편지를 써서 하인 편에 보냈다.

　하인이 다녀온 뒤, 선비는 그 아우의 혼례에 후행이 되어 따라갔는데 그때 가마와 말을 가지고 갔다. 그의 아우가 혼례를 치르고 첫날밤을 보낸 뒤, 선비는 즉시 아우의 안식구를 거두어 집으로 돌아갔다.

　매사에 정성을 다해 마음을 써서 형제간에 매우 화목하였고, 그들 집안은 평생을 편안히 보냈다고 한다.

제2화
아환비 丫鬟婢

　자를 휘원, 호를 동계라고 한 정온이 초시에 합격하고, 문장과 학문에 조예가 깊은 도내의 선비 두 사람과 연달아 회시에 응시하러 가고 있었다.

　그들이 함께 어느 한 곳에 이르렀을 때, 상주가 타는 가마한 채가 그들과 앞서거니 뒤서거니 하며 갔다.

　양 갈래로 머리를 땋은 계집종이 그 가마의 뒤를 따르고 있었는데, 땋은 머리가 거의 허리에 닿을 정도였고 자색이 빼어났다. 세 사람은 모두 말에 탄 채 그녀를 곁눈질하며 인물이 곱다고 칭찬하였다.

　그녀는 가면서 서너 차례나 계속 정온에게 눈길을 주는 것이었다. 동행하던 두 사람이 한 마디씩 하였다.

　"문장이나 학식이야 휘원이 우리보다 낫지만, 인물은 우리보다 못한 것 같은데, 우리는 아마도 저 계집의 눈에 들지 않는 모양일세."

"저 계집이 유독 휘원만 바라보다니 참으로 알 수 없는 일 이군."

얼마 지나지 않아 그 가마가 마을로 들어서자, 정온은 말을 멈추고 동행들에게 말하였다.

"여기서 몇십 리쯤 가면 주막이 있네. 자네들은 먼저 가서 나를 기다리게. 나는 저곳에 가서 자고 가겠네."

그러자 두 사람이 정온을 나무랐다.

"우리가 자네를 얼마나 기대하고 있는데, 지금 천 리 길을 가는 마당에 요물 하나를 만나 쓸데없는 욕심을 내서 기약하기 어려운 하룻밤 인연을 바라고 동행을 버린 채 남겠다니… 사람 은 참으로 쉽게 알 수 없구먼."

정온은 그런 것이 아니라며 채찍질을 하여 그녀를 따라 마 을로 들어갔다. 그의 동행들은 혀를 끌끌 차며 떠났다.

정온이 빈 행랑채 앞에 이르러 말에서 내려 한참 서 있자니, 그 계집종이 가마를 따라 안채로 들어가는 것이었다. 그리고는 방석과 등잔을 가지고 나와 정온을 맞이하였다. 정온을 행랑채 에 편안히 앉게 하고 그녀가 말하기를,

"바로 저녁 진지를 차려 올게요."

하고는 다시 안채로 들어가더니, 날이 어두워진 뒤에야 저녁을 차려 내왔다. 그녀는 또,

"설거지를 하고 나올게요."

하더니 초경이 지나자 과연 나오는 것이었다. 정온이 웃으며 물었다.

"네 어찌 내가 올 것을 알고 나와서 나를 맞은 게냐?"

그녀는,

"제 얼굴이 밉상은 면했고 나이도 열일곱이랍니다. 일찍이 한 번도 눈을 들어 남을 바라본 적이 없었는데, 오늘 길에서 나리를 돌아본 것이 한두 차례에 그치지 않았습니다. 나리께서 비록 기질이 굳센 남정네라지만 어찌 저를 따라오시지 않을 수 있었겠어요?"

이미 밤이 깊어 사방에 인적이 끊겼다. 그녀는 눈물을 줄줄 흘리며 속내를 털어놓았다.

"제가 나리를 맞아들인 것은 정욕 때문이 아니랍니다. 제게 남모르는 큰 소원이 있는데, 나리께서 저를 위해 들어주실 수 있는지요?"

정온이 그 까닭을 자세히 묻자, 그녀가 대답하였다.

"저의 상전은 여러 대에 걸친 독자셨어요. 그런데 부정한 아내를 얻어서 젊은 나이에 비명에 가셨지요. 대를 이을 자녀도 없고, 가까운 사람 중에 원수를 갚을 사람은 다만 제 한 몸뿐이랍니다. 원한이 뼈에 사무쳤지만 약한 계집인지라 어찌할 방법이 없었어요. 다만 걸출한 남정네에게 몸을 허락하고 그의 손을 빌려 원통함을 풀어야겠다고 생각하고 있었지요. 제 상전의

아환비 丫鬟婢 **35**

부정한 아내가 오늘 친정에서 돌아오는지라 제가 부득이 따라
오게 되었답니다. 집으로 가는 길에 나리 일행을 만나게 된 것
이지요. 세 분 가운데 나리의 인물이 비록 처졌지만, 담력이
가장 세서 큰일을 부탁할 수 있을 것 같아 눈길로 유혹했던 것
이랍니다. 상전을 죽인 원수 사내가 상전의 아내가 친정에서
돌아왔다는 소식을 듣고 방금 와서 무람한 짓거리를 하고 있으
니, 이야말로 천재일우의 좋은 기회지요. 속히 도모해 주시길
바랍니다."

정온이 말하였다.

"자네는 정말 기특하고도 장하구나. 하지만 나는 글이나 읽
을 줄 아는 서생인데 어떻게 쉽사리 우람한 사내를 죽이겠는
가?"

그녀는,

"제가 좋은 활과 예리한 화살을 준비해둔 지 오래 되었습니
다. 나리께서 비록 서생이시지만 이 활과 화살을 쏘면 지척지
간에서 그 사내가 어찌 살 수 있겠어요?"
하고 즉시 활과 화살을 찾아내서는 정온과 함께 창문 앞에 이
르렀다.

그 사내는 옷을 벗고 가슴을 드러낸 데다 문 앞의 아주 가까
운 곳에 앉아 있었다. 정온은 창문 틈으로 활시위를 힘껏 당겨
화살 한 대를 쏘았다. 화살은 곧장 사내의 가슴을 꿰뚫어, 사

내는 그 자리에서 죽고 말았다. 정온이 또 다시 부정한 계집마저 쏘려 하자, 그녀가 말하였다.

"그녀가 비록 부정한 여자지만 제가 여러 해 섬겨 왔는데 제 손으로 죽일 수는 없네요. 그냥 내버려두고 가지요."

도로 행랑채로 나온 두 사람은 서둘러 말을 타고 그 집을 나섰다. 정온은 그녀를 짐 실은 말에 태우고 주막으로 동행들을 찾아갔다.

하인에게 동행하던 하인들을 부르라고 하자, 잠이 덜 깬 눈으로 나온 그들이 짐 실은 말 위에 그녀가 타고 있는 것을 바라보고는 그들의 상전에게 알렸다. 두 사람은 혀를 차며 정온을 나무랐다.

세 사람이 자리에 앉자, 두 선비는 준엄한 말로 정온을 꾸짖었다.

"대과인 회시를 보러 가는 길은 바로 학문과 덕행을 갖춘 선비가 벼슬길로 나아가는 첫머리일세. 여자를 데리고 다닌다는 것은 듣기에도 해괴하구먼. 내 친구가 이러리라곤 생각지도 못했네."

정온은,

"내 어찌 그걸 모르겠는가? 드러나지 않은 곡절이 있네만 남들에게 말할 것까지는 없을 듯하이."

하고는 마침내 그녀를 데리고 서울에 가서 과거에 급제한 뒤,

돌아갈 때 데리고 가서 소실로 삼았다.

　그녀는 남달리 현숙하였고, 그녀가 낳은 아들들이 모두 준수하였다고 한다.

제3화

재신옹 載薪翁

    호를 북창이라고 한 정염에게 친구 선비가 있었다. 그 친구는 매번 정염에게 자신의 운명을 점쳐 길흉과 화복을 알게 해달라고 청하였다. 그러나 정염은 미적거리며 말해 주지 않았다.

    그는 섣달이 되자 찾아와 굳이 알려 달라고 부탁하므로, 정염은 그의 뜻을 저버리기가 어려워 마지못해 말해주었다.

    "자네 수명은 내년이면 다한다네. 만약 수명을 늘이고 싶거든 정월 초하루나 이튿날 새벽 한 시에서 세 시 사이에 남대문에 가서 문이 열리기를 기다려 가장 먼저 나서서 약현을 지나만리현에 이르면 삿갓과 도롱이를 쓴 노인이 소에 섶을 싣고들어 올 걸세. 즉시 그 노인의 뒤를 따라가며 목숨을 늘려 달라고 애걸을 하게. 비록 노인이 거들떠보지 않더라도 도중에 포기하지 말고 온 종일 동쪽이든 서쪽이든 어디로든 따라 다니며갖은 방법으로 애걸하면 반드시 무슨 말이 있을 걸세."

    정염의 말대로 해보았더니, 과연 섶을 싣고 오는 노인을 만

났다. 이에 인사를 하고 목숨을 늘릴 방도를 알려 달라고 애걸
을 하니, 노인이 성난 기색으로 말하였다.

"섶이나 파는 늙은이가 어찌 목숨을 늘리는 조화를 알겠소?"

여러 차례 울면서 청하였으나, 그의 애걸이 간절해지면 간
절해질수록 노인은 더욱 사납게 꾸짖었다.

그는 노인을 따라 도성 안으로 들어가면서 목숨을 늘려 달
라는 말을 입에 달고 따라 다녔다. 그러나 노인은 전혀 말을
해줄 뜻이 없었다.

노인이 섶을 다 팔고 다시 도성을 나설 때까지도 그는 하던
말을 계속 하며 한결같이 애걸하였다. 노인의 뒤를 따라 약현
에 이를 즈음, 노인이 화를 내며 꾸짖었다.

"지독하구나, 참으로 지독해! 누가 이렇게 하라고 가르쳐 주
던가?"

"일러 준 사람을 아뢸 필요가 있겠습니까. 그저 저의 남은
목숨을 가련히 여기셔서 한 마디만 은혜를 베풀어 주십시오."

그러자 노인은,

"이는 반드시 정염이 일러 주었을 게다. 정염이가 한 일은
해도 너무 하는구나. 정염의 죄를 징계하는 뜻으로 정염의 수
명에서 17년을 덜어 자네에게 줄 것이니, 자네는 그리 된 줄
알고 물러가는 게 좋겠네."

그 친구가 즉시 정염을 찾아가니, 정염이 물었다.

"자네는 과연 내 말대로 해서 섶을 싣고 오는 노인을 만났는가?"

"만났다네. 하지만 그 노인이 성내고 꾸짖으며 입을 꾹 다물었던 상황은 한 마디로 말하기가 어렵구먼. 어쨌든 마침내 말씀을 해주시긴 했네."

정엽이 말하였다.

"그 노인은 틀림없이 내 목숨을 자네에게 옮겨준다고 했을걸세."

"과연 그렇다네."

"내가 이미 이렇게 되리라는 걸 알았지. 그래서 매번 자네에게 말해주는 게 어렵다고 버텼던 걸세. 하지만 모든 게 운명인걸 다시 어찌하겠는가."

친구가 물었다.

"그 노인은 누구신가?"

"천상에서 인간의 수명을 관장하는 대사명성(大司命星)이신데, 인간 세상에 귀양 와 계신다네. 비록 인간 세상에 있으면서도 능히 사람 목숨의 길고 짧음을 주관하고 계신다네."
하였다고 한다.

제4화

지례 김 별감 댁 비 知禮金別監宅婢

근년에 경상도 지례현의 김 별감은 같은 고을의 한 승려와 또래 친구로 대하며 친하게 지냈다. 그 승려는 매우 거만하여 때로는 적대시하기도 하였다. 김 별감의 아들 김생은 내심 불쾌하였으나 겉으로는 성격이 모가 나서 그러려니 하고 무시해 버렸다.

김 별감은 그 승려가 풍수지리를 잘 아는 까닭에 자신이 죽은 뒤에 명당을 가려 달라고 부탁하였다.

김 별감이 죽자 그 승려가 조문하러 왔다. 상주인 김생은 산소 자리를 지시해 달라고 청하지 않았다.

그 승려가 조문을 마치고 돌아가려 할 때, 김 별감의 아내가 계집종을 시켜 말을 전하였다.

"돌아가신 양반의 산소 자리를 가려주기로 이미 생시에 약조해놓고 어째서 지시해주시지 않나요?"

그 승려는,

"내가 지금 떠나가니 가는 길에 마땅히 정해 드릴 것이오."
하였다. 그 승려가 간 뒤, 김 별감의 아내는 집안의 종 가운데
열한 살짜리 영리한 계집종에게 그 승려의 뒤를 따라가서 지정
해주는 곳을 알아오라고 명하였다.

그 승려는 한 곳에 이르러 지팡이를 멈추고 찬탄하였다.

"이 자리는 필시 당대에 발복을 할 게야."

계집종이 산소 자리를 결정하여 알려달라고 하자, 그 승려
가 말하였다.

"이 자리는 하늘이 내려준 곳이니 표지를 꽂아둘 필요가 없
다. 다만 이 자리는 네 상전의 분복에 너무 과분하므로 결코
허락할 수가 없다. 다시 다른 곳을 찾아보는 게 마땅할 게야."
하고는 계집종을 데리고 어느 한 언덕에 이르러 그녀에게 말하
였다.

"이 자리가 바로 네 상전에게 딱 맞는 곳이다. 돌아가서 네
상전께 이 자리로 정했다고 말씀 드려라."

그녀는 그 승려가 먼저 점찍었던 곳을 마음속에 새겨둔 채
비밀에 부쳐 입 밖에 내지 않았다. 그 승려의 말에 따라, 돌아
가서 두 번째 점찍은 자리로 아뢰었다. 김 별감은 결국 그 자리
에 묻히게 되었다.

그 이후, 그녀는 조석으로 끼니때에 더러는 밥을 먹지 않고
그 대신 쌀로 받곤 하였다. 그리고 쉴 새 없이 일을 하여 매번

곡식이 한 홉이 되든 한 되가 되든 한데 모았다.

그렇게 5, 6년간 고생해서 모은 곡식이 거의 두 섬에 이르렀다. 이에 이웃 사람들과 반가의 노비들에게 애걸하였다.

"제 아비의 장사 때 제 나이가 어리고 약해서 정말 말도 안 되는 곳에다 임시로 매장을 해서 그 추위를 견디지 못할 거예요. 제가 감히 명당을 가리려고 하는 게 아니라, 아무 데에 양지바른 곳으로 이장을 하고 싶어요. 여러 어른들의 힘을 빌려주셨으면 하니, 하루의 수고를 아끼지 말아주세요."

그 말을 들은 사람들은 그 뜻이 효성스럽다며 결국 허락해주었다.

그녀는 즉시 준비해두었던 두어 섬의 곡식으로 술을 빚고 밥을 지어 그들을 먹이고 계획대로 이장을 하였다.

그녀는 스스로 생각하기를,

'우리 아버님의 산소 자리가 비록 명당이라지만, 내가 만약 남의 집 종노릇으로 늙어 죽는다면 어디서 발복을 하겠어? 장차 여기를 떠나 몸을 의탁할 데를 찾아야지.'

그녀는 소백산과 태백산을 넘어 강원도 강릉에 이르렀다.

그곳에 가니 재상 집안의 친족으로 객지로 흘러온 가난한 홀아비가 있었다. 그녀는 자청하여 그의 살림살이에 힘을 보태겠다고 하였다.

홀아비 선비는 그녀의 용모와 행동거지가 단정한 것과 제법 예의를 아는 것을 보고 흔쾌히 첩으로 들였는데 정실과 다름없이 대하였다.

연달아 아들 둘을 낳았는데, 옥같이 흰한 인물에 어려서부터 재주 또한 출중하였다.

그녀는 있는 것이든 없는 것이든 부지런히 힘써 여러 가지 방법으로 운명을 바꾸어, 미처 10년이 되기도 전에 집안의 재산이 풍족해졌다. 그녀가 남편에게 말하였다.

"두 아이가 비록 준수하나 처지가 매우 천하니 장차 어디다 쓰겠어요? 마땅히 저를 정실로 하여 혼서를 추가로 만들어 상자 속에 깊숙이 간수해 두었다가 나중의 방편으로 대처하시지요."

남편은 그녀의 말을 따랐다. 또 남편에게 말하기를,

"사대부 집안사람이 궁벽한 시골에서 오래도록 벼슬길에 나아가지 않으면 자연스레 떨쳐 일어날 수가 없습니다. 지닌 재산이 이미 풍족한데 어째서 서울에 거처를 정해 입신출세할 바탕으로 삼지 않으십니까?"

하였다.

드디어 그녀의 남편은 서울로 가서 명문거족들이 사는 동네에 천금을 주고 으리으리한 저택을 사들였다.

서울로 이사할 즈음에 그녀가 말하였다.

"이들 가운데 본래부터 있던 종들은 저의 신분이 비천하다

는 것을 알고 있어서 남들에게 쉽게 누설할까 두렵습니다. 그
들은 한꺼번에 시골에 떨어뜨려 놓아 농장을 지키도록 하는 게
가장 좋겠습니다. 서울에서 높은 값으로 널리 구하여 2, 30명
의 종들을 사들여서 그들과 함께 내려와 이삿짐을 싸고 따르게
한다면 저의 근본을 지워 없앨 수 있을 듯합니다."

결국 남편은 그녀의 말대로 하여 서울 집으로 이사를 하였다.

이제 그녀는 엄연한 양반 집안의 부인이 되었고, 그러한 사
실을 아는 사람은 아무도 없었다. 살고 있는 집이 이미 좋은데
다 먹는 음식 또한 풍성하였다.

명문거족 집안의 사람들이 끊임없이 왕래하기를 서로 다투
었고 더할 수 없이 가까운 친척이라고 일컬으며, 그녀와 만나
기도 청하여 어떤 이는 그녀를 숙모라고 부르고, 어떤 이는 형
수라고 불렀다.

옥 같은 모습의 두 아들은 경쟁적으로 재상가의 각별한 사랑
을 받았다. 그들을 글방에 데려다 놓으니 하루가 다르게 학문이
진전되었다. 소과와 대과에 차례로 급제하니 어느새 집안이 빛
나게 되었다. 이제 그녀는 이름난 선비의 대부인이 되었다.

어느 날 그녀는 틈을 타서 남녀종들을 모두 물리치고 은밀
히 두 아들에게 말하였다.

"너희들이 이처럼 신분이 높아졌는데, 과연 외가가 미천하
다는 사실을 자세히 알고 있느냐?"

"어머님께서 매번 지례 김 별감의 딸이라고 하셔서, 저희들은 김 별감이라는 분을 외할아버지로 알고 있는데요."

"별감이야 높지. 그나마 양반에 속하니까. 나는 김 별감의 딸이 아니라 그 댁의 종이었단다. 너희들에게 그 사실을 알려 주지 않을 수가 없구나."

모자가 이런 이야기를 주고받을 즈음 마침 한 도둑이 창 밖에 몸을 붙이고 그들이 잠들기를 기다려 도둑질을 하러 들어가려다가 이 이야기를 듣게 되었다.

사건의 자초지종을 확실하게 알아차린 도둑은 기뻐하며 혼잣말로 중얼거렸다.

'이야말로 돈을 벌 수 있는 좋은 기회로군! 본 주인에게 가서 알려 함께 오면, 그 이득이 훔친 재물의 사소함 따위에 비해 만 배는 되지 않겠어?'

도둑은 즉시 발걸음을 돌려 지례로 달려가서 김 별감의 아들 김생에게 그 간의 경과를 빠짐없이 말하였다.

김생은 그 말을 듣고 기뻐하며 행장을 차려 서울로 올라갔다. 도둑은 김생의 마부로 사칭하고 따라왔다.

그녀의 집 대문 밖에 이르러 종에게 지례 김 별감 댁에서 왔다고 알리게 하였다.

대부인이 된 그녀는 깜짝 놀라는 한편 기쁜 듯이 말하였다.

"우리 오라버니께서 오셨네!"

그녀는 엎어질 듯 달려 나가 김생을 안채로 맞아들이고 오래 소식이 막혀서 쌓인 동기간의 정을 풀어놓았다.

김생 또한 제법 슬기로운지라 묻는 데 따라 적당히 대답을 해주었다.

그러다가 그녀는 김생에게 말하였다.

"오라버님은 우리 아이들과 한 방을 쓰시지요. 틀림없이 좋은 도리가 있을 거예요. 갈아입으실 옷과 드실 음식은 제가 꼭 정성을 다할게요."

김생은 그녀의 말대로 하였다.

그녀는 또 종들에게 단단히 일러두었다.

"우리 오라버님이 데려온 종은 내가 마땅히 잘 대접하마."

그런 지 얼마 되지 않아 밤이 깊어진 뒤에 건장한 종 두세 명을 불러 부탁하였다.

"우리 오라버님이 데려 온 종놈은 큰 죄악을 저지른 놈일세. 자네들은 모름지기 그놈에게 무수히 술을 권하여 취해 떨어지기를 기다리다가 밤중에 업어다가 강물 속에 던져 버리게."

건장한 종들은 그녀의 분부대로 그에게 취하도록 술을 권하고 결박을 하여 강에 던져 넣었다. 도둑은 이로써 영원히 주둥이를 놀리지 못하게 되었다.

김생은 화려한 옷을 입고 진수성찬을 먹으며 날로 풍채가 좋아졌다. 그녀의 아들인 주인과 또래 친구인 명사들이 매번 그 집에 올 때마다 그를 주인의 외삼촌이라고 알고 힘을 모아 조정에 주선해주었다. 김생은 첫 벼슬을 한 이래로 경상도 청하 현감에 이르렀다고 한다.

제5화

청의동자 靑衣童子

문충공 신숙주가 과거에 응시할 무렵이었다.

대궐에서 보는 과거인 정시에 응시하려고 새벽에 경복궁으로 갔다. 떠오르는 햇살이 흐릿한 가운데 큰 짐승이 입을 벌리고 대궐 문을 가로막고 있는데, 과거 응시생들이 그 짐승의 벌린 입 속으로 들어가는 것을 보았다. 신숙주는 놀라 물러선 채 자세히 살펴보았다.

그러자 청의동자가 나타나 신숙주의 소매를 잡아끌며 물었다.

"나리께서는 혹시 짐승이 입을 벌리고 있는 것을 보셨는지요?"

"보았지."

"그건 제가 부린 조화랍니다. 일부러 이런 괴이한 짓을 하여, 나리를 머물게 함으로써 저와 만나시게 하고 싶었습니다."

"너는 대체 무엇이냐?"

"저는 사람입니다. 나리께서 크게 되실 귀인인지라, 제가 곁에 있으면서 평생을 헤아려 드리려고 합니다."

그리하여 청의동자는 신숙주를 따라 시험장에 들어갔으며 집으로 돌아갈 때에도 그와 함께 갔다.

청의동자는 공부방 벽장 속에 들어가서, 한 번도 다른 사람들의 눈에 띄지 않았다. 신숙주가 앉아 있든 누워 있든 그 곁을 떠나지 않았다. 신숙주가 남은 밥을 나누어 주면, 다만 쩝쩝거리는 소리만 들리고 그릇이 비는 것은 보이지 않았다. 집안의 좋은 일과 궂은 일, 과거 시험장에서 이득 될 일과 손해 볼 일을 반드시 먼저 신숙주에게 알려주었다.

신숙주가 일본으로 가는 사신으로 차출되었는데, 우리나라와 일본의 외교관계는 이때가 처음인지라 일본으로 가는 바닷길이 먼지 가까운지, 그곳의 풍속이 사나운지 순후한지에 대하여 아무것도 알지 못하였다.

신숙주는 그 일로 깊이 걱정을 하다가 먼저 청의동자에게 탐방을 다녀오라고 하였다. 청의동자는 한 번 가더니만 넉 달이나 고대하게 한 뒤에야 돌아왔다.

"어찌 이렇게 늦었느냐?"

신숙주가 물었다.

"갑작스레 바다의 깊이와 너비를 측량하기가 어려웠습니다. 저는 바다의 넓은 곳과 좁은 곳, 그리고 넓이를 헤아려 보았습니다. 또한 어떤 나루가 험한지 험하지 않은지, 가장 편하게

건널 수 있는 바닷길이 어딘 지를 정확히 살폈지요. 이처럼 헤
아리다 보니 여러 달을 보냈습니다. 아무 곳에서 출범하여 아
무 곳에 정박하면 아무 근심이 없겠습니다."

마침내 청의동자가 일러준 바닷길은 지금까지도 통신사 일
행이 지나 다니는 곳이 되었다.

신숙주가 일본의 산천, 풍속을 훤하게 아는 것은 청의동자
로부터 얻어 들은 것이 많았기 때문이라고 한다.

청의동자는 평생 신숙주의 일을 주선해 주다가, 그가 죽자
또한 따라서 사라졌다.

신숙주는 자손들에게 청의동자의 제사상을 따로 차리라고
유언하였다. 그래서 신숙주의 제사를 지낼 때면 따로 한 상을
대문 안쪽이나 부엌 옆에 차려 놓았다. 이렇게 하기를 수백 년
이 지나도록 한 번도 폐한 일이 없었다.

신숙주의 종손 가운데 경기도 양주에 사는 자가 오랜 세월
이 지난 일이니 매번 따로 차릴 필요가 없다고 여겨, 한 차례
폐한 적이 있었다.

그러자 제사를 지낸 뒤 신숙주가 그 종손의 꿈에 나타나 노
한 기색으로 꾸짖었다.

"수백 년이나 내려온 청의동자의 제사를 갑자기 빠뜨려서,
이번 제사 음식은 청의동자에게 덜어주다 보니 내가 배불리 먹
지 못하였다. 한 상 따로 차리는 것이 뭐가 그리 크게 어렵다고

내 유언을 어겼느냐?"

그 종손은 꿈에서 깨어나 놀랍고 기이해하며 예전처럼 다시 별도의 제사상을 차렸다고 한다.

임진왜란이 일어나기 전의 일이다.

어느 한 재상이 나라의 안위를 맡고 있었다.

그 재상의 집안에는 바보 숙부가 살고 있었는데, 행동거지가 영리하지 못하고 말하는 것도 촌스러워, 일찍부터 재상은 숙부를 대수롭지 않게 여겼다.

바보 숙부는 매번 이렇게 말하였다.

"자네 집에는 손님이 많아 편안히 이야기를 할 수가 없네. 어느 때든 손님이 없는 틈을 타서 나를 불러 주면 좋겠네."

어느 날 마침 집안이 조용한지라 하인을 보내 숙부를 맞았다. 숙부가 와서는 바둑을 두자고 하였다. 재상이,

"숙부님의 솜씨가 너무 서툴러서, 함께 바둑 두는 재미가 없습니다."

하니 그의 숙부는,

"심심풀이로야 뭐 해 될 것이 있겠는가?"

하고 빨리 앉아 두자고 재촉하며 먼저 한 점을 놓는 것이었다.

바둑의 고수인 재상이 바둑판의 형세를 잘 살펴보니, 자신은 한 집도 지을 수 없을 것 같았다. 그제야 비로소 그의 숙부가 재주를 숨기고 있었음을 알게 되었다. 재상은 즉시 무릎을 꿇고 아뢰었다.

"숙질간에 반평생을 서로 속이고 지내다니, 이 무슨 일입니까? 이 조카가 비록 어리석으나 숙부님께서는 가르치고 이끌어 주십시오."

"자네는 이미 세상살이에 나선 몸, 내 비록 지난날과 달라졌다고 하나 무엇을 가르칠 수 있겠는가. 다만 모레 어떤 중이 찾아와서 굳이 재워달라고 할 것이니, 무슨 수를 써서라도 꼭 뿌리치고, 마을 뒤에 있는 암자로 가라고 하는 것이 좋겠네."

재상은 숙부의 말을 잊지 않기 위해 마음속에 간직하였다.

이틀 뒤, 과연 어떤 중이 찾아왔다. 그 중은 잘 생긴 인물에 달변이었으며, 남다르게 총명해서 애착이 갔다. 그는 대감을 모시고 사랑채에서 묵기를 원하였다. 재상이 온갖 핑계를 대자, 그 중 또한 매우 간절하게 부탁하였다. 재상은 그 중의 말을 일체 못 들은 체하며 말하였다.

"우리 집안에 긴한 일이 있어서 그러오. 이 마을 뒤에 암자가 하나 있는데, 깨끗해서 잘 만할 게요. 스님은 그곳으로 가시지요."

　그러자 그 중은 어쩔 수 없어 그 암자로 옮겨 갔다.

　이른바 바보 숙부는 미리 거사로 분장을 한 뒤, 계집종 하나를 암자에 데려다 두고는 사당이라고 불렀다. 숙부는 멀리서 중이 오는 것을 보고는 허리를 굽히고 벼랑길을 달려 내려가 합장하며 맞이하였다.

　"오늘 무슨 좋은 바람이 불어, 높으신 스님께서 이처럼 외지고 누추한 곳엘 다 오셨습니까?"

하며, 흔연히 둥근 방석을 내어 맞고는 사당을 불러 말하기를,

　"대사께서 찾아 오셨으니, 거른 술이라도 내어 모셔라."

하였다. 중이 술잔을 받아보니, 맛이 좋은 술이었다.

　"주인 거사께서 담그신 술이 어쩌면 이렇게 맛이 좋습니까?"

　"저 사당이 일찍이 관아의 주모로 있다가 나온 사람이지요. 그래서 술을 잘 빚나 봅니다. 그다지 형편없는 술은 아니니, 스님께서는 사양치 마시기 바랍니다."

　주인과 객은 술잔 주고받기를 10여 차례 하였는데, 거사는 술기운이 오르지 않았으나 중은 꽤나 취하였다.

　이에 숙부는 중이 쓰고 있던 두건을 벗기고 그의 귀를 잡아 끌어 자리 위에다 밀쳐놓더니, 중의 멱살을 잡아 누르며 큰 소리로 꾸짖었다.

　"이 중놈, 이 중놈아! 내가 있는데도 네가 어찌 감히 여기에 왔단 말이냐. 나는 네 놈이 바다를 건너온 일본 놈인 것을 벌써

알고 있었느니라. 이제 만약 털끝만큼이라도 네가 여기 오게 된 사정을 속이거나 감춘다면, 네 목숨은 내 손가락 끝에 달리게 될 것이야."

중이 말하였다.

"죽을 때가 임박했으니 소승은 마땅히 바른대로 아뢰겠습니다. 저는 일본인입니다. 평수길이 바야흐로 군사를 일으켜 이 나라를 침범할 계획을 짜고 있는데, 가장 꺼리는 것이 아랫마을의 대감입니다. 그래서 저더러 먼저 가서 대감댁에 묵다가 밤을 틈타 몰래 해치라고 하였습니다. 결국 그 때문에 바다를 건너 왔습니다만, 대감이 그 댁에 머무는 것을 허락하지 않더군요. 발길을 돌려 이 암자로 왔다가 뜻하지 않게 어르신 같이 신통한 분과 맞닥뜨리게 되어 장차 저의 남은 목숨을 건지지 못할 듯합니다."

하고는 빌고 또 빌며,

"저를 살려 주세요. 제발 저를 살려 주십시오."

하였다.

바보 숙부는,

"우리나라에 전란이 닥쳐오는 것은 이미 천운에 관련된 것이다. 내 역량이 한 나라의 천운에는 용납되기 어려우나, 내가 사는 마을은 충분히 안전하게 할 수가 있다. 너희 나라 군사가 내가 살고 있는 땅을 한 발짝이라도 밟는다면 틀림없이 한 놈

도 살아 돌아가지 못할 것이다. 지금 내가 너를 죽이지 않고
특별히 놓아 보내주는 것은, 네가 돌아가서 네 관백인 평수길
에게 알려, 일본인들로 하여금 내가 있다는 것을 미리 알게 하
려는 것이니라."

하고, 마침내 그 중을 놓아주었다.

　그 중이 일본으로 달아나서 그 말씀을 전하자, 평수길은 크
게 놀라 군사를 일으킬 때에 군중에 명을 내려 말하기를,

　"바다를 건너 조선 땅에 들어간 뒤에는 삼가 어느 마을 지역
은 피하라. 그 지역을 침범하는 자는 삼족을 멸할 것이다."

하였다.

　임진년 난리가 어지러울 때에, 바보 숙부가 사는 마을만은
경계할 필요 없이 평온하였다고 한다.

제7화
기우옹 騎牛翁

임진년 난리 때 명나라의 이여송 제독이 평양에서의 승전 소식을 본국에 이미 알렸음에도 평양에 계속 남아서 그곳 산천의 아름다움을 즐기며 구경을 다녔다. 그러면서 조선을 없애 버리고 스스로 왕이 되어 다스릴 생각을 남몰래 품었다.

하루는 연광정에다 화려하고 성대하게 잔치를 벌이고 부하들을 모두 불러 모았는데, 어떤 시골 노인 하나가 소를 탄 채 그 앞을 못 본 척하고 지나가면서 고의로 예를 어기자, 이여송은 발끈 화를 내며 소리쳤다.

"무슨 놈의 시골 영감탱이가 이 따위로 무례하게 구는가!"
하고는, 군졸 하나를 명하여 붙잡아 오라고 하였다.

군졸이 명을 받아 꾸짖으며 가니, 노인은 소를 돌려 천천히 몰고 가는 것이었다. 군졸이 있는 힘을 다해 쫓아갔으나 끝내 미치지를 못하였다.

이여송은 더욱 화가 나서 장교 하나를 명하여 달려가 잡아

오라고 하였으나, 결과는 먼저 갔던 졸개의 경우나 마찬가지였다.

분노를 이기지 못한 이여송은 스스로 말을 타고 채찍을 치며 쫓아갔다. 이여송이 탄 말은 나는 듯 달려갔으나, 노인이 탄 소는 한결같이 천천히 가고 있었다. 이여송은 더욱 박차를 가하였으나 소를 따라 잡지 못하고 오히려 몇 리나 뒤처지게 되었다. 노기가 충천한 그는 뜨거운 콧김을 내뿜으며 산을 넘고 언덕을 넘어 거의 30리가량을 쫓아가는데 갑자기 노인이 그림자도 없이 사라져 버렸다.

이여송이 고개를 넘어 아래쪽으로 내려 들어가 보니, 그곳에는 두어 칸짜리 초가집 한 채가 있었다. 뜰 가의 늘어진 버드나무에는 안장을 얹은 소가 매어져 있었다. 노인이 틀림없이 그 집으로 들어갔으리라 생각하고는 말에서 내려 집 안으로 들어가니, 노인이 웃으며 맞이하였다. 이여송은 칼을 들어 겨누며 호통 쳤다.

"나는 천자의 명을 받들어 이곳에 와 이 조그만 나라를 구하였다. 위엄 있는 명성과 체통이 얼마나 존엄한 사람인데, 보잘 것 없는 촌 늙은이가 방자하게 내 앞을 지나다니느냐. 그런 죄를 짓고도 감히 내 한 칼을 사양하겠는가?"

노인이 웃으며 대꾸하였다.

"제가 비록 어리석은 사람이라 할지라도 어찌 천자의 나라

에서 오신 장군의 존귀함을 모르오리까? 화가 나시게 해서 이
곳으로 모신 것은 뜻이 있어서입니다. 여기 이웃집에 못된 녀
석들 둘이 있사온데, 자기들의 뛰어난 재주만 믿고 전혀 노인
을 공경하려는 생각이 없습니다. 장차 저의 집을 뺏으려 하는
데 버티기가 어려운 형편이라 장군의 신통한 위엄을 빌어 이
못된 녀석들을 없애고자 합니다. 저를 위해 이 골치 아픈 일을
좀 해결해주시지요."

"그것이 무에 어려울 것이 있겠소?"

하더니, 즉시 자리를 떠 소년들이 있는 곳으로 갔다. 소년들은
때마침 모두 책을 읽고 있었다. 이여송이 큰 소리로 꾸짖었다.

"듣자니, 네 놈들은 사납고 못돼서 어르신들께 무례하다더
구나. 내 마땅히 칼로 네 놈들의 목을 베리라."

하며 칼을 들어 막 내려치려고 하자, 두 소년은 바로 손에 들고
있던 책으로 칼을 눌러 막았다. 칼은 더 이상 내려가지 않았고,
어쩐 일인지 기운이 약해지고 말았다.

잠시 후 노인이 뒤따라 나오자, 이여송은 노인을 맞으며 말
하였다.

"저 못된 놈들의 기운을 당할 자가 없겠소. 노인장을 위해
저 놈들을 없애기는 어려울 듯하오."

노인이 웃으며 말하였다.

"그럴 거요. 얘들은 내 아이들이오. 비록 내 아이 둘의 힘을

합친다고 하더라도 이 늙은이 하나를 못 당합니다. 그런데 장군은 이 아이들도 제압하지 못하면서 하물며 나를 제압할 수 있겠소. 내 비록 깊은 산에 홀로 은거하는 자이나 능히 장군의 속셈을 헤아릴 수가 있소. 장군은 일거에 왜적을 무너뜨리고 우리나라를 재건하는데 도움을 준 것으로 인해 이름이 조선과 중국에 진동하고 있소. 이처럼 공을 높이 세우고 명망이 두터울 때 개선을 하여 돌아가면 얼마나 위대하겠소. 그런데 지금 장군은 평양에 머물면서 요행히 이득을 독점할 속셈을 가지고 있소. 대개 조선에는 인물이 없다고들 하지만, 나 같은 사람이라도 충분히 장군이 제멋대로 하려는 것을 막을 수 있소. 오늘 일은 나의 이런 뜻을 장군이 깨우치도록 하려는 것이었소. 부디 이 사람의 당돌한 말을 저버리지 말고 속히 회군하기를 바라오."

이여송은 얼굴을 찌푸리고 한참 있다가 말하였다.

"삼가 가르치심을 받들겠소이다."

제8화
지리산 신인 智異山神人

　토정 이지함이 중봉 조헌과 함께 바닷가에 앉아 있는데 물 위로 조각배 하나가 사람도 없이 절로 둥실대며 왔다. 이지함이 조헌에게 물었다.

　"자네 이게 뭔지 알 수 있겠는가?"

　조헌이 모르겠다고 하자, 이지함이 말하였다.

　"이것은 바로 지리산 신인(神人)이 배를 보내 우리들을 부르는 것이라네."

　배가 가까이 다가오자 두 사람은 올라탔다.

　배는 다시 절로 흔들거리면서 앞으로 나아가 한 나절을 가더니만 어떤 산 아래에 닿았다.

　배에서 내린 두 사람이 산으로 올라가니 석굴이 하나 있었다. 굴 안으로 들어가 보니 제법 밝고 넓었다.

　붉은 털이 난 사람 하나가 이지함을 이끌어 가더니 돌로 만든 평상 위에 마주 앉았다. 조헌은 그 아래에 서서 대기하고 있었다.

붉은 털북숭이는 끊임없이 뭔가를 말하였다. 조헌에게 그 말이 들리기는 했으나 무슨 말인지 온전히 알 수가 없었다.

잠시 후에 작별을 하고 굴 밖으로 나온 뒤에 조헌이 이지함에게 여쭈었다.

"아까 석굴 선생이 선생께 하신 말씀이 제법 많았는데, 저는 그게 무슨 말인지 하나도 알아들을 수가 없었습니다. 다만 헤어질 때에 석굴 선생이, '산에서 조심하십시오.' 하니, 선생께서, '운수이지요.' 라고 답하셨는데, 어찌 이 한 마디 돌려 말한 것으로 저 스스로 알 수가 있었겠습니까? 이게 무엇을 가리키는 말입니까?"

이지함이 말하였다.

"그가 이르기를, 나는 충청도 아산에서 죽을 것이고, 자네는 충청도 금산에서 죽을 것이니 모름지기 삼가 피하라고 하기에 내가 운수라고 에둘러 말한 것이지."

그 뒤에 과연 그 신인의 말이 증명되었다.

제9화

이 좌랑 경류 李佐郎慶流

좌랑 벼슬을 한 이경류는 곧 한산 이씨이다. 일찍 과거에 급제하여 병조좌랑이 되었다.

임진왜란 때는 이일의 종사관이 되어 상주 전투에 참가하였다가 패하고 전사하였다. 전사하던 날 대낮에 그 부인의 눈앞에 나타나서 말하였다.

"나는 조금 전에 전사했다오. 비록 내 시신을 찾으려 하여도 어려울 것이오. 그리고 내 시신은 좋은 땅에 묻혔으니 그대로 두어도 좋소. 다만 옷과 신발을 가지고 장례를 지내주면 되오."

그로부터 며칠 뒤 패전 소식이 들려왔다. 성복을 한 후에는 매일 밤이 찾아들면 그의 혼이 마치 살아 있는 사람과 마찬가지로 부인의 방으로 찾아와 동침하였고, 집안의 좋은 일과 궂은일을 가르쳐주곤 하였는데, 새벽닭이 울면 곧장 떠나갔다. 날마다 이런 일이 일상처럼 되풀이 되었다.

초하루와 보름에 제사를 지낼 때 술을 따라놓으면 따라놓는 대로 마셔서 매번 빈 잔이 되었다.

그는 다만 부인의 방만 다녀가고 어머니나 형의 처소에는 감히 가까이 가지 않았다.

대상을 지내는 날 밤에는 와서 부인에게 작별을 고하였다.

"나는 이제부터 발걸음을 끊을 것이오. 17년 뒤에 꼭 다시 오리다."

그에게는 유복자가 있었으니, 바로 이제이다. 아버지의 탈상을 한 17년 뒤, 이제가 진사가 되어 집에 돌아오는 날에 뒤뜰 공중에서 새로 과거에 급제한 사람을 부르는 소리가 여기저기서 들려왔다. 부인은 그것이 죽은 남편의 음성인 것을 알고, 울며 새로 급제한 아들의 손을 잡고 뒤뜰에 들어갔다. 공중에서는 신참인 이제에게 낭패를 주려고 이렇게 저렇게 하라며 신래 다루는 소리가 들려왔다. 사람들이 모두 그 소리를 들을 수 있었다.

한 번은 이경류의 어머니가 겨울철에 병환이 깊어 귤 생각이 간절하였으나, 철이 아닌지라 구할 수가 없었다. 그런데 지붕 위 공중에서 갑자기 목소리가 들렸다.

"형님, 귤이 아래로 떨어지고 있습니다. 형님께서는 옷으로 받으십시오."

그의 형이 옷자락을 위로 펼쳐 올리자, 노오란 귤이 투두둑

옷 안으로 떨어져 내려왔다. 그 귤을 가져다 병든 어머니에게 드렸다. 도암 이재가 쓴 비명에 이 이야기가 실려 있다.

이경류의 후손들은 대대로 귀하고 높은 벼슬을 하였는데, 자손들 가운데 경사가 있으면 문득 꿈에 나타나 알려주곤 하였다고 한다.

제10화
궁마직 宮馬直

.

옛날에 어느 선비가 용산에서 글공부하는 모임에 나갔는데, 이웃집의 어떤 여인이 슬프게 곡하기를 새벽부터 해가 저물 때까지 그치지 않는 것이었다.

선비들은 그녀가 상민 출신의 과부라는 말을 듣고 다함께 그 집으로 가보니, 소복을 입고 있는 여인이었다. 그리 애통해하는 까닭을 묻자, 그녀가 다음과 같이 대답하였다.

"저는 본디 도성 안에서 이름난 창기였습니다. 어느 날, 부귀한 집의 잔치에 갔다가 저녁에 돌아가는데 얼굴에는 술기운이 남아 있었습니다. 거울 같이 밝은 초승달이 떠올라 그 흥에 취해 산보를 하고 있었는데, 그 앞길에 어떤 젊은 사내가 초립을 쓰고 걸어 지나가고 있었습니다. 그 생김새가 관옥 같이 미끈하여 첫눈에 그만 좋아하고 사모하는 마음이 생겨 앞으로 나아가 말을 걸었지요.

'저는 기생인데 집이 이 거리 안쪽에 있습니다. 잠시 들어가

셔서 담배라도 한 대 태우실 수 있는지요?'

　젊은이가 즉시 흔쾌히 허락하므로, 그를 데리고 방으로 들어가 등불을 밝히고 마주 앉으니 그 기쁨이 손안에 들어온 듯하였습니다."

　그녀는 즉시 좋은 술을 받아다가 저녁 대신 차려 내왔다. 주안상을 마주하고 그녀가 노래 한 곡을 부르자, 젊은이도 화답하는데 그 소리가 대들보에 감길 듯이 감미로웠다. 또 거문고를 탔는데, 거문고 소리도 감미롭기 그지없었다.

　그녀는 그 젊은이에게 어느 집안의 자제인지 묻지도 않은 채, 다만 그의 재주와 용모가 평생에 다시 못 볼 정도로 기이하다고 여겨 뜨거운 사랑이 산처럼 쌓이게 되었다. 촛불을 끄고 정욕을 마음껏 불태운 뒤, 두 사람은 모두 깊은 잠에 곯아떨어졌다.

　얼핏 잠에서 깨어난 그녀가 다시 젊은이를 꼭 끌어안으려 하는데, 비릿한 냄새와 함께 스산한 기운이 팔에 느껴졌다. 눈을 비비고 살펴보니 칼자국으로 그의 배가 갈라져 있고, 흘러내린 피가 이부자리에 흥건하였다.

　그녀는 깜짝 놀라 허둥거리며 일어났다. 영창에 비친 달빛을 받은 그의 옥 같은 얼굴이 무리가 진 듯 희부옇게 비치고 있어, 죽은 모습이 오히려 더욱 사랑스러웠다.

　그의 죽음으로 인한 극심한 고통이나 뜻밖의 일로 놀란 마

음을 따질 만한 겨를이 없었다. 집안에 사내라고는 없어서 염
습을 어찌해야 할지 아득하기만 하였다.

간신히 시신을 끌어다가 골방에 감추어두고, 이튿날 밤이
되기를 기다려 다시 걸어서 집 앞 거리로 나갔다. 지나가는 사
내를 맞아들여 시신을 처리해 달라고 부탁할 심산이었다.

아니나 다를까 키가 큰 무변 한 사람이 명주로 지은 무관복
에 철릭을 쓰고 느린 걸음으로 지나가고 있었는데, 몸과 손놀
림이 경쾌해 보였다.

그녀는 전날 밤처럼 그에게 말을 붙여 집으로 들어가기를
청하였다.

술을 대접한 뒤 주안상을 물리자마자, 그녀가 눈물을 흘리
며 말하였다.

"나리를 맞이한 것은 속정에 이끌려서가 아니라 눈앞에 그
지없이 어찌할 바를 알 수 없는 일이 있어서입니다. 감히 나리
께 수고를 끼쳐드리려고 해요. 나리께서 허락해주신다면 응당
종신토록 첩이나 종이 되어 그 은혜를 갚겠습니다."
하고는 그간의 일을 세세히 밑하였다. 그러자 무변이 말하였다.

"딱하게 됐구먼!"

그는 그녀더러 염습에 쓸 베를 사오라고 하였다.

그는 옷과 활팔찌를 벗어놓고 말없이 염습을 하여 시신을
기름종이에 싸놓은 뒤 괭이를 찾아와 도성 담을 넘어가 시신을

매장하려하며 그녀에게 물었다.

"자네 매장한 무덤을 가서 보고 싶지 않은가?"

"꼭 그러고 싶지만 어떻게 성을 넘겠어요?"

그가 왼쪽 옆구리에는 시체를, 오른쪽에는 그녀를 낀 채 성을 넘어 뛰어내렸다. 한 곳에 이르러 깊이 구덩이를 파고는 시신을 잘 묻어주었다.

집으로 돌아왔을 때, 그녀는 그날 밤 그 무변을 마땅히 가까이 하겠다고 하자, 무변이 말하였다.

"내가 오늘밤 이곳에서 자기는 잘 걸세. 허나 자네와 동침을 한다면, 이는 곧 젊은이를 묻어준 보답을 바라는 것이니, 난 그리하지 않겠네. 내가 젊은이의 원수를 갚아주고 싶은데 자네 의향은 어떤가?"

"그리해주신다면 얼마나 큰 은덕이겠어요? 하지만 그 도적놈을 어디서 찾는다지요?"

"전에 혹시 자네를 연모하는데 자네가 받아들이지 않은 사람이 있는가?"

그녀가 처음에는,

"없었어요."

하였다가 한참 뒤에 말하기를,

"저희 집 뒤에 궁궐에서 마지기 노릇하는 한 사내가 있었는데, 밉살스럽게 생겨 정이 떨어질 정도였습니다. 제게 가음을 둔 지 오래 되었는데, 제가 쌀쌀맞게 거절했었지요.”

무변은 고개를 끄덕였다.

이튿날 날이 밝자, 무변은 뒷문을 활짝 열어놓고, 그녀의 팔을 끌어안은 채 문에 바싹 다가앉아서는 온갖 추잡한 희롱을 다하다가 오후가 되어서야 그쳤다.

그날 밤 무변은 앞으로 난 창문 안에 누워 드르렁거리며 코를 골았다. 그녀도 또한 전날 밤 잠을 못 잔 까닭에 정신없이 깊이 잠들었다.

밤이 깊어진 뒤 잠결에 문득 툭탁거리는 소리가 들렸다. 그녀는 깜짝 놀라 생각하기를,

‘오늘밤 또 곡할 일이 있으려나?’

하는데 조금 뒤에 무변의 달소리가 들려왔다.

“어서 등불을 켜 오게!”

그녀가 불을 찾아 촛불을 밝히고 보니, 어떤 사람이 머리가 깨진 채 창 앞에 죽어 자빠져 있었다.

무변이 물었다.

“이 놈이 바로 자네를 꾀던 그 마지기인가?”

그녀가 자세히 살펴보고는 말하였다.

“그렇네요. 나리께서는 어떻게 저 자를 이곳에 오게 하여 죽이셨어요?”

“온갖 짓거리로 자네를 희롱하여 이놈을 끌어들였지. 낮 동

안 이놈이 뒷담에 엎드려 훔쳐보고 있었는데, 눈빛이 불량하더
군. 그래서 나는 벌써 밤에 나를 해치러 오리라는 것을 알았지.
창문 안쪽에서 거짓 자는 체하고 있었더니, 아니나 다를까 문
을 열고 칼을 들고 들어오는 자가 있더군. 나는 소매 속에 감추
고 있던 철퇴로 들어오는 놈을 쳐서 죽였다네.”
하고는 즉시 그 하인의 시체를 묶어서 옆구리에 끼고는 성을
넘어가서 파묻은 뒤 돌아왔다.

무변은 날이 밝기를 기다리지 않고 옷자락을 떨치며 갈 길
을 재촉하였다. 그녀가 따라가겠다며 손짓하여 부르며, 그가
사는 동네와 성씨와 벼슬이 무엇인가를 물었음에도 아무 대답
이 없이 떠나 버렸다.

마침내 그녀는 서울 도성 안에 있던 집을 팔아버리고 용산
으로 나가서 그 젊은이를 위해 수절하며 살았다.

그녀는,

“오늘이 바로 그 젊은이가 살해당한 날이어서 제사를 지냈
는데, 슬픔을 참을 수가 없네요.”
하였다.

제11화

금산기 錦山妓

선비 유명순은 바로 재상인 유척기의 큰아버지이다. 신장이 10여 자나 되었고, 풍채가 수려하여 거의 중국 서진 때 반악이나 위개와 같은 미남으로 번쩍번쩍 광채가 났다.

그가 열예닐곱의 나이 때 어느 기생의 집 앞을 걸어서 지나가는데, 마침 기생이 발을 걷어 올리다가 그를 보고 눈짓으로 불러들였다. 그 기생 또한 얼굴이 옥 같이 고왔다.

그녀가 말하기를,

"새로 호남에서 올라왔는데, 교방에 선발되어 적을 서울에 두게 되었어요. 비록 기생의 무리에 섞여 있지만, 목석같은 남자와 짝이 되는 걸 부끄럽게 여긴답니다. 평생의 소원은 서진 시절의 미남인 반악과 같은 남자를 만나 첩이 되어 가까이서 모시는 거랍니다. 지금 군자를 뵈니 참으로 그런 분이시네요. 감히 몸을 허락할까 하는데 제 소원을 들어주실는지요?"

하였다. 유명순도 흔연히 대답하였다.

"두 미남 미녀가 서로 만났는데, 두 사람의 마음이 어찌 다르겠나? 공명은 내 차지일 테니 벼슬길에 오른 뒤를 기다려 인연을 맺어도 늦지 않을 것이네. 산이나 바다와 같은 맹세가 이미 마음속에 굳은데 잠자리를 함께 하는 일이야 하고 말고를 따질 게 있겠나?"

그 기생도 그의 말을 즐겨 듣고 말하였다.

"좋습니다."

그 이후로 유명순은 길을 가다가 그곳을 지날 때면 문득 찾아들어가서 취하도록 술을 마시고 노래를 화답하였다. 두 사람은 서로 기뻐하며 원앙과 같은 사이로 자처하였으나 잠자리만은 함께 하지 않았다.

그러다가 불행히도 유명순은 벼슬길에 오르지 못한 채 요절하고 말았다. 그녀는 깜짝 놀라 비통해하였다. 상청으로 달려가 곡을 하며 머리를 풀어헤치고 상복을 갈아입으려 하였다.

유명순의 아우인 유명건이 그녀를 불러,

"자네는 우리 형님과 인연을 맺은 것도 아닌데 상복을 입으려 하는 것은 참으로 망령된 일이구먼."

하고 꾸짖으며 그녀를 내몰아 발을 붙이지 못하게 하였다. 그녀는 죽을 각오로 머물게 해달라고 빌었으나 끝내 들어주지 않았다. 떠나갈 즈음 그녀는 울면서 유명건에게 말하였다.

"비록 본가의 완강한 거절로 제 뜻을 이루지는 못했지만,

맹세코 홀로 살지 않고 유똑을 달리할 겁니다. 집에 돌아가
자결할 텐데, 한 가지 부탁드릴 일이 있습니다. 쉰네의 이종
동생이 기생이 되어 금산에서 올라왔는데, 매번 쉰네에게 말
하기를,

'서울에서 으뜸가는 장부를 만나서 이 몸을 의탁하려는데,
언니가 나를 위해 주선 좀 해줘.'
하였어요. 쉰네가,

'내 소견으로는 내가 후일을 약속해둔 유씨 낭군이 서울에서
으뜸가는 분이고, 그 분의 동생이 그 다음이지.'
하자, 동생이 말하기를,

'그렇다면 그 분 동생에게 나를 소개해서 우리 두 사람이 서
로 동서가 되면 천만다행이겠네.'
했지요. 쉰네는 이미 그 아이의 중매를 서기로 허락했어요. 쉰
네가 죽은 뒤 제 동생으로 하여금 서방님의 시중을 들 수 있게
해주신다면 죽은 저의 혼백도 약간 위로가 되겠지요.”

그 기생은 집으로 돌아가 결국 바로 자결하였다.

유명건은 그녀의 절개에 감동하고 그녀의 뜻을 슬퍼하였다.
결국 금산에서 올라온 기생은 유명건이 소실로 삼아 집안에 두
었다고 한다.

유명순이 일찍이 시골길을 가던 중 한 곳을 지나다가 그 마
을에서 가장 큰 집에 묵으려고 대문을 두드렸으나 응답하는 사

람이 없었다.

잠시 후에 곱게 생긴 한 처녀가 대문 안쪽에 몸을 숨긴 채 말하였다.

"집안에 다른 사람이 없는데, 어느 곳에서 멀리 오신 손님이 이곳에 묵으시려 하십니까? 꼭 묵으시려면 어쩔 수 없이 안채로 가셔야겠어요."

유명순은 그녀가 투숙을 허락하는 것만도 다행인데, 안채라니 더욱 기대한 이상이었다.

대문을 들어서며 그 처녀를 보니 자태와 용모가 가냘프고 아리따워, 한층 기쁘게 여기며 사모하는 마음이 생겼다.

그토록 연약한 처녀가 혼자 집을 지키는 까닭을 물으니, 계모가 외출해서 아직 돌아오지 않았다는 것이었다.

저녁을 차려주는데, 반찬이 정갈하였다.

젊은 남녀가 한 자리에 같이 있다 보니 자연 아무 일이 없을 수가 없었다. 운우의 즐거움을 맺으려 하는데 그녀가 말하였다.

"한밤중에 안방으로 남자를 끌어들인 데는 어떤 뜻이 있습니다. 만약 제 뜻을 이루어주신다면 어찌 감히 거절하겠어요."

유명순이 그녀의 뜻을 묻자,

"저의 집안의 문벌은 상민이나 천민도 아니요, 그렇다고 양반도 아닙니다. 아버님이 못된 첩을 얻었지요. 그 첩이 집안일을 제멋대로 처리하며 그녀의 남동생인 흉악한 사내와 합세하여, 더러는 독을 넣기도 하고 더러는 저주를 하여, 우리 어머님과 형제들이 모두 비명에 죽었답니다. 지극한 원통함이 뼈에 사무쳤으나 이렇듯 연약한 저로서는 원한을 갚고 치욕을 씻을 길이 없더군요. 다만 남에게 몸을 의탁하고 그의 손을 빌려 도모할 생각이었지요. 손님께서 만약 전적으로 제 소원에 부응하신다면, 오늘 밤 동침하는 것을 저는 사양하지 않겠어요. 그렇지 않고 정욕으로는 제 뜻을 빼앗을 수 없으실 거예요."

하는 것이었다. 유명순은 평소 의기를 좋아하는 터였는지라 그녀의 뜻을 어여삐 여겨 허락하였다.

그 날 밤 동침한 두 사람은 이튿날 관아에 들어가서 그녀의 이름으로 고소장을 제출하고 날마다 관아 문 밖에서 기다렸다. 무릇 열한 차례나 고소장을 제출하고서야 비로소 판결을 받아냈다.

계모의 남동생은 법에 따라 처형되었고, 계모는 먼 곳으로 쫓겨났다.

그런 뒤에 유명순은 서울로 돌아갔는데, 그녀를 데리고 갈 형편이 못 되어 그대로 남겨두고 갔다. 그렇게 한 번 헤어진 뒤로 서로 만나볼 인연이 없어, 그녀는 혼자 살면서 단단히 절개를 지켰다.

유명순이 죽었다는 소식이 들리자, 그녀는 그날로 자결하였다.

두 열녀가 동시에 순절하였는데, 모두 한 사람을 위해서 죽은 것이었다. 이는 《삼강행실도》에도 없던 일이었다.

유명순의 풍채가 사람들에게 얼마나 감동을 주었는지 또한 미루어 알 만하다.

제12화

묘 墓

서울의 한 벼슬아치가 임종할 때 세 아들에게 유언을 남겼다.

"나 묻을 곳은 반드시 면천 이 생원의 지시를 따라서 정하거라. 절대로 내 말을 어겨서는 안 된다."

면천은 충청도 당진에 있는 고을이었다.

초상이 난 뒤 한두 달이 지나서 과연 면천의 이 생원이 문상을 왔다. 상주가 선친의 유언을 전하자 이 생원이 말하였다.

"내 어찌 돌아가신 어른의 장지를 가려 드리지 않을 수 있겠소?"

상주가 산을 보러 가자고 청하자, 이 생원은 당장 출상을 서두르게 하였다. 상주들은 오직 이 생원이 하라는 대로 따랐다. 이 생원도 상여를 따라서 함께 나섰다.

상여 행렬은 서대문을 나가 경기도 파주의 장파 고을 쪽으로 향하였다. 한 곳에 이르러 상여 행렬을 멈추고 삽으로 한 지점의 혈을 파게 하였다. 땅을 몇 자쯤 팠을 때, 이 생원은

즉시 하관하라고 지시하는 것이었다. 상주가,

"사대부의 장례를 어찌 이처럼 소홀하게 할 수 있겠습니까?"

하니 이 생원은,

"장례가 갖춰지고 안 갖춰지고는 내가 상관할 바가 아니오. 이곳이 아니면 장지가 없고, 지금 시각을 놓치면 장례 지낼 시가 없다오. 어느 겨를에 횟가루를 쓴다느니, 겉의 관이 어떻다 하며 허식만 찾고 있겠소?"

하는 것이었다. 상주들은 부득이 관 위에 흙을 덮고 봉분을 지어 대강 동이를 엎어놓은 모양으로 만들었다. 상주들은 자식된 마음에 망극함이 이를 데 없어 자기들끼리 의논하기를,

"오늘 일은 유언이 계셨으니 우선 이 생원의 지시를 따르고, 장차 형편을 보아서 다시 길지를 구하고 범절을 차려서 모시기로 하세."

하였다. 돌아오는 길에 상주들이 이 생원에게 물었다.

"장사는 이미 끝났습니다만, 과연 풍수지리가 어떠한지 어르신의 말씀을 듣고자 합니다."

"내가 돌아가신 어른의 장지를 어찌 명당자리로 잘 택하지 않았겠는가?"

상주가 물었다.

"앞날의 화복이 어떨는지요?"

"초년의 화는 피하기 어려울 것이오. 맏상주는 머지않아 상

을 당할 듯하고, 둘째 또한 그러할 것이오. 막내가 가장 길하 겠구먼."

그때 막내는 장가들기 전이었다. 탈상한 뒤에 통의동에 사 는 성 승지의 딸에게 장가들었다. 그가 처가에 있는데 왜적이 부산의 동래를 침입하였다는 소문이 마침 들려왔다.

그의 형들은 그에게 빨리 집으로 돌아와서 함께 피난을 떠 나자는 편지를 보내왔다. 신혼 초에 아내와 작별하기 어려워서 형들의 편지를 세 차례나 받고서야 길을 떠났다. 아내와 헤어 질 때에는 모란화 한 가지를 꺾어 머리에 꽂아 주고 눈물을 흘 리며 작별하였다.

삼형제가 함께 피난길을 떠났는데, 한 곳에 이르러서 왜적 을 만나는 바람에 일시에 포로가 되고 말았다. 왜적은 참수대 에 포로들은 묶어 놓고 차례로 머리를 벴다. 큰형과 작은형이 죽음을 당하였고, 바야흐로 막내가 당할 참이었다.

집의 하인이 뒤에 있다가 이 광경을 목격하고 혼자 달아나 막내의 부인을 찾아갔다. 그는 삼형제가 왜놈의 칼날 아래 살 해된 경위를 본 대로 말하였다. 이로 인해 성씨 부인은 셋이 다 죽었다고 믿게 되었다.

그러나 당시 막내의 목이 떨어지기 직전에 한 왜장이 그의 용모가 아름다움을 아껴 구해주었다. 그를 양자로 삼아 항상 좌우에 데리고 다니며 매우 귀여워하다가 전쟁이 끝난 뒤에는 왜국으로 데리고 갔다. 그래서 막내는 왜국에서 10년의 세월을 보냈다.

왜국에서는 타국인에게 보이는 과거를 실시하여 낙방하면 죽이는 것으로 법을 정해 놓고 있었다. 막내는 이 시험에 실패하였으나, 일본인 양부가 구해주어서 죽음을 면할 수 있었다.

다시 10년 만에 그 시험에 응시하였으나 또 합격하지 못하였다. 장차 죽음을 맞이할 때에 왜국의 고승이 그를 사면 받게 하고, 제자로 가르치고 제자의 행위를 바르게 지도하여 그 모범이 될 수 있는 승려인 아사리를 삼았다.

마침내 그는 불문에 의탁하였고 또 다시 10년이 흘렀다. 고승이 병들어 죽음을 앞두고 그에게 소원을 물으니, 그는 고국으로 돌아가는 것이라고 하였다. 이에 고승은 가는 길의 여러 고을 및 포구나 항구를 통과하는 문서를 주어 저지를 당하지 않도록 조치한 후 보내주었다.

그는 드디어 바다를 건너 서울에 당도하였다. 자기의 옛집을 찾아가 보니 전란 중에 집이 송두리째 소실되어 발을 쉴 곳도 없었다. 통의동의 처가를 찾아가 보았으나, 이 또한 이미 주인이 바뀌어 물어볼 곳도 없었다.

사방으로 이리저리 헤매다가 아버지의 산소에 성묘를 하러 서쪽 길로 나갔다. 산소가 있는 골짜기로 들어가 멀리서 바라보니 그 옛날 초라하였던 분묘는 찾아볼 길이 없었다.

상하로 무덤 둘이 보이는데 봉분은 동산만 하고 각기 비석이 높이 서 반짝였으며 재실도 굉장한 건물이었다. 생각하기에 친산 한 자락이 다 이미 권세가에 빼앗긴 듯싶었다.

나아가서 묘지기에게 물으니 현직 평안감사 댁 산소라고 하였다. 묘비 앞으로 다가서서 비문을 읽으니 위쪽의 분묘는 직함이나 관련 사실, 자녀에 대한 기록이 선친의 것임이 분명하였다.

아래쪽의 분묘는 왜란에 화를 입어 의복과 신발로써 장례를 지냈다며 평안감사가 이 분의 유복자라 하였는데, 생년이나 배우자며 형제간의 차서가 정확히 자신의 경우와 일치하였다. 정신이 황홀해져서 꿈인가 미친 것인가 싶었다.

그 길로 그는 평양감영을 향하였다. 그러나 감사가 집무하는 포정사의 문은 깊기가 바다와 같아서 들어갈 방법이 없었다. 몸에 걸친 왜복을 미처 갈아입지 못한 그는 영락없이 일개산승의 모양이었다.

이에 장삼의 소매를 넓게 늘이고 포정문 밖에 팔짱을 끼고서 사흘 동안 꼼짝을 않고 우뚝 서 있었다. 감영의 하인들은 이상한 일이라고 서로 수군스군 댔다. 감사 역시 이 일에 대해 듣게 되어 하인들을 시켜 일의 대강을 물었다. 그에게서 물론 이러저러한 대답이 나왔다. 감사는 비장을 돌아보고 물었다.

"저 중의 말이 무엇이라 하더냐?"

"생판 요사하고 흉악한 말에 지나지 못합니다. 사또께서 더불어 수작하시어 소문에 의혹을 부르실 것이 없습니다. 소인에게 맡기시지요."

이는 말이 밖에 나지 않도록 죽여 버리겠다는 의미였다. 감사도 고개를 끄덕이어서 비장은 승려를 끌고 밖으로 나갔다.

감사의 모친이 감사를 불렀다.

"아까 들으니 이상한 일이 있다고 하던데, 자네는 어떻게 처결하였는가?"

"비장이 적당히 처치하겠다고 벌써 끌고 갔습니다."

"자네는 어떻게 그의 말이 반드시 거짓이고 참말이 아닌 줄을 알고 그러는가? 그와 나 사이에 발을 치고 내가 몸소 물어 보겠네. 어서 다시 불러들이게."

비장이 미처 일에 착수하지 않은지라 그 중은 곧 불려 왔다. 중의 대답은 아까 감사 앞에서 하던 말과 마찬가지였다. 감사의 모친이 말하기를,

"그대의 말이 대체로 부합하기는 하나, 우선 가장 명백한 증거를 대 보시게."

하니 중은,

"제가 처가에 있었을 때 큰 형님과 작은 형님께서 집으로 돌아오라고 독촉하신 세 차례의 편지를 모두 아내에게 보여주었고, 또 아내와 작별하면서 모란꽃을 꺾어 머리에 꽂아 주었으

니, 이것이 가장 결정적인 증거입니다."

하였다.

"이 두 일은 조정에까지 유명해진 일일세. 성상께오서 유복자가 현달함을 기뻐하시고 아울러 그 어미를 기특하게 여기시어, '모란꽃을 머리에 꽂다'라는 것으로 제목을 삼아 신하들에게 글을 지어 올리게 하셨지. 그대가 서울을 지날 때 혹 들었을지도 모르는 일들이니 그것만으로는 충분한 증거가 못 되지. 내 신상의 숨겨진 곳에 아무도 모를 무슨 표식을 지적한다면 가히 신빙성이 있겠지만."

중은 한참 동안 머뭇머뭇하다가 입을 열었다.

"제 아내는 아랫배 밑으로 검은 점 일곱 개가 뽀얀 살결 위에 가로질러 옆으로 나 있습니다. 이불 속에서 어루만질 때 장난삼아 북두칠성이라 한 적이 있지요."

감사의 모친은 그 말이 채 끝나기도 전에 발을 걷고 뛰어나와 중을 붙들고 대성통곡을 하며 말하였다.

"오, 정말 당신이구려, 정말 당신이에요! 천 번 만 번 명백합니다. 하느님이시여, 오 하느님이시여!"

참으로 기이한 만남이라, 온 감영이 술렁거리며 경하하는 말이 비등하였다.

중은 비로소 장삼을 벗어 버리고 새로 의관을 차려입었다.

감사는 임금께 상소하여 돌아가신 줄로만 알았던 부친이 살아 돌아온 내력을 적어 올리고, 한편 선산으로 급히 사람을 보내 허묘를 파고 비석을 뽑아 버리게 하였다.

이 생원이 묏자리를 보는 안목은 과연 신묘하다 하겠다.

옛날에 두 선비가 있었다.

나라에서 경사가 있어 실시하는 과거인 별시가 열리게 되었는데, 이를 앞두고 선비들은 북한사라는 절에서 동숙하며 글공부를 하였다.

그 중 한 선비는 몹시 가난해 보였으나, 입성이나 가져다 먹는 음식이 남다른 것이 거의 부귀한 집에 가까울 정도였다. 다른 한 선비가 그 까닭을 물었으나 몇 번을 물은 뒤에야 대답하기를,

"내 아내가 재주와 지혜가 출중해서 맨손으로 집안을 구려 가는데도 길쌈이나 음식 조리에 힘쓰지 않는 데가 없지. 우리 나라에선 그런 사람이 둘도 없을 걸세. 그래서 지아비인 내게 이렇게 해다 준다네."

하는 것이었다.

그의 말을 들은 선비는 먼 산을 바라보며 묵묵히 말이 없었

다. 잠시 후에 그는 지레 과거 공부를 그만두고 집으로 돌아 갔다.

아내 자랑을 한 선비가 느긋이 글공부를 마치고 집으로 돌아가서 물어보니, 그 친구는 온 가족을 데리고 멀리 떠났는데, 어디로 갔는지 모른다는 것이었다.

그로부터 10년 가까이 소식이 완전히 끊어졌다.

아내 자랑을 하였던 선비는 바로 과거에 급제하여 여러 벼슬을 역임하고 종1품에 이르러 평안감사 벼슬을 제수 받게 되었다. 그는 안식구를 거느리고 부임하게 되었는데, 미처 평안도 지경에 이르기 전에 한낮이 되었다. 점심을 해먹으러 점막으로 가는 도중에 한 사람을 만났다.

그가 탄 말은 하늘을 날 듯한 용마였고, 따르는 무리가 구름처럼 많았다. 상하의 복식이 휘황찬란한 데다 기세가 호기롭고 씩씩하였다.

가까이 다가가 살펴보니 예전에 북한사에서 함께 글공부를 하던 친구였다. 함께 점막으로 들어가서 반갑게 안부를 주고받았다. 그런 뒤 감사가 물었다.

"예전에 북한사에 있을 때 무슨 까닭에 그 길로 글공부를 그만두고 아무도 모르게 떠났는가?"

그 친구가 대답하기를,

"그 당시 자네가 말하기를, '내 아내의 재주와 지혜가 우리

나라에서 으뜸일세.'라고 말했었지. 나는 자네의 말을 듣고 갑자기 흑심이 생겨 마음속으로 '내가 이 친구의 아내를 빼앗을 수가 없다면 세상에 살아서 무엇 하겠어?'라고 다짐하고 그날로 계획을 세워 서울을 떠나 시골로 내려갔지. 깊숙한 곳에 소굴을 만들고 도적의 마을과 온 나라에서 불러 모은 건장한 졸개가 수만 명일세. 저기 나를 따라온 군교들은 범처럼 용맹해서 한 명이 자네 감영의 하인들 수십, 수백 명을 감당할 걸세. 오늘 내가 나온 것은 전적으로 길을 지키고 있다가 자네 안사람을 가로채가려는 것이지. 자네 안사람이 비록 하늘에 오르고 땅 속으로 들어가는 재주가 있어도 도피하지 못할 걸세. 감사인 자네의 세력이라도 다만 미안마제비 한 마리가 팔을 휘두르며 수레 앞에서 항거하는 것에 불과하니, 잔말 말고 공손히 받들어 올리게나."

하는 것이었다.

그 말을 들은 감사는 가슴이 철렁하여 어찌할 바를 모르다가 겨우 한 마디 하였다.

"들어가서 아내에게 알리겠네."

하고는 점막 안채로 들어갔다. 그가 비참하여 마음이 상한 기색을 띠고 있자, 그의 부인이 괴이하게 여기며 이유를 물었다. 감사는 슬픔에 목이 메어 사나운 손님이 찾아와 협박하고 있는 상황을 낱낱이 말하였다. 그의 부인은 웃으며 말하였다.

"영감께서 비록 잘난 방백은 되셨어도 끝내 졸장부는 면치 못하셨구려. 이제 그 손님의 말을 들어보니 그 사람이야말로 바로 대단한 영웅이구려. 여자로 태어나 그런 영웅의 아내가 된다면 그 어찌 유쾌하지 않겠어요?. 진정 제 소원과 부합하는 데 어찌 놀라겠어요? 청컨대, 우리 둘 사이는 점심을 먹은 뒤 이제 그만 서로 갈라서기로 하지요."

감사는 울면서 말하였다.

"그대는 어찌하여 이런 말씀을 입 밖에 내는 게요?"

감사의 부인은 그 말을 들은 체도 하지 않고 당장에 행장을 나누어다가 도적을 따라갈 물건을 바삐 챙겼다. 감사는 밖으로 나와 도적의 괴수에게 말하였다.

"내 아내가 자네를 따라가고자 하네."

도적의 괴수는,

"자네 부인께서 피할 수 없는 일이라는 걸 훤히 아시는 게지. 그뿐 아니라 일이 돌아가는 이치를 이해하기도 하셨고."
하며 군교를 불러 말하였다.

"부인께서 행차하실 가마를 이미 이곳에 대령해 놓았느냐?"

그러자 벌써 대령해 놓았다는 대답이 왔다.

도적의 괴수가 다시 말하였다.

"빨리 점막 안채로 들어가 부인을 모시고 나오너라!"

도적 무리의 교졸과 시비들이 감사의 부인에게 가마에 오르

기를 청하였고, 도적의 괴수 또한 손을 들어 감사에게 작별을
고한 뒤 말을 박차며,

"이랴!"

한 소리에 나는 듯이 사라졌다. 다만 그들이 사라지며 일으
킨 먼지만이 하늘을 온통 뒤덮고 있을 뿐이었다.

도적의 괴수에게 부인을 탈취 당하고 나서 감사는 부임할
마음은 있었으나 고개를 들어 아전들을 볼 낯이 없었다. 이미
조정에 하직 인사를 한 마당에 도중에서 곧장 돌아갈 수도 없
는 일이었다. 진퇴양난의 망극한 형편에 눈물만이 비 내리듯
흘러내렸다.

두어 식경이 지난 뒤에 감사는 좀 전까지 아내가 앉아 있던
곳을 보며 그녀의 모습을 상상이라도 하면서 마음을 달래려고
점막 안채로 들어갔더니만, 그의 부인이 아무 일도 없었다는
듯이 그곳에 오뚝이 앉아 있는 것이었다. 감사는 깜짝 놀라 물
었다.

"아까 부인께서 가마에 올라 도적을 따라간 것을 이 눈으로
보았는데, 문득 이곳에 계시다니 귀신이오, 사람이오?"

부인은,

"제가 어찌 도적의 위협을 받았다고 가겠어요? 그 당시 제
뜻에 부합한다고 말한 것은 이렇게 된 일입니다. 그때 제 대답
이 만약 수긍하지 않는 뜻을 담았더라면, 사방에 깔려 있는 도

적의 귀와 눈으로 인해 즉각 뜻밖의 변고가 반드시 생겼을 것
입니다. 그 때문에 거짓 수긍하는 체 대답하여 도적이 믿어 의
심치 않게 한 것이었답니다. 그리고는 즉시 한 가지 꾀를 내어
따라온 계집종 아무개를 가만히 꼬여서 말하였습니다.

'네 자색이 이처럼 빼어난데 평생 남의 집 종노릇이나 하기
에는 참으로 곤욕스럽겠구나. 저 도적의 괴수는 참으로 대단한
호걸이더구나. 네가 그의 처가 된다면 네 한 평생 입고 먹는
것이 높은 벼슬아치의 부인과 다름없게 될 것이야. 만약 네가
나를 대신하여 가서 네 본색을 끝까지 숨길 수만 있다면, 이
어찌 얻기 어려운 좋은 기회가 아니겠느냐?'
하였더니 그 아이가 흔쾌히 따르더군요. 곱게 화장과 성장을
하게 해서 내보내어 도적의 가마에 오르게 하였지요. 저는 병
풍 뒤에 몸을 숨기고 도적들이 멀리 갈 때까지 기다렸다가 이
제야 나온 것입니다. 이런 임기응변의 방책을 생각해낼 수 없
다면 어떻게 평범한 부인을 능가한다고 하겠어요?"
하였다.

감사는 얼마 되지 않는 시간 동안에 순간 아내를 잃는 뜻밖
의 일로 깜짝 놀랐다가는 뛸 듯이 기뻐하며 아내와 더불어 임
지로 향하였다.

제14화

청참이이첨소 請斬李爾瞻疏

　　광해군이 집권하던 어지러운 때에 두 사람의 이름난 선비가
서로 막역하게 지내고 있었다. 그 중 한 선비가 문득 원인을
알 수 없는 병에 걸려 가족들을 거느리고 경기도 광주로 나가
살았다.

　　한 해가 지난 뒤, 그 선비는 서울에 있는 선비에게 전갈을
보내기를,

　　"내 병은 더 이상 나을 희망이 없네. 자네는 모름지기 나를
찾아와 영결을 하세."

하였다.

　　서울에 있던 선비는 즉시 나와 병든 친구를 찾아갔다. 먼저
그의 아들을 만나 물었다.

　　"자네 부친의 병환이 어떠신가? 내가 들어가 보게 해주게나."

　　아들이 말하였다.

　　"숨이 끊어질 듯 가쁘셔서 더욱 놀랄 정도입니다. 사람의 말

소리가 들리면 문득 겁을 내시니 갑자기 들어가 만나시는 것은 불가합니다. 어르신께서는 잠시 바깥사랑채에 앉아 계시다가 아버님 병세가 조금 나아질 때를 기다리시면 제가 마땅히 모시고 들어가겠습니다."

조금 뒤에 손님을 청하므로, 서울 선비가 환자가 거처하는 방으로 들어가니 방안은 사면의 창과 문을 모두 짚 같은 것으로 두껍게 가려 놓아, 들어서니 칠흑처럼 어두웠다. 얼굴을 마주하고서도 서로 알아볼 수가 없었다.

서울 선비가 물었다.

"자네 병세가 어찌 이리도 중한가?"

병자는 목구멍에서 내는 소리로 겨우 한두 마디 대답하였다. 그러고 나서 서울 손님은 돌아갔다.

또 1년이 지나자 다시 전갈을 보내어,

"지금 내가 천식으로 헐떡거리는 꼴이 작년과는 또 다르니, 자네는 필히 모든 일을 접어 두고 이리로 나와 나의 마지막 부탁을 들어주는 것이 좋겠네."

하였다.

그 말에 따라 또 친구를 방문하여 바깥사랑채에 앉아 있다가 잠시 후에 안내를 받아 들어갔다.

병자는 아들과 조카들에게 사방에 햇빛을 가렸던 짚단을 모두 걷어치워 버리라고 명하였고 이내 창살 달린 창문이 환해졌다.

병자는 눈을 부릅뜨고 서울 선비를 향해 앉아 말하였다.

"나는 처음부터 병자가 아니었네. 시국의 판세는 틀림없이 오래지 않아 크게 뒤집어져 반드시 큰 살육이 일어날 걸세. 나는 병을 핑계로 3년간 조정에 자취를 끊었었네. 이제는 속히 위험에서 벗어나 안전한 데로 들어가야지. 나만 몸을 온전히 하고 자네는 화를 면치 못하게 한다면 평생 절친한 벗으로 지낸 도리가 아닐 걸세. 오늘 자네를 맞이한 것은 대개 자네에게 화를 면할 계책을 일러주기 위함이었네."

하고는 벽에 걸린 편지꽂이에서 종이 한 장을 내려다가 서울 선비 앞에 던져주며 말하기를,

"이것은 곧 내가 지은 것으로 〈이이첨의 참수를 청합니다〉라는 상소문일세. 자네는 반드시 자네 이름을 써넣고 상소문을 제출하게. 그런 뒤라야만 자네가 살 길이 생긴다네."

하였다.

세상에 흘러 전하는 것은 다만 이것뿐이고, 서울 선비가 친구의 말을 따랐는지의 여부는 아직 듣지 못하였다.

제15화
김 창의사 부인 金倡義使夫人

의병장 김천일의 아내는 누구 집 딸인지 알 수가 없으나, 키가 크고 큰 뜻을 품어 활달하였다.

시집온 날부터 베개를 높이 베고 누워 편안하게 잠만 자며 하는 일이 한 가지도 없었다. 그녀의 시아버지는 타이르기를,

"너는 참으로 어여쁜 며느리다만, 남의 집 며느리가 되어가지고는 생계 꾸리는 데 전혀 마음이 머무르지 않으니 걱정이로구나."

하였다. 며느리가 대답하였다.

"손 안에 밑천이 없는데 무엇을 가지고 생계를 꾸리겠습니까?"

시아버지는 즉시 남녀 종 각 다섯 명과 벼 스무 섬과 소 두 마리를 주며 말하였다.

"이만하면 족히 생계를 꾸려 나갈 밑천이 되겠느냐?"

그녀는,

"예!"

하고는 즉시 노비들을 불러 말하기를,

"이제 자네들은 내 수하에 들어왔으니 내 지시를 따라야 되네. 지금부터 이 벼를 이 소에 싣고 전라도 무주 고을의 깊은 골짜기 속으로 들어가서 나무를 베어다 집을 짓게. 벼를 찧어 농사지을 동안의 양식으로 쓰면서, 부지런히 화전을 일구어 매년 가을마다 수확한 곡식의 총량을 내게 알리고, 즉시 쌀로 도정을 하여 쌓아 두게. 매년 이처럼 하면 되네."

하고는 당일로 열 명의 노비들을 무주 골짜기로 들여보냈다.

또 남편인 김천일에게 말하였다.

"대장부의 수중에 돈이나 곡식이 하나도 없으니, 무슨 일을 과연 힘써 하실 수 있겠어요?"

그러자 김천일이 말하였다.

"부모님을 봉양하고 있는 사람으로, 돈이나 곡식을 어디서 마련해 내겠소?"

"이 고을의 이 생원은 바로 수만 섬의 곡식을 거두어들이는 부자랍니다. 그러면서 도박을 좋아한다고 하데요. 당신은 어째서 그와 도박을 하여 그의 천 섬 노적가리를 따가지고 오지 않으십니까?"

"그치는 도박으로 이름을 떨치는 사람이고, 나는 수법이 매우 졸렬한 사람으로 어찌 감히 도박을 해서 딴 마음을 먹기나 하겠소?"

부인은 김천일에게 바둑판을 가져오라고 하여 한나절 동안

묘수의 비결을 가르쳐주면서 말하였다.

"내기하러 가셔서는 첫 판은 일부러 져주세요. 둘째 셋째 판에서는 그저 약간만 따셔야 합니다. 당신이 노적가리를 따내면, 그는 한 판 더 벌이자고 청할 겁니다. 그때는 이곳저곳에 높은 수를 써서 이겨, 그가 손을 쓸 수 없도록 해야 합니다."

김천일이 이 생원의 집으로 찾아가 내기를 하자고 하니, 그가 말하였다.

"자네와 나는 솜씨의 차이가 몹시 나는데 내기가 되겠는가?"

김천일은 굳이 노적가리 천 섬을 걸고 내기를 하자고 청하였고, 첫 판은 일부러 져주었다.

그러자 이 생원이 웃으며 말하였다.

"그러면 그렇지! 자네가 어찌 내 적수가 되겠는가?'

김천일이 둘째 셋째 판을 연달아 이기자, 이 생원이 말하였다.

"이상하구나, 이상해! 기왕에 주기로 한 노적가리니 식언을 할 수도 없구먼. 즉각 가져가게. 그러나 나와 다시 두어 내게 치욕을 씻도록 해주기 전에는 그만둘 수가 없어!"

이에 김천일이 신묘한 비결을 아낌없이 모두 쓰니, 이생은 완연히 기세가 꺾여 감히 버티지 못하였다.

김천일이 돌아가 아내에게 내기를 해서 노적가리를 땄다고 알리니, 아내가 말하였다.

"이미 짐작하고 있었지요."

"이걸 어디다 쓰려오?"

"당신과 친한 사람들 가운데 궁핍해서 혼인을 못했거나 장
례를 치르지 못한 사람들에게 즉시 이 곡식을 적당량씩 두루
베푸세요. 백 리 안의 알고 지내는 사람 가운데 신분의 귀천
을 가리지 마시고 좋은 분이 있으면 날마다 모셔 오세요. 그
리하시면 제가 마땅히 이 곡식으로 술과 음식을 마련해 드리
겠습니다."

김천일이 아내가 말한 대로 하니, 일 년 사이에 그 중 천 자
루의 곡식이 다 흩어졌다.

그의 아내는 다시 시아버지에게 청하였다.

"제가 긴요한 일이 있어 그러는데 사흘갈이 텃밭을 얻어 농
사를 지었으면 합니다."

시아버지가 허락하자, 그녀는 온 밭에 두루 박씨를 심었다.
박이 단단하게 여물자 모두 따다가 뒤웅박을 만들었다. 옻칠장
이를 불러다 박마다 일일이 옻칠을 하였다. 또 대장장이를 불
러다가 쇠로 뒤웅박 모양을 두 개 만들어 세 칸짜리 곳집에 쌓
아 두었다. 김천일이나 다른 사람들은 그 용도에 대해 전혀 알
지 못하였다.

임진왜란이 일어나자, 그녀가 김천일에게 말하였다.

"평소에 제가 당신을 권하여 좋은 사람들과 유대를 맺고 가
난한 사람들을 구제하도록 한 것은 바로 이럴 때 그들의 힘을

얻고자 한 것입니다. 당신은 의병을 거두어 모으세요. 시부모님께서 피란할 곳은 제가 벌써 무주 땅에 마련해 놓았습니다. 쌓아 두었던 곡식을 그곳에 가져다 드리면 아무 걱정이 없을 겁니다. 저는 집에 머물면서 군량을 마련하겠어요."

이에 김천일은 의병을 일으켰다.

장차 왜병과 접전을 하려 할 때, 그녀는 의병 각 사람에게 긴 대나무 장대에 옻칠한 뒤웅박을 걸어 어깨에 둘러메게 하여, 왜병을 보면 거짓으로 패하는 체하고 퇴진하면서 쇠로 만든 박을 길에 놓아두게 하였다. 왜병들은 북쪽으로 추격하다가 옻칠을 한 뒤웅박이 있는 곳에 이르러 시험 삼아 들어보았더니 무거워서 움직이기가 어려웠다. 이에 왜병들이 깜짝 놀라 서로 말하였다.

"조선의 병사들이 이처럼 무거운 쇠바가지를 어깨에 메고서 이처럼 달리다니 이들은 모두 신력이 있나 보오. 그들이 패해서 달아나는 것은 우리를 유인하는 것이니 삼가 그 앞에 가까이 가지 말아야겠어. 그 계책에 떨어질지도 몰라."

이 때문에 의병들은 여러 차례 왜병과 교전을 하였음에도 패배하지 않았다.

김천일이 의병을 일으킨 일의 시작과 끝에는 부인의 도움이 많았다고 한다.

제16화

혼벌 婚閥

　판서 윤강은 환갑이 지나서 경기도 용인 김량촌의 유씨 집 딸을 소실로 정혼하였다. 그는 혼인을 이틀 앞두고 유씨네 마을로 내려가 머물렀다. 유씨 집의 처녀는 늙은 여종을 윤 판서의 사처로 보내서 자신의 사적인 뜻을 전하였다.

　'연로하신 기력으로 멀리 왕림하시었는데 여독은 없으셨는지요? 듣자오니 소녀를 위하시어 행차를 하셨다니 실로 몸 둘 곳을 모르겠습니다. 소녀의 집이 비록 매우 한미하오나 그래도 시골구석에서는 명색이 양반이랍니다. 이제 소녀가 한 번 재상가의 첩으로 들어가고 나면 영영 중인이나 서얼의 따위와 섞여 다시는 가문을 회복할 가망이 없게 됩니다. 일개 불초한 이 여식으로 말미암아 친정집의 문호를 그르치게 되는 것입니다. 생각이 여기에 미치매 자연 심중에 애달픈 마음이 듭니다. 외람되이 헤아려본다면, 대감께서는 지위가 이미 육조의 판서를 거치셨고 춘추는 이미 회갑을 지나셨으니, 혼인하시는 문벌이 비

록 빛나지는 못할지언정 별로 대감의 명망에 크나큰 흠을 가져
오지는 않을 듯합니다. 그러니 이 어려 우둔한 아녀자의 민망
한 처지를 동정하시어 너그러이 혼서의 약정을 바꿔주시어 비
등한 예로 이 몸을 맞이하시사 정실의 이름을 빌려주신다면 소
녀 가문에 더 이상의 영광과 감격이 없을 것입니다. 규중의 몸
으로 이런 말씀을 드리는 것이 극히 당돌한 줄 아오나 부끄러
움을 무릅쓰고 아뢰었습니다. 처분이 어떠하실는지요?'

　윤 판서는 그에 대한 답으로 전갈하기를,

　'전갈한 대로 시행하겠노라.'

라고 승낙하고 혼서를 고쳐 써서 보냈다. 그리고 의관을 차리
고서 초례청에 나갔다.

　첫날밤을 지나 다시 생각해보니 마음에 그다지 달갑지 않았
다. 죽은 고기를 먹은 것처럼 도무지 신혼의 기분이 아니었다.
그래서 즉시 서울 집으로 돌아가 버렸다. 그 뒤로는 일절 발을
끊고 다시는 소식도 전하지 않았다.

　유씨 부모는 딸을 탓하였다.

　"본래의 약조대로 소실이 되었으면 이런 근심이 없었을 것
이다. 괜히 당돌하게 나섰다가 네 평생을 스스로 그르치지 않
았느냐? 누굴 원망할꼬?"

　1년이 지난 뒤 유씨는 부모에게 신행 갈 채비를 청하였다.

　"대감께서 너를 아무 관계가 없는 듯이 전혀 돌아보시지 않

는 모양이 초나라와 월나라 사이 같은 마당에 네가 무슨 낯으로 그 댁에 가겠단 말이냐?"

"저는 기왕에 윤씨 집 사람이 되었으니 버림을 받더라도 마땅히 윤씨 집 귀신이 되야지요. 친정에 머물러 있을 수는 없어요. 비복들이나 여럿 교자에 딸려 보내주셔요."

유씨의 집은 부유하였기 때문에 신행 채비를 성대하게 차리고 떠났다. 그녀가 윤 판서의 대문 앞에 당도하니, 그 집 비복들이 나와 물었다.

"어느 마나님의 행차시우?"

"이 댁 새 마나님 신행 행차니라."

윤 판서 댁에서는 윗사람 아랫사람 할 것 없이 모두가 냉랭하여 그녀를 맞아들일 기색이 없었다. 유씨는 사람을 시켜 행랑을 깨끗이 치우게 하고 교자에서 내려 방에 들어가 앉았다.

당시 윤 판서의 큰아들은 사헌부 지평 벼슬을 하였는데 이미 죽은 뒤였고, 둘째 의정공은 승지로 있었으며, 셋째 동산공은 홍문관의 교리로 있었다. 이날 두 자제는 모두 집에 없었다.

유씨는 미리 자기 하인들을 시켜 두 자제가 돌아오기를 기다리고 있다가 대문간에서 잡아들이라고 하였다.

이윽고 승지와 교리 두 자제가 대문간에 들어섰는데, 웬 가마꾼들 여럿이 웅성거리는 소리를 듣고 용인에서 온 행차인 줄 알았다. 둘은 우선 아버지를 뵙고 아뢴 다음에 손님 영접의 여부를 결정지으려고 곧장 사랑채로 향하였다.

이때, 유씨의 건장한 노복들이 두 형제에게 달려들어 갓을 벗기고 끌어다 유씨 부인이 앉아 있는 방문 앞에 꿇렸었다. 유씨는 문지방을 짚고 앉아서 노기 띤 목소리로 꾸짖었다.

"비록 내가 문벌이 비천하다고 해도 이미 대감과 정실의 혼례 절차를 밟았으니 자네들에게는 어미가 된다네. 어미를 백 리 안쪽에 두고 아들 된 자로 1년이 되도록 한 번도 와 보지 않는다니, 대감이 소원하게 대하심이야 족히 원망할 수 없지만 자네들의 하는 일은 참으로 해괴하구먼. 내가 지금 이곳에 와서 앉아 있으니, 자네들은 마땅히 밖에서 들어오는 대로 즉시 나를 뵈어야 할진대 사랑채로 직행하다니 이 또한 극히 그릇된 일이로세."

승지 형제는 유씨의 한 마디 말마다 낱낱이 엎드려 사죄하였다.

유씨가 말하였다.

"지금 자네들을 매로 다스리고 싶으나, 자네들은 상감을 모시는 사람들이니 내 일단 너그러이 용서함세. 일어나 갓을 쓰고 방으로 들어오시게나."

하며 가까이 앉게 하고는 온화한 목소리로 물었다.

"대감의 근래 기거와 침식은 어떠하신가?"

말에 위엄이 있으면서도 얼음을 녹여 흐르게 할 듯한 화평

함이 있었다.

한편, 유씨가 한 번 행랑에 들어앉은 때부터 윤 판서는 종들을 시켜서 동정을 엿보고 속속 보고하도록 하였었다. 처음에 아들 형제를 잡아갔다는 말을 듣고는 혀를 차며 한탄하였다.

"내가 포악한 여자를 얻는 바람에 이런 도리가 어그러지는 사태가 벌어졌구나. 장차 집안이 망하겠다."

나중에 자제를 타이르는 말이 엄하고 뜻이 올바름을 듣고는 무릎을 치며 칭송하였다.

"슬기로운 부인이로고, 슬기로운 부인이야! 내가 사람을 알아보지 못하여 오래 박대하였구먼. 후회로다, 후회야!"

윤 판서는 즉시 집안사람들을 명하여 안방을 치우게 하고 유씨를 맞아들였다. 집안의 상하노소가 일제히 새 마님에게 인사를 올렸다.

윤 판서와 부인은 금실이 좋았으며 그 가정이 화목하였다. 유 부인의 소생으로 아들 둘을 두었는데, 윤지경은 판서를 지낸 아들 윤용을 낳았고, 윤지인은 벼슬이 병조판서에 이르렀다.

제17화
수원 이 동지 水原李同知

경기도 연천에 사는 가난한 김생이 장차 먼 지방으로 추노를 나가려고 청탁 편지를 얻기 위해서 서울의 성내로 들어가는데, 날은 저물고 우레가 치며 비가 쏟아졌다. 찾아가는 집에 미처 다다르지 못한 까닭에 급한 대로 우선 길가에 있는 집에 투숙하려 하였다. 대문 앞에 서서 사람을 불렀으나 고요한 것이 아무 대답이 없었다. 한참 뒤에 한 처녀가 중문간에 기대서서 그를 부르며 말하였다.

"바깥사랑은 황량해서 거처하시기 어려우니 안으로 들어오시기를 청합니다."

김생은 의외의 일에 기뻐하며 방안에 들어가 앉았다. 방안 치레를 보니 가난한 집이 아니었다. 처녀가 김생에게 물었다.

"어디 분이시며 무슨 연고로 이곳에 오셨는지요?"

김생은 이 집에 오게 된 까닭을 모두 털어놓았다. 처녀는 곧장 부엌으로 나가서 저녁상을 차리고는 등불을 켜 가지고 들어왔다. 저녁을 먹고 나서 김생이 물었다.

"주인아씨는 어떤 사정으로 이처럼 혼자 집을 지키고 있는
지요? 그리고 저를 보시고 생면부지의 남자임에도 부끄러워
피하지 않고 은근히 맞아들이고 저녁까지 대접하여 다정하게
대하시는지요?"

처녀가 대답하였다.

"제가 오늘 우연히 샌님을 만난 것은 진실로 천운입니다. 저
의 부친은 부유한 역관이신데 불행하게도 요사스럽고 악독한
무녀를 첩으로 들이셨어요. 그 요사스러운 무녀가 저주를 하기
도 하고 독약을 쓰기도 하여, 제 어머니와 오라비 언니들이 차
례로 그 손에 죽고 말았어요. 이제는 저 한 몸만 남았지요. 저
의 부친은 그 무녀에게 깊이 홀려 그런 사실도 깨닫지를 못하
셨어요. 저의 부친도 세상을 뜨셔서 이제 겨우 3년 상을 치렀
습니다. 악독한 무녀는 온 집안을 제 손아귀에 넣고 제멋대로
뒤흔들고 있습니다. 그녀의 기색을 살펴보니 머지않아 남아 있
는 이 몸마저 제거할 것입니다. 제 목숨도 이제 조석 간에 어찌
될지 모르겠는지라 살아날 도리를 궁리해보고 있습니다만, 양
가의 처녀로서 야반에 담을 넘어 홀몸으로 도주한다는 것은 감
히 못할 일이라 어찌할 바를 모르고 있던 중이었어요. 그런데
무녀는 재산이 넉넉해졌음에도 불구하고 본래의 버릇을 버리
지 못했기에 오늘도 남의 집에 굿하러 갔는데 모레면 돌아온답

니다. 샌님께서 마침 이때에 오신 것은 하늘이 제게 몸을 의탁
할 방법을 주신 것이라는 생각이 드네요. 그러니 어떤 겨를이
있어 부끄러워 피하고 기쁘게 맞이하지 않았겠습니까?"

　김생이,

　"나는 지독히 가난한 사람이오. 그대가 나를 따라와 어떻게
굶주림을 견뎌낼 수 있겠소?"

하니 그녀가 말하였다.

　"저의 부친께서 남겨주신 재산이 아직도 몇 천금이나 됩니
다. 제가 어찌 한 푼의 돈이나 한 자의 베를 남겨 저 악독한
무당에게 붙여 줄 까닭이 있겠어요? 집안에 있는 것을 전부 가
져가면 샌님의 온 가족과 더불어 한평생 평온하게 지낼 수 있
을 것입니다. 샌님께 무슨 근심을 끼칠 일이 있겠습니까?"

　김생이,

　"그건 그렇다지만, 나에게는 본처가 있는 걸. 그대만한 인물
에 재산을 가지고 남의 집에 가서 아랫사람 노릇을 하다니 달
가운 일이 아니지 않소?"

라고 하니 그녀는,

　"제 지금 처지가 바로 '새벽 호랑이는 중이건 개건 안 가린
다.'는 격이지요. 정실이 있고 없고를 따질 처지가 아니랍니다.
제가 마땅히 성심껏 섬기면 구태여 호감을 잃지는 않겠지요."

하였다.

드디어 두 남녀는 운우의 정을 맺었다. 그녀는 새벽에 일어나서 벽장에 올라가 상자에 담겨 있는 보화와 은전을 꺼냈다. 아울러 곳간에 쌓인 재물과 전답 문서까지 가지고 갈 물건 속에 넣어 묶었다. 말을 가지런히 정돈하고 대여섯 바리의 짐을 가득 실었다. 남자는 앞서고 여자는 뒤따라 동쪽으로 연천을 향하였다. 애초 청탁 편지로 추노하려던 생각은 이미 저 하늘 밖으로 던져버리고 말았다.

가난뱅이 김생은 갑자기 부자가 되었고, 그의 아내는 첩으로 들어온 그녀를 동기간보다 더 사랑하였다. 첩 역시 본처를 극히 공손하게 섬겨 가져온 재산을 가지고 감히 생색을 내는 법이 없었으니, 온 집안에 화기가 가득하였다.

어느 날 첩이 김생에게 말하였다.

"이제 먹고 살 걱정은 비록 잊을 만큼 넉넉하게 되었지만, 인생이 나무나 풀과 마찬가지로 썩어버리고 말 것이니 부끄러운 일이네요. 어째서 과거보는 일에 마음을 두지 않으시는지요?"

김생이,

"나는 이미 문과든 무과든 공부하지 않은지 오래니 무얼 가지고 시험장에 가서 과거를 보겠는가?"

하자, 첩은 말하였다.

"저의 친정에 천석꾼인 충직한 하인이 경기도 수원에 있답니다. 제 편지를 가지고 한번 찾아가 상의해 보셔요. 틀림없이 좋은 도리를 일러줄 겁니다."

그녀는 한 장의 편지를 써서 김생에게 주었다. 그 내용은 대강 이러하였다.

'집안의 재앙과 난리 끝에 목숨을 건졌고, 천행으로 어진 분을 만나 몸을 곤경에서 건져 백년가약을 맺어서 우러러 부모님의 제사를 받들 수 있게 되었으니, 생각하면 이 몸의 천만다행이 아닌가 싶네. 우리 집 샌님께서 상의하실 일이 있어 자네집에 일부러 들르실 것이니, 자네는 특별한 충정으로 일의 쉽고 어려움을 따지지 않고 반드시 기대에 부응하리라 믿네.'

김생은 편지를 가지고 수원으로 갔다. 그 하인의 집을 찾으니 큰 마을 가운데 자리 잡은 기와집이었다. 마침 뜰에서는 수십 명의 건장한 장정들이 모여 한창 벼 타작을 하고 있었다. 마을 사람들이 그 노인을 가리켜 이 동지라고 부르는데, 그는 머리에 금관자를 달고 백발을 나부끼는 품이 매우 점잖아 보였다.

주인은 손님을 맞아서 대청으로 올라가 마주 앉았다. 김생이 첩의 편지를 꺼내 건네자, 주인은 편지를 읽다가 미처 다 끝내기도 전에 창황히 뜰로 내려가서 무릎을 꿇고는 눈물을 글썽이다가 울며 말하기를,

"상전댁에 화와 변고가 끊이지 않았음에도 경황없는 종놈인

지라 큰 상전님의 대상 이후로는 가보지 못하였지요. 상전의
혈육이라고는 단지 아기씨 한 분뿐인데 근래 전연 잘 계신지
어쩐지 안부를 모르고 있었습니다. 이제 아기씨의 서찰을 받잡
고 비로소 샌님께 일신을 의탁하시어 위험에서 벗어나 평안하
게 되신 것을 알았습니다. 한편으론 슬프고, 한편으로는 기쁩
니다. 샌님은 소인에게도 큰 은인이신데 장차 무엇을 하여 보
답해야 할지요?"

하며 자신의 처자식들을 불러 새 상전을 뵙게 하였다. 김생은
주인을 대청에 오르라고 청하여 신분의 구애를 없이 하였다.
온 집안이 부산하게 마치 나라에서 사신을 받들 듯 대접하였
다. 주인이 말하기를,

　"아기씨의 서찰에 샌님께서 행차하신 것이 소인에게 상의하
실 일이 있어서라고 분부하셨는데, 감히 여쭙겠습니다만 과연
어떤 일을 지시하시렵니까?"

　"나는 문과든 무과든 간에 공부할 때를 잃어 매번 과거 때만
되면 그냥 주저앉아 있을 수밖에 없었네. 그대의 상전이 이를
딱하게 여겨, 그대가 충직하고 부유한 까닭에 무슨 도리가 있
을 것이라고 내게 이번 걸음을 권했네 그려."

　"소인이 이만한 재산을 지키고서 일찍이 몸값으로 구실을
바친 적도 없고, 그렇다고 속량도 하지 않으면서 일생 남의 종
인 까닭으로 해서 한 푼 재물도 쓴 것이 없지요. 매양 재물을

써서 은혜를 보답하고자 하는 마음은 있었으나 그 방법을 얻지 못했는데 이제 다행으로 성심을 바칠 곳이 생겼습니다. 집에 아들 아이 둘이 글씨를 잘 쓰고, 매번 과거에 천금을 던지면 과거 답안을 대신 지을 거벽을 끌어올 것입니다. 정시나 증별시를 막론하고 10년 기한으로 힘을 다하면 샌님 발신이야 틀림없을 것입니다."

그 후로 과거만 있으면 주인은 답안을 대신 지을 거벽과 글씨를 대신 써줄 아들을 인솔하고 김생의 뒤를 따라 과거시험장에 들어가곤 하였다. 그리고 할 수 있는 일을 모두 다 동원하여 불과 수 년 만에 김생은 출세의 길이 트이게 되었다. 그리하여 부귀를 모두 얻게 되었다고 한다.

제18화

신문외 서생 新門外書生

　서울 새문 밖에 어떤 서생이 살았는데, 부친의 가르침을 받들어 자못 사람의 도리를 알았다. 그의 아내도 매우 어질어 찢어지는 가난도 헤아리지 않고 갖은 정성을 다해 시아버지를 봉양하니, 시아버지와 그녀의 남편 모두 그녀를 애지중지하였다.

　서생에게는 호남 땅으로 몸을 피해 숨은 노비가 있었다. 추노하여 집안 형편을 피게 하려고 말을 세내고 종을 빌려 험한 길을 떠났다.

　호남 땅에 들어섰는데 날이 저물어 마을의 부유한 민가에 투숙하였다. 노잣돈을 한 푼이라도 아끼려는 생각에서였다.

　그 주인집은 만석꾼으로 중인이었다. 서생을 흔쾌히 맞아 기대에 넘칠 만큼 정성을 다해 접대하므로 서생은 이상하게 여겼다.

　밤이 되자 주인이 서생을 찾아와 말하였다.

　"제가 선비께 아주 간절히 청할 일이 있소이다."

　서생이 물었다.

　"무슨 일이오?"

　"제게는 아들이 없고 딸이 하나 있소이다. 딸의 나이가 올해 열일곱인데, 매우 얌전하고 슬기롭지요. 그 아이가 열세 살 때 꿈에 한 남자를 보았는데, 그가 딸아이의 배우자라고 했다더군요. 얼굴 모습이 또렷하여 구별할 수 있다고 합니다. 그 꿈을 꾼 뒤로 딸아이는,

　'천정배필이 이미 제 눈앞에 나타났으니 이르든 늦든 필시 만날 때가 있겠지요. 조용히 기다리는 게 마땅해요. 결코 다른 곳에 혼처를 구하는 일을 따를 수 없어요.'

하며 그 뜻을 고집하여 만 마리의 소가 와서 끌어도 돌려놓기는 어려운 상황입니다. 혼기가 점점 차 가므로 온 집안의 걱정이 되었습니다. 그런데 오늘 딸아이가 문틈으로 손님의 용모를 보고는 예전의 꿈에 본 분과 털끝만큼도 다르지 않다지 뭡니까. 손님께서는 지금 장년이시니 정실부인이 계시리라 생각합니다. 비록 딸아이가 첩이 되더라도 감히 사양하지 않을 테니 오늘밤 잠자리를 모시게 했으면 합니다만…. 손님께서 만약 그 뜻을 받아주시지 않으면 딸아이는 맹세코 자결하겠다는군요. 부디 따라주시기를 바랍니다."

　서생이 전혀 받아들일 뜻이 없어 머리를 가로저으니, 주인은 수없이 간절하게 비는 것이었다. 그러나 서생은 한결같이

거절하며 생각하였다.

'아버님이 엄하셔서 참으로 무섭고, 또한 아내의 마음을 상하게 할까 두렵소.'

그러자 주인이 물었다.

"손님께서는 혹시 가난해서 소실을 두기가 어렵다고 걱정하시는지요? 저의 재산은 다른 데로 가지 않을 터인데 어째서 그 일로 걱정하십니까?"

서생은,

"그 때문이 아니오."

하자 주인이 다시 물었다.

"그렇다면 부모님께서 엄하셔서 그러십니까?"

"그렇소."

"한 번 부부의 인연을 맺었다고 바로 부모님께 데려가 아뢸 필요는 없지요. 당분간 이곳에 두시고 2, 3년에 한 차례씩만 오신다면 뭐가 안 될 게 있겠습니까?"

"그밖에도 어려운 점이 많아 끝내 따를 수가 없겠소."

"부인께서 질투하실까봐 어려워하시나요?"

"그렇진 않소."

주인이 간절히 비는 바람에 서생은 점점 더 고뇌하다가 한밤중이 된 뒤에야 마지못해 허락하였다.

주인은 즉시 그의 딸을 곱게 꾸며 내보냈다. 달같이 환한 자

태와 꽃처럼 아름다운 용모가 누가 보아도 깜짝 놀라며 기뻐할
일이었으나, 서생은 한결같이 어진 아내가 마음에 걸려 그녀의
가냘픈 아름다움을 살필 겨를이 없었다. 비록 잠자리를 함께
하기는 하였으나 그다지 깊은 정은 없었다.

그가 아침에 일어나 떠날 채비를 하고 추노할 곳을 향하자,
그녀는 아버지에게 말하였다.

"이 양반은 심장이 철석같아 한 번 우리 집 대문을 나서면
틀림없이 저를 잊을 거예요. 그가 추노하러 가서 얻을 재물을
모름지기 우리 집에서 대신 내줌으로써 그가 떠나는 것을 만류
하여 다른 곳으로 가지 못하게 하고 사흘만 이곳에 묵게 한 뒤
에 곧장 서울로 올라가게 하면 될 것 같아요."

주인은 딸의 말대로 그가 추노하러 가려는 것을 만류하였다.

다음날이면 그가 상경할 날이 되었다. 그녀는 아버지에게,

"아버님은 서방님이 혼자 돌아가게 하시려는 거예요?"

하고 물었다. 그녀의 아버지는,

"네가 가겠다면 천천히 의논해 보자꾸나."

하였다. 그녀는,

"이 서방님은 냉정해서 한 번 상경하고 나면 저는 평생을 생
과부로 살아야 할 거예요. 저 양반이 데려가길 원하지 않아도
저는 억지로라도 따라갈 테니 제 뜻을 서방님께 전해 주세요."

하였다. 그녀의 아버지가 그 말을 전하자 서생은,

"천천히 생각해보는 게 좋을 듯하오만….."

하고 선뜻 대답을 하지 않았다. 주인이 억지로 권하자 그는 마지못해 허락하였다.

그녀가,

"아버님은 만금의 재산을 가지고 계시니 응당 제가 살아갈 밑천을 넉넉히 주시겠지요. 허락해주신 재산을 몽땅 꾸려 가지고 길을 나서 제가 탄 가마와 함께 앞뒤로 옹위하고 낭군님의 눈에 띄도록 과시하여 그 마음을 즐겁게 해드린다면 후일을 기다릴 필요가 없겠지요."

하자 그녀의 아버지가 말하였다.

"네 말이 참으로 옳구나."

하고는 짐을 실을 말 30필을 준비하여 은전에 삼베와 비단을 가득 싣고, 매 짐바리마다 계집종 한 사람씩을 태우고는 하인 한 사람씩을 붙여 말고삐를 잡게 하였다. 그리고 남녀종들은 모두 사위집에서 부리도록 하였다.

떠날 날이 되자, 화려하게 치장한 가마에 신부를 태우고 건장한 종 10여 명이 가마를 호위하였다. 서생도 또한 안장을 갖춘 말을 타고 나감으로써 안팎에 금의환향함을 보여주었다. 가는 길에도 짐바리를 실은 말 대여섯 필을 가로로 10리에 걸치도록 늘어 세웠다.

이렇게 하여 자못 흔쾌하게 도성에 이르렀다. 서생은 내행과 짐바리를 실은 말을 서소문 거리의 객점에 떨어뜨려 둔 채 떠날 때 탔던 말로 갈아타고 집으로 돌아가서 아버지를 뵙고 추노하러 갔던 일에 실패하고 돌아왔음을 고하였다.

물러나와 아내를 만나니, 그녀는 즐겁고 온화한 안색으로 그가 먼 길을 다녀온 것을 위로하였다.

밤이 되어 잠자리에 들었을 때 서생의 얼굴에 수심이 가득한 것을 본 그의 아내가 위로하였다.

"우리 집이 가난하여 굶주리는 거야 본디 그런 줄 알고 있던 것인데 한때 추노에 실패했다고 어찌 이리도 마음을 쓰시는지요? 변변치 못한 음식이나마 장만하는 것은 제게 열 손가락이나 있는데 무얼 근심하시나요?"

서생은,

"내 이번 길에 절로 누천 금의 횡재를 했으나 일이 뜻대로 되지 않아 이미 당신을 여러 차례 저버리고 말았소. 그 일이 부끄럽고 번민이 되어 절로 기색이 편치 않구려."

하고는 자초지종을 낱낱이 말해 주었다.

그의 말을 들은 아내는 뛸 듯이 기뻐하며 일어나 치하하였다.

"하늘이 우리 집에 큰 복을 주셨구려. 제가 평생 손발에 못이 박히도록 온갖 정성을 다 기울여도 여전히 부모님을 봉양하기가 어려웠는데, 이제 예기치 않게도 남으로 인해 제 수고를 덜게 되었네요. 당신이 하신 일은 제게 은혜가 되었으면 되었지 저를 저버리신 게 아니에요. 제게 어찌 조금이라도 분개한 마음이 있겠어요? 그런데다가 그 여인이 정숙하고 슬기로워 누구보다도 뛰어나다니, 비록 말만 들었으나 사랑스럽고 공경하는 마음이 드네요. 그녀가 바라는 것이 진정 악을 쌓기 위한 것이고, 비록 그녀가 한 푼의 돈을 지니지 않았다고 하더라도 집안에 거느리는 것이 참으로 큰 행운인데 굳이 거절할 겨를이 없지요. 하물며 그리도 많은 재물을 지니고 온다니 더 말할 것도 없네요."

서생이 말하였다.

"당신의 뜻은 비록 그렇다 하더라도 아버님의 의향은 어떠실지?"

서생의 아내는,

"그 문제도 제가 마땅히 이해를 하시도록 할게요."

하였다.

이튿날 시아버지에게 아침 문안을 드리러 갔을 때, 그녀는 부드러운 목소리와 상냥한 안색으로 시아버지 곁에 앉아 이야기를 꺼냈다. 그녀는 서생이 겪은 일을 한 편의 일관된 옛날이야기로 꾸며 들려주고는 시아버지께 여쭈었다.

"남자가 그 첩을 얻은 것은 인정 때문에 어쩔 수 없이 이루어진 것이어요. 부모 된 사람이라면 우리 아버님처럼 엄하신 분이라도 그 아들을 탓할 수는 없겠지요?"

시아버지는,

"아무렴! 그렇고말고. 부모 된 도리로 비록 아들이 축첩하는 것을 금한다고 할지라도 이 경우는 결코 잘못이라고 할 수가 없지."

하였다. 며느리는,

"지금 말씀드린 이야기는 고담이 아니라 당일에 아범의 눈 앞에서 벌어진 일이었습니다."

하자 그녀의 시아버지는 그 말을 듣고 적잖이 성을 냈다. 이에 그녀는 정색을 하며 말씀을 올렸다.

"이 며느리에게 아버님은 하늘같은 어른이심이 매우 분명하지만, 마주하여 이치에 맞고 간곡하게 나눈 말씀을 어찌 순식간에 바꾸실 수 있습니까? 어리석은 제가 죽을죄를 집니다만 참으로 아버님이 옳으신 것인지 모르겠습니다."

그러자 시아버지는 성난 얼굴을 누그러뜨리며 말하였다.

"이미 지나간 일이니 어찌 하겠느냐?"

그녀는 즉시 하인에게, 객점에 가서 소실을 재촉하여 들어와 시부모님을 뵙도록 하라고 명하였다.

잠시 후에 사람과 말이 길거리와 골목을 메우며 들어왔다. 옥같이 아름다운 한 부인이 채색한 가마에서 나와 금과 옥 등 패물을 잔뜩 부려놓고 서생의 부모와 정실부인에게 절을 하였다.

함께 온 노비들이 구름처럼 많고 가져온 짐바리가 담 같이 쌓였다. 그 짐들을 가난한 집에 풀어놓으니 가득 차서 다 들여놓을 수가 없었다.

가난한 선비의 집에 갑자기 변화해져서 기쁨이 집안에 가득 찼다.

가마꾼과 마부 10여 명만이 본가로 돌아가고, 나머지는 모두 서생 집에 머물러 두었다.

제19화

차태 借胎

서울의 한 가난한 선비가 아들 낳는 재능이 있었다. 아내와 합방하기만 하면 바로 아이가 들어서고, 들어선 아이는 낳고 보면 사내아이였다. 돼지같이 먹기만 하는 아들들이 집에 가득 하였으나 먹일 능력이 없었다.

굶을 정도로 가난한데 다른 여지가 없어서 추노를 하기 위해 먼 지방으로 길을 나섰다.

지나가는 길에 신분은 상민이지만 부자로 사는 어느 노인의 집에 유숙하게 되었다. 주인 노인은 좋은 풍채에 머리에는 옥관자를 하고, 또한 손님 접대하는 것을 즐겼다. 선비가 말하였다.

"주인께서는 이렇게 장수와 부유함을 겸하였으니 대단한 복의 힘이라 이를 만하오."

그러자 노인이 한숨을 쉬며 대답하였다.

"하늘이 내게 주신 것은 다만 먹을 복뿐이랍니다. 자식 복에 이르러서는 아이 하나도 낳게 해주시지 않았지요. 평생에 거둔

처첩이 수십 명이 넘지만 단 한 번도 수태하지 못했으니 어쩌
겠습니까? 지금도 눈앞에 아내가 셋이나 있고 다들 젊고 아름
답지만, 하늘은 나를 후손 없는 귀신을 만드시려는지 아내들이
하나같이 세간에서 새끼를 낳지 못한다는 이른바 '둘암소'를
면치 못했답니다."

그러자 선비는,

"나는 몹시 가난하지만 아들 낳는 것에선 뜻대로 되지 않은
게 없었소. 여자와 하룻밤 동침을 하기만 하면 틀림없이 아들
을 낳곤 하였지요. 그래서 집안에 사내 녀석들이 셀 수가 없을
정도라오."

하였다. 그 말을 들은 노인은 부러움을 감추지 못하였다. 한참
뒤에 다시 말하기를,

"내가 아들을 낳는 건 이 세상에선 이미 끝났습니다. 비록
남의 아들이라도 우리 집에서 태어나게 하여 그 울음소리를 들
을 수 있다면 매우 경사스럽고 다행할 것입니다. 손님께선 아
들을 잘 낳으신다니, 저를 위해 저의 세 처와 두루 동침을 하시
어 오늘밤 그녀들이 씨라도 가지게 해주셨으면 하는 것이 제
지극한 소원입니다. 제 처들도 추한 용모는 면하였으니 양반께
서 품으셔도 그다지 나쁘진 않을 겝니다."

"비록 신세지는 것이 하룻밤이지만 이미 주객의 정의를 맺
었고, 또한 주인장의 후대를 입었소. 서로 마음이 통하는 터에

어찌 차마 그런 짓을 할 수가 있겠소?"

"서로 마음이 통했다고 말하신다면 더욱이나 제 청을 부디 따라주시지요."

하면서 쉴 새 없이 간절히 청하는 것이었다.

오랜 뒤에야 허락을 하니, 주인 노인은 세 아내의 방을 깨끗이 청소하게 하고, 신랑을 모시는 예를 다하듯이 선비를 그리로 안내하였다.

이 날 밤, 선비는 동쪽 방에서 서쪽 방으로, 또 서쪽 방에서 남쪽 방에 이르기까지 노인의 세 아내와 더불어 각기 운우의 즐거움을 이루었다.

그녀들은 장차 수태하리라는 기대로 특별히 기뻐하며 선비의 사는 곳과 이름을 꼬치꼬치 묻고 각기 기억 속에 새겨두어 후일을 대비하였다.

새벽녘에 선비가 사랑채로 나와 보니, 주인노인이 홀로 덩그러니 자고 있었다. 남에게 좋은 일을 양보하였으니 참으로 불쌍하고 가엾어 보였다. 그런데도 노인은 오히려 지난밤 이래로 지내온 일이 감격스러워 재삼 고맙다는 뜻을 표하였다.

"적선을 하셨습니다요, 적선을 하셨소!"

선비가 조반을 얻어먹은 뒤 떠나려 하자, 노인이 말하였다.

"새로 생긴 정이 흡족하지 않을 텐데, 하룻밤만 자고 그 길로 떠나는 건 마땅한 바가 아니오."

하고는 억지로 청하여 이틀을 더 머물게 하였다. 노인의 세 아내는 선비와 더불어 한층 정이 얽히고설키게 되었다.

사흘이 지난 뒤에 선비가 떠나려 하자, 주인노인은 섭섭해 마지 않으며 매우 후하게 선물과 노자를 주었다.

선비가 떠나고 오래지 않아 노인의 세 아내가 한꺼번에 임신을 하여 열 달을 가득 채우고 아이를 낳았는데, 과연 모두 사내아이였다. 노인이 아이들을 기특해하고 예뻐하는 것이 자기가 낳은 자식보다도 더하였다.

선비는 한번 서울로 돌아간 뒤에 소식이 아득하여 노인 집과는 자연스레 초나라와 월나라처럼 아무 관계없이 지내게 되었다.

세월이 흐르고 흘러 그로부터 수십 년이 지나게 되었다. 가난한 선비는 늙고 쇠약해져서 추위와 굶주림에 더욱 시달리게 되었다. 세 칸짜리 허물어진 집은 비바람으로부터 그를 보호해 주지 못하였으며, 마당에는 온통 쑥대만이 뒤덮여 살아갈 일이 걱정이었다.

그러던 어느 날, 대문 밖에서 계집종을 부르는 소리가 들렸다. 선비는 먼지가 쌓인 다 떨어진 갓을 쓰고 툇간에 있는 깨진 상 앞에 나가 앉아 있었다. 찾아온 이들은 세 사람으로 저마다 좋은 옷을 입었고, 각기 짐을 실은 말을 몰고 왔으나 차림새는 상민의 모습이었다. 그들은 방으로 올라와 한 줄로 서서 선비에게 절하였다. 가난한 선비는 그들이 누구인지를 모르는 듯하므로, 세 사람이 말하였다.

"샌님께서는 아무 해 아무 달 아무 날 추노를 하러 가시다가 아무 시골에 있는 부자 노인의 집에서 사흘 밤 유숙한 일을 기억하시겠습니까?"

"과연 그런 일이 있었지. 비록 오래 된 일이긴 하나 잊지 않고 있네만…."

세 사람이 말하였다.

"저희 형제 세 사람은 각기 다른 어미에게서 태어났습니다만 모두 샌님께서 동침하셨을 때 잉태되었습니다. 저희들이 자라서 오직 부자 노인만이 낳아주신 아버지라고 믿고 있었는데, 재작년에 그 노인께서 돌아가셨습니다. 저희들이 머리를 풀어헤치려고 하자 세 어머니께서 함께 말리시며 이렇게 말하시더군요.

'너희들은 돌아가신 부자 영감님의 아들이 아니다. 바로 서울에 사는 아무개라고 하는 양반의 아들들이지.'

하며 그 해에 있었던 일을 아주 소상히 말해주셨습니다. 저희는 그제야 샌님의 자식임을 알았고 즉시 올라와 뵙고 싶었습니다만 노인께서 길러주신 은혜를 차마 야박하게 갚을 수는 없어서 소상·대상 등 3년 상을 지내고 이제야 올라왔습니다. 그리고 저희 어머님들은 다 무고하시고, 샌님께서 사시는 동네를 알려주셔서 이렇게 찾아뵙게 되었습니다."

그들의 큰어머니가 바삐 그들을 맞아들이니 온 집안에 기쁨이 가득하였다. 세 사람이 차례로 싣고 온 짐을 들여오고, 장작을 사다가 불을 때고 쌀을 팔아다가 밥을 짓는 한편, 베를 마름질하여 옷을 지어 입히니 순식간에 싸늘한 냉기가 감돌던 집안에 따스한 훈기가 느껴지게 되었다.

네댓새를 머문 뒤 세 사람이 아버지에게 말하였다.

"저희 세 사람이 노인의 저산을 나누어 가지면 평생토록 여유작작하게 살아갈 수 있습니다. 그러나 천리 먼 길에 양식을 운반하여 늙으신 부모님을 봉양하는 것은 저희들의 힘으로는 할 수 없는 일입니다. 가만히 살펴보자니 샌님께서는 연세가 많으셔서 더 이상 공명을 바라시지 않을 듯하고, 여러 서방님들은 문무를 어느 것 하나 익히지 않으셨으니 비록 서울에 머문다고 하더라도 과거 급제를 논할 처지는 아니네요. 그러니 살림살이를 거두어 저희들을 따라 시골에 내려가셔서 단란하게 한 곳에 모여 살면서 평온하게 저희들의 봉양을 받으시는 것이 가장 좋을 듯합니다."

선비는 즐겁게 그들의 말을 따랐다. 세 사람은 크게 기뻐하며 말과 가마를 빌려 늙은 아버지와 큰어머니를 태운 뒤 여러 형제들을 이끌고 표연히 시골로 내려갔다. 그곳에서 선비는 가만히 앉은 채로 풍족하게 입을 것과 먹을 것을 누렸다고 한다.

제20화
조보 朝報

　　병마절도사 우하형은 황해도 평산 사람이다. 그는 본래 몹시 가난한 무변으로 평안도 강변의 어느 고을에서 변방을 지키는 수자리를 살았는데, 우연히 퇴기로 관청에서 물 긷는 수급비 노릇을 하던 한 여자를 얻어 동거하였다.

　　그녀가 우하형에게 말하였다.

　　"선다님은 저를 첩으로 삼으셨는데 무슨 재물이 있어 저를 입히고 먹여 살리시렵니까?"

　　"객지의 고단한 신세로 그나마 자네를 가까이 한 건 때 묻은 옷가지나 빨고 떨어진 버선이나 깁는 일을 맡기려 할 따름이었는데, 나 같은 빈털터리가 무엇이 있어 자네에게 베풀 것이 있겠는가?"

　　"제가 이미 선다님의 잠자리를 모시고 있습니다. 첩의 직분이라는 것이 마땅히 철 따라 옷가지를 제대로 입으시도록 하는 것인데, 어떻게 하면 좋을까요?"

"어찌 감히 그까지야 바라겠는가? 그리 생각할 것 전혀 없네. 북쪽 변방에서 수자리 사는 기한이 차면 곧 헤어질 것을…."

그녀가 우하형에게 물었다.

"선다님, 여기서 돌아가시면 상경하여 벼슬자리를 구하시렵니까?"

"내가 가난하여 죽을 지경인데 행장을 차리고 식량을 마련하여 서울 집에 가서 머물러도 벼슬은 전혀 가망 없는 일이지. 마땅히 평산으로 돌아가 그곳에 파묻혀 다 허물어진 오두막집에서 늙어 죽는 수밖에."

"제가 선다님의 골상을 보니 본디 적막하게 늙으실 분이 아닙니다. 언젠가 높은 벼슬에 오르시어 병마절도사 한 자리는 넉넉히 하실 분이시지요. 제게 한 평생 일하며 아껴서 벌어 모은 은자 6백 냥이 있습니다. 이것을 돌아가시는 행장 속에 챙기시어 말과 의복을 준비하여 상경하셔서 일을 도모하세요. 저는 본디 천한 몸이라 선다님을 위해 혼자 살며 수절하기는 실로 어려운 처지랍니다. 그저 아무개의 집에 잠시 몸을 의탁하여 있다가 선다님이 이 고을 원님으로 오시는 날에 당장 동헌으로 달려가 뵙도록 하지요."

우하형은 뜻밖에 많은 재물을 얻었고, 그녀의 의기와 식견에 감동하였으나 한편 당황하고 한편 서글픈 마음으로 후일 다시 만날 것이라 기약을 굳게 맺어두고 떠났다.

그녀는 이내 홀아비로 지내는 장교의 집을 찾아갔다. 장교는 그녀의 사람됨이 어리석지 않음을 반겨 후처로 삼으려 하였다. 이에 그녀는,

"제가 당신 전처를 이어 세간을 맡았는데, 그냥 대충 받을 수는 없습니다. 모름지기 재산 장부에 집에 있는 기물은 얼마이고, 곡물은 얼마 만큼이며, 포목은 얼마 만큼인가 등의 숫자를 낱낱이 뽑아 제게 주세요."

"부부로 만나 장차 해로하려는데 어찌 꼬치꼬치 재산 장부를 만들어 주거니 받거니 하여 의심을 두듯이 한단 말인가?"

그녀가 굳이 청하자, 장교는 그 말을 결국 따랐다.

그녀는 장교의 집으로 들어온 이후 재산 관리를 성실하고 근면하게 하여 집안의 재산이 날로 불었다. 장교는 그녀를 더욱 애지중지하였다.

그녀가 장교에게 말하였다.

"제가 문자를 조금 아는지라 그날그날 정사를 알리는 조보에 난 인사발령을 즐겨 본답니다. 이 고을로 오는 조브를 좀 빌려다 제게 보여주세요."

장교는 조보가 오는 대로 빌려다가 그녀에게 보여주었다.

몇 년이 지나지 않아 벼슬아치의 임면을 기록하는 정목 중에서 선전관 우하형, 종6품 주부 우하형, 종4품 경력 우하형이라는 기록을 발견해 가면서 그녀는 마음속으로 매우 기뻐하였다.

그렇게 7년이 지나자 과연 우하형은 평안도 좋은 고을의 수령 벼슬을 제수 받게 되었다. 그녀는,

"이제부터는 조보만 보고 있으면 되겠지."

하였다.

며칠이 지나지 않아서 '아무 고을 수령 우하형이 조정을 하직하고 부임할 것이다.'라는 기별이 나왔다. 이에 그녀는 장교에게,

"저는 애당초 당신 집에서 오래 살 계획이 없었어요. 오늘이 바로 서로 작별할 날입니다."

하니 장교는 깜짝 놀라 어쩌할 바를 몰랐으나 그녀의 굳게 먹은 마음을 돌릴 재간이 없었다.

그녀는 장교 집의 재산과 현재 가지고 있는 물품과 종류 등을 낱낱이 장부에 기재하여 자기가 처음에 와서 받았던 물건 목록과 대조해 보이면서,

"제가 7년을 남의 아내로 살림을 맡아 표주박 하나 사발 한 개라도 본래 숫자보다 줄었다면 의당 부끄러울 일입니다만, 하나가 혹 둘이 되고, 둘이 더러는 셋이 되기도 하고, 어떤 것은 다섯에서 열이 되어 모두 명백하게 처음보다 불었으니, 제 직분을 다한 셈입니다. 떠나는 제 마음이 거리낌 없이 흐뭇합니다."

하였다.

그 날로 당장 그녀는 자기가 기른 거지 아이에게 짐을 지운 뒤 남자 복장을 하고 패랭이를 쓴 채 장교의 집과는 영영 이별을 고하고는 우하형이 수령으로 있는 고을을 찾아갔다. 그날은 우하형이 수령으로 도임한 지 겨우 사흘째 되는 날이었다.

그녀는 관가에 하소연할 일이 있는 백성이라 핑계를 대고 관의 뜰에 들어가서는 섬돌 아래 서서,

"남모르게 사뢸 일이 있사오니 섬돌 위에 오르기를 허락해 주소서."

하였다. 사또가 괴이하게 여기며 허락하였다. 그러자 다시 동헌 마루로 올라서기를 청하고, 이를 허락해주자 다시 방으로 들어가기를 청하는 것이었다. 사또가 더욱 의아해 하며 방으로 들어오게 하자, 그녀는 고개를 치켜들고는,

"나리, 이 몸이 누군지 알아보지 못하십니까?"

사또가 말하였다.

"새로 부임하여 방금 도착한 내가 이 고을의 백성을 누구라고 알아본단 말인가?"

이에 그녀는,

"아무 고을에서 수자리 사실 때 여러 해에 걸쳐 잠자리를 모셨던 사람인데도, 기억을 못하시려구요?"

하였다. 우하형은 깜짝 놀라며 크게 기뻐하였다.

"이제 막 도임하자마자 자네가 들이닥치다니 참으로 신기한

일이로다."

"이별할 때의 약속은 벌써 오늘의 일을 생각해 두고 했던 것입니다. 뭐가 신기할 것이 있겠어요?"

우하형은 마침 홀아비 몸이어서 그녀를 관아의 안채에 거처시켰고, 엄연히 정실의 권한이 돌아가서 며느리들이 명을 받게 되었다. 그녀가 관아에서의 안살림을 도맡아, 본부인의 아들들을 대하는 것과 남녀종들을 부림에 있어 각각 마땅한 도리를 다하자 집안에서는 칭찬이 자자하였다.

그녀는 매번 우하형에게 비변사 서리를 통해 조보를 구해오게 하였는데, 대개 열흘 만에 도착하였다. 그녀는 조보를 통해 멀리서 조정의 일이 돌아가는 것을 헤아리고, 문무관의 인사가 어떤 차례로 바뀌고 후임 관리가 누구인지를 미리 알아맞히는 일이 귀신같아서 열에 하나도 틀림이 없었다.

그리하여 우하형으로 하여금 전심을 다해 미리 손을 써 다음 인사 담당관이 될 사람으로 하여금 현직 인사 담당관과 겨루게 하였다. 평안도 물화를 긁어모아 정성으로 그 관리에게 바쳤다. 아직 현직 인사 담당관이 아닌 사람이 받은 물화가 현직 인사 담당관이 받는 만큼이나 되게 되었다. 그러다가 그가 결국 일단 인사를 담당하게 되면 있는 말 없는 말을 들어 우하형을 극력 천거하며 오히려 승진을 시키지 못할까 두려워하였다.

이에 우하형은 평안도 본도 내에서만 이 고을 저 고을로 여섯 고을의 수령을 역임하였고, 녹봉이 점차 불어서 윗사람들을 섬기는 것도 더욱 풍부해졌으므로 전도가 날로 양양해졌다. 그는 차차 승진하여 마침내 각 지방의 군사를 지휘하는 종2품 무관 벼슬인 병마절도사에 이르렀다.

우하형은 70세 가까이 된 나이로 집에서 생애를 마쳤다. 우하형의 첩은 본부인의 아들들을 위로하며 말하였다.

"영감께서는 시골에 처박혀 있던 무변으로 지위가 병마절도사에까지 이르셨고, 고희인 70세 가까이 사셨으니 당신으로 보아서도 유감이 없으실 것이고, 자제분들도 과도히 애통할 것이 없습니다. 저의 일을 두고 말하더라도 여자가 지아비를 섬김에 자기 공치사는 아니지만 수년 동안 벼슬길에 터전을 잡을 수 있도록 도와 높은 지위에 이르시게 하였으니, 내 소임 또한 다한 셈이라 다시 무엇을 슬퍼하겠소?"

초상이 나서 네댓새 뒤에 상복을 입는 성복을 하고서는 말하였다.

"영감께서 살아 계실 적에는 내게 집안일을 맡기셨네만, 영감께서 돌아가신 지금에야 큰 자부가 의당 이 집의 주인이 되어야겠지. 나는 일개 서모에 지나지 않으니, 이제 집안 살림을 큰 자부에게 맡기겠네."

하고 창고에 저장하고 농 속에 담아둔 재물을 장부에 정리하여

열쇠와 함께 내주었다. 큰 자부가 울며 사양하기를,

"서모님께서 우리 집에 얼마나 공로가 많으셨고, 고생은 또 얼마나 하셨게요? 아버님께서 하세하셨으니, 저희는 서모님을 아버님 모시듯 모시겠어요. 집안일 일체를 예전과 다름없이 해 나가고 싶은데, 서모님께선 어찌 모질게 이런 말씀을 꺼내시는 지요?"

하였다. 그러나 그녀는 큰 자부에게 기어이 집안일을 맡기고는,

"나는 오늘부터 큰 방을 내놓고 건넌방으로 가서 지내려네."

하며 방 하나를 치우고 들어가서,

'내가 이곳에 한번 들어와서 다시는 이 문을 나가지 않으리라.'

하고 방문에 자물쇠를 채우고 나서 곡기를 끊어 죽고 말았다.

우하형의 적자는,

"우리 어진 서모님을 놓고 내 어찌 세상의 풍습을 따라 서모를 모시는 예를 쓸 수가 있겠나? 마땅히 3월장을 지내고 별도의 사당에 모셔 제사를 지낼 것이다."

라고 하였다.

먼저 그의 부친을 치상하여 발인하는데, 상두꾼이 많았으나 상여가 무거워 움직여지지 않았다. 상두꾼들은,

"인부가 부족한 게 아니라, 영감마님의 혼령이 작은 마나님과 떨어지기 싫어하시는 듯합니다."

하므로, 급히 서모의 상여를 꾸며 함께 발인하게 하니 그제야

그 아버지의 상여도 움직여 잘 갔다고 한다.

　나는 누차 평산을 지나다녔다. 평산 동쪽으로 10리 되는 마당리 한 길가에 서향한 것이 바로 우 병마절도사의 묘이고, 그 오른쪽 10여 걸음 되는 곳에 곧 그 소실의 무덤이 있어, 지나가는 길손들이 그곳을 가리키며 옛이야기를 하곤 하였다. 우씨 집 후손들은 지금껏 그 서모의 제사를 받들어 온다고 한다.

제21화

염희도 廉希道

허적이 재상으로 나라 일을 맡고 있을 때, 그의 청지기 가운데 염희도라는 사람이 있었다. 사람됨이 우둔하여 사리에 밝지는 못하였으나 지조와 기개가 구차스럽지 않았고, 강직함이 지나쳐 허적의 잘못에 대하여 반드시 직언을 하며 꺼리거나 회피하지 않으니, 허적은 그를 두려워하며 존중하는 벗으로 대하였다.

어느 날 염희도는 손에 주둥이를 묶은 자루 하나를 들고 와서 허적에게 말하였다.

"소인이 오다가 길에서 이 자루를 주웠는데, '말 값 은자 50냥'이라고 쓰여 있습니다. 아마도 어느 댁에서 잃어버렸지 싶어, 주인을 찾아서 돌려주려고 했지만 누군지 알 길이 없습니다."

허적이 대답하였다.

"네가 몹시 가난한데, 어찌 네가 취하여 궁한 살림에 보태지 않느냐?"

"대감마님께서는 소인을 어찌 이리도 모르십니까? 비록 굶주리고 궁할지라도 결코 남이 길에서 잃어버린 물건으로 이득을 취하지는 않습니다."

"내 어제 듣자니 남대문 밖에 사는 김 정언이 말을 팔았다더구나. 아마도 그 집 물건인 듯싶다."

김 정언은 청성부원군 김석주이다.

염희도는 즉시 그 은화 자루를 가지고 김 정언 집으로 가서 섬돌 아래 서성거리고 있었다. 그러자 김 정언이 물었다.

"너는 누구냐?"

"소인은 허 정승 댁 청지기입니다. 아침에 대감 댁으로 인사드리러 가는 길에서 은화가 든 자루를 주웠습니다. 자루에 말 값이라고 적혀 있는 것을 보았습죠. 방금 나리 댁에서 새로 말을 파셨다는 말을 들었는데, 과연 그 값을 다 받으셨습니까?"

김 정언이 말하였다.

"우리 집 종이 말을 팔러 가서 말 값으로 50냥을 약즈했는데 아직 값은 받지 못했느니라. 내일 아침에 말 값을 받아오겠다고 하더구나."

염희도는 소매 속에서 은화 자루를 꺼내며 말하였다.

"여기 액수가 50냥입니다. 약조한 말 값과 딱 맞아 떨어지니 같은 돈인 듯합니다."

김 정언은 즉시 말을 팔러 갔던 종을 불러 물었다.

"네 말이 말 값 50냥을 내일 받아오겠다고 하지 않았느냐? 그런데 저 하인이 길에서 주운 물건이 말 값이라고 하고, 또한 많지도 적지도 않은 꼭 50냥이라고 하니, 거 참으로 괴이하구나."

종이 대답하였다.

"어제 해저물녘에 약조한 말 값을 받아가지고 돌아오다가 취중에 길에서 잃고 말았습니다. 눈앞의 죄책을 모면할 생각으로 우선 거짓으로 아뢰었습니다. 내일이 되면 스스로 헤아려 자결하려 했습니다. 그런데 이 사람이 주워가지고 와서 바쳤으니 이제는 숨길 수가 없게 되었습니다."

김 정언이 염희도에게 말하였다.

"네 차림새를 보니 틀림없이 찢어지게 가난하겠구나. 그런데도 길에서 주운 물건을 스스로 취하지 않고 본 주인을 찾아 돌려준 것은 그야말로 청렴결백한 일인지라 남을 탄복케 하는구나. 이 은자는 내 집에서는 이미 잃었던 물건이었다. 그 반을 찾았어도 다행한 일일 테니, 반으로 나누어 네게 주겠노라."

염희도가 말하였다.

"소인이 이 은자에 욕심이 있었다면 마땅히 그 전부를 가지지 무엇 때문에 반만 가지겠습니까? 비록 한 푼이라도 제게는 달갑지 않습니다."

하고는 마침내 하직 인사를 하고 대문을 나설 때였다. 김 정언

댁 종의 어미와 처가 사랑채 앞에서 그의 소매를 붙잡아 행랑 채로 들이며 말하였다.

"내 아들, 제 남편이 술에 취해 말 값을 잃고는 상전의 성품 이 준엄하시므로 이제 앉아서 내일 죽을 일만 기다리고 있었답 니다. 하늘이 살아 계신 부처님을 보내시어 잃은 돈을 주워 오 게 하셨습니다. 틀림없이 죽을 목숨을 이렇게 구해주셨으니, 이 은덕은 머리칼을 뽑아 신을 삼아도 오히려 갚지 못할 것입 니다. 지금 술과 안주를 준비해 놓았습니다."

염희도는 머리를 가로저으며 갔다.

그 종의 열두 살 난 딸아이가 말하였다.

"제가 마땅히 이 몸으로 우리 아버지를 살려주신 은혜를 갚 겠습니다."

하며 염희도를 따라 나섰다. 염희도는 그 아이를 떨쳐버리고 떠났다.

경신년(1680)에 이르러 허적의 서자인 허견의 역모로 옥사가 크게 일어났다. 허적이 염희도에게 말하였다.

"네가 내게 은혜를 입은 것은 없다마는, 오히려 심복이라고 들 하더구나. 상황이 돌아가는 것을 보니 네가 온전히 살 수 가 없겠구나. 되도록 일찍이 이곳을 떠나서 헛된 죽음을 피하 거라."

염희도가 말하였다.

"소인이 어찌 차마 대감마님을 재앙과 환난 속에 버리겠습니까?"

허적은 충주 목사에게 편지를 써서 염희도를 숨겨줄 것을 부탁하고는 몽둥이를 들고 그를 내쫓았다. 염희도는 울면서 길을 떠났다.

그가 충주에 이르니, 충주 목사는 그를 순흥에 있는 부석사로 보냈다.

그가 부석사에 이른 뒤로는 서울 소식을 들을 수 없게 되매 마음이 어지러워 못 견딜 지경이 되었는데, 어느 날 밤 꿈에 신인이 나타나 그에게 말하였다.

"네가 원해암에 가면 네 앞길과 서울 소식을 알 수 있을 것이다."

염희도는 산사를 두루 찾아다니며 원해암에 대해 물어보았으나 아는 사람이 없었다.

어느 한 절에 이르러 또 같은 질문을 하자 어느 상좌 한 사람이 말하였다.

"이 절 뒤의 암자가 아마도 원해암인 듯싶소."

절 뒤의 암자에 대해 자세히 물으니, 대개 천 길 절벽 위에 있는 암자로 나는 새가 아니면 올라갈 수가 없다는 것이었다. 수십 년 전에 어떤 스님 한 분이 올라간 뒤로 다시는 소식을 듣지 못하였다고 하였다.

염희도는 스스로 생각하였다.

'내 이미 운명과 재수가 궁박하여 죽고자 한 적이 있거늘, 깎아 세운 듯한 골짜기에 쓰러져 죽은들 어떠하랴?'

마침내 그 골짜기로 들어가니 말라죽은 편백나무가 골짜기 위에 쓰러져 있었고, 발은 미끄러워 떨어지기 쉬웠다.

염희도는 죽을 각오로 뱀처럼 기어서 암자 앞에 이르니, '원해암(遠海菴)'이라는 편액이 걸려 있었다.

암자는 텅 빈 채 먼지만 가득 쌓여 있고, 평상 위에는 생불이 앉아 있었다. 슬쩍 보니 고요한 모습이 고상해 보였으나 때가 묻어 더러웠고, 반짝반짝 빛나는 눈자위만 드러나 보였다.

염희도는 달려가 평상 앞에 엎드려 절하며 말하였다.

"저는 천지간에 갈 곳이 없는 궁박한 사람입니다. 바라건대, 살아 계신 부처님께서 저의 생사와 앞날의 길흉화복을 소상히 알려 주소서."

생불이 입을 열었다.

"네가 염희도냐? 내 너를 보니 기쁨을 이기지 못하겠구나. 그러나 이곳은 네가 있을 곳이 아니다. 또한 너를 잡으려는 자들이 벌써 네 뒤를 따라 큰 절에 이르렀으니 너는 모름지기 속히 나아가서 붙잡혀야 하느니라."

"살아 계신 부처님께서 기쁘다고 하신 것은 무엇을 이르신 것입니까?"

"나는 네게 종중조부가 되느니라. 너를 보고 어찌 기쁘지 않을 수 있겠느냐?"

염희도가 울면서 말하였다.

"그렇다면 살아 계신 부처님께서는 어린아이 때 이름이 아무개 씨가 아니십니까?"

"그랬느니라."

염희도에게는 종중조부가 계셨는데 일찍이 정신병이 발작하여 집을 나가서는 간 곳을 알지 못하게 되었다. 생불이 바로 그 사람이었다.

염희도가 말하였다.

"기왕에 갈 데가 없는 궁한 처지에 있다가 가까운 친척을 만나게 되었으니 저는 마땅히 이곳에 의지하고 머물겠습니다. 맹세코 다른 데로는 가지 않겠습니다."

생불이 말하였다.

"나와 너는 갈 길이 다르니라. 이곳에 의탁하는 것을 허락하지 않겠다. 네 앞날에 대하여는 더 번거롭게 얘기하고 싶지가 않구나. 아무 절에 내 제자인 중이 있으니, 그에게 가서 물어보면 네 앞날을 충분히 알려줄 수 있을 게다."

하고는 재촉하며 염희도에게 나가라고 하였다.

염희도가 이곳저곳으로 힘을 다해 그 절을 찾아서 그 중을 승방에서 만나니, 그가 말하였다.

"허씨는 이미 처형되었고, 한 사람도 살아남은 사람이 없다
네. 또한 자네에게 미칠 화의 조짐이 코앞에 박두하여 준엄한
포교들이 큰 절에 이르렀네. 임금의 명은 거스르고 달아나기
어려우니 속히 큰 절로 가게나. 자네의 앞길에는 그다지 심한
재앙이나 해로움이 닥치지는 않을 걸세. 서울로 올라간 뒤에
자네가 말 값을 찾아주었던 관인이 반드시 자네를 구하여 사
면시켜줄 걸세. 그 뒤로 어진 아내를 새로이 얻어 평안히 여
생을 보내게 될 걸세. 자네는 지나치게 걱정하지 말고 가는
게 좋겠네."

염희도가 큰 절에 이르자, 관에서 파견한 포교들이 과연 뒤
를 밟아 와 있다가 그를 잡아다가 의금부의 옥에 가두었다.

예전의 김 정언이 판의금부사로 있으면서 이 옥사를 담당하
였는데, 임금께 보고하기를,

'예전에 신의 집에서 말을 판 일이 있었습니다. 종이 그만
술에 취해 말 값으로 받은 은자를 길에서 잃었는데, 염희도가
그것을 주웠습니다. 그는 몹시 가난하였는데도 자신이 가지지
않고 신의 집을 찾아내어 돌려주었습니다. 신이 그 은자의 반
을 주워다가 바친 공을 치하하여 대가로 주려 하였습니다만 염
희도는 고개를 가로저으며 받으려고 하지 않았습니다. 그의 뜻
과 지조가 의로운 일이 아니면 하찮은 것 하나도 남에게서 취
하지 않는다는 것이었습니다. 비록 그가 역모자 허견 집의 심

복인 종이기는 하오나 결단코 허견을 따라 이치에 어긋난 일을
했을 리가 없사오니 너그러이 처리해 주시기를 청하옵니다.'

그는 드디어 옅희도를 풀어주고 또 은자 스무 냥을 주었다.

염희도는 그 돈을 장사 밑천으로 삼아 물건을 사서 팔도로
두루 다니며 행상을 하였다. 행상을 다니다가 경상도 지방의
한 곳에 이르니 어떤 대갓집 안에서 어린 계집종이 나와 물건
을 흥정하자고 하며 그를 대문 안으로 끌어 들였다. 안채에 다
다르자, 어떤 처녀가 맞이하며 말하였다.

"제가 누군지 아시겠습니까?"

하고 재삼 캐물었으나 그는 끝내 기억해내지 못하였다.

그러자 그녀가 말하였다.

"저는 바로 말 값으로 받은 은자를 잃어버렸던 김 정언 댁
종의 딸입니다. 저는 댁이 저의 아버님을 살려주신 은혜를 위
해 평생토록 기원하기를 오로지 댁의 아내가 되어 은혜를 갚도
록 해달라고 했답니다. 집을 버리고 비구니 모습으로 전전하다
가 이곳에 이르러 길쌈으로 재산을 불려 이제는 거의 만금에
이르는 재산을 모았지요. 집을 이곳에 마련해두고 밤낮으로 댁
을 만나게 해달라고 하늘에 빌었는데, 어젯밤 꿈에 신인이 나
타나서 말하더군요.

'너의 배필이 이르렀다.'

라고 하였는데 이제 과연 댁이 스스로 찾아오셨으니, 이는 실

로 하늘이 베푸신 일입니다."

마침내 두 사람은 부부가 되었다.

염희도는 매번 허적의 집안이 망한 것을 몹시 비통하게 여겨, 많은 재물로써 그 원통함을 풀고 부끄러움을 씻을 방도를 주선하였다. 그는 마침내 지방의 농토를 다 팔고 아내와 함께 상경하여 청성부원군의 집이 있는 동네에 집을 사고 사방으로 수천 금에 이르는 재산을 흩었으나 끝내 바라던 바를 이루지 못하였다.

그는 헐벗고 굶주린 것을 근심하지 않으며 아들과 딸을 낳아 편안한 여생을 보냈다.

안동의 김 진사가 그 일로 전을 지어 풍원부원군 조현명에게 보여 주었다. 조현명이 염희도의 자손들을 찾아보니, 당시 궁궐의 정원 관리를 맡아보던 장원서(掌苑署)의 서원이 그의 후손이더라고 하였다.

제22화

광주 경안 정생 廣州慶安鄭生

경기도 광주 경안면 출신으로 전라도 임실 현감을 지낸 정생은 그 이름이 전해지지 않는다. 올바른 행실로 천거되어 벼슬을 받아 임실 현감에 이르렀다.

정생은 젊은 시절에 몹시 가난하여 몸소 밭을 갈았다. 그가 들판에 나가 조밭에서 김을 매는데, 밭은 길가에 있었다.

흰 전립을 쓴 호탕하게 생긴 한 사내가 준마를 타고 채찍을 휘두르며 정생이 갈고 있는 밭가로 달려 지나가는 것을 보았다. 그가 지나간 뒤 정생은 자루에 넣은 물건 하나가 땅 위에 떨어져 있는 것을 발견하였다. 열 겹이나 깊이 싸놓은 것을 보니 아마도 가벼운 보물 같았다. 정생은 그것을 주워다가 밭 가운데를 파서 묻어 놓고는 본래의 주인이 오기를 기다리기로 하였다.

해가 질 무렵, 아까의 그 사내가 말에서 내려 고삐를 끌며 고개를 떨구고 낙심한 모양으로 두리번거리며 정생에게 다가

와 물었다.

"김매는 양반, 말씀 좀 묻겠습니다. 아침부터 이 밭에서 김을 매고 계셨소?"

"그렇소만⋯."

"오전에 이 밭가에 혹시 떨어진 물건이 있었는지요?"

"무슨 물건을 말하는 게요?"

"나는 양반 댁 종놈으로, 상전의 서울 집을 팔고 그 값으로 받은 은자 백 냥이 든 자루를 말 위에 놓고 그 위에 올라앉아 가다가 취중에 살피지 못해 어디에다 잃어버렸는지 모르겠소. 장차 상전께 큰 매를 맞게 생겼소. 만약 주운 것을 돌려주신다면 마땅히 그 절반을 나눌 생각이오만 누가 주운들 사실대로 말하고 싶어 하겠소? 참 어찌해야 좋을지 모르겠소."

"잃은 물건의 크기가 얼마만하며, 뭘로 쌌는가?"

"이러저러 하오."

"자네는 모름지기 나를 따라 오게."

정생은 밭모퉁이에 이르러 호미로 땅을 파고 그 자루에 든 물건을 꺼내주며 말하였다.

"아침에 주웠는데 깊은 곳에 간수해두고 주인을 기다리고 있었네."

그 사내가 그 중 반을 꺼내서 정생에게 내밀었다. 정성은 고개를 가로저으며 받지 않았다. 그 사내가 다시 정생의 생김새를 자세히 살펴보다가 말하였다.

"틀림없이 양반이시군요?"

"그렇다네."

그 사내는 묵묵히 한동안 먼 산을 바라보다가 돌연 눈물을 뚝뚝 흘리는 것이었다. 정생이 그것을 이상히 여겨 물으니, 그 사내가 대답하였다.

"저는 흉악한 도둑이랍니다. 이 은과 저기 있는 말, 그리고 말에 실려 있는 물건들이 다 도둑질해 얻은 것이지요. 하늘이 이 세상에 사람을 내셨을 적엔 귀천을 따지지 않았을 것이니, 타고난 성품은 다 같이 어질고 착했을 겝니다. 샌님께서는 가난이 심하여 밭에서 김을 매면서도 땅에 떨어진 물건으로 이득을 취하지 않으시고 간수해둔 채 그 주인을 기다리셨습니다만, 저는 어둠을 틈타 남의 집에 들어가 남의 목숨을 해치고 재물을 겁탈하였습니다. 저는 어떤 사람이고, 또 샌님은 어떤 사람이란 말이오? 저만 유독 타고난 착한 본성을 잃어버리고 이처럼 극악한 데 이르고 말았으니, 어찌 비통하지 않을 수가 있겠습니까?"

하더니만 은자가 든 자루를 바위 위에 놓고 큰 돌로 짓찧어 가루로 만들었다. 또 말 위의 보자기에서 쪽빛 주단 두어 필을 가져다가 칼로 마구 찢어 경안천 에 띄워버렸다. 또 채찍을 휘둘러 타고 온 말을 쫓아내며 말하였다.

"너 가고 싶은 데로 가거라."

하고는 정생에게 말하였다.

"제가 다행히 샌님처럼 청렴하며 어진 양반을 만났습니다. 샌님 곁에서 떠나고 싶지 않으니 바라건대, 어르신 댁의 울타리 아래서 여생을 마치게 해주십시오."

"내가 몹시 가난하고, 자네도 밑천으로 삼을 만한 것이 없는데 어떻게 나를 따라가 살겠는가?"

"저는 산적의 무리였던지라 원래부터 처자식을 거느리지 않아 달랑 제 한 입뿐입니다. 기필코 어르신 댁에는 누를 끼쳐드리지 않겠습니다."

하고는 그 자리에 앉아 김매는 일을 끝낼 때까지 기다리다가는 정생을 따라 마을로 들어가서 정생의 집 울타리 아래에 토담집을 지었다. 정생에게 볏짚 한 단을 얻어서는 그 이튿날부터 오로지 짚신 삼는 일만 하였다. 짚신 값이 올라도 다만 한 푼만 받고 더 주어도 받지 않았다. 평생 직업을 바꾸지 않았고, 남이 짚으로 짜놓은 물건에는 손도 대지 않은 채 늙도록 토담집에서 살다가 죽었다고 한다.

경상도 울산의 수령을 지낸 정광운은 바로 정생의 손자였는데 항상 이 일을 사람들에게 말하여 주었다고 한다.

제23화

유기장 서 柳器匠壻

   한 이름난 선비가 성은 이씨이고 이름은 전해지지 않았는데, 연산군 때 홍문관 교리로서 사화를 당하여 전라도 보성으로 망명도주하였다.

   어느 마을 앞을 지날 때 갈증이 심하였는데, 어느 한 처녀가 샘에서 물을 긷고 있었다. 이 교리는 샘으로 다가가 물을 청하였다. 처녀는 바가지에 물을 떠서 버들잎을 띄워 주는 것이었다. 이 교리가,

   "갈증이 심해 급히 마시려는데 어찌 이처럼 버들잎을 띄워 주는가?"

하니 그녀가 말하였다.

   "길 가다가 고달프고 목이 마를 때 급히 물을 마시면 체할 수가 있습니다. 제가 버들잎을 띄운 까닭은 그것을 부는 동안 약간 시간을 지체케 하여 체하지 않게 하려는 것뿐이었습니다."

   이 교리는 그녀의 슬기로움과 식견을 기특하게 여기면서 그

뒤를 따라 그녀의 집에 들어가 보니 고리장이 집이었다.

고리장이의 딸과 눈이 맞아 이 교리는 마침내 그 집 사위가 되었다.

서울의 뼈대 있는 집안의 귀한 양반이 갑작스레 버들고리를 짜는 일은 할 수가 없는지라 그는 게으르게 잠자는 것만을 일삼았다. 고리장이 내외는 그것이 밉살스러워,

"저 사위는 먹고 자는 것만 잘하고 그뿐이니 장차 어디다 쓸꼬?"

하고는 밥도 넉넉히 주지 않았다. 고리장이의 딸은 남편이 가엾어서 매번 가마솥의 누룽지를 밥 위에 더 얹어주곤 하였다. 그리하여 두 사람 사이의 정은 매우 두터워졌다.

그렇게 두어 해가 지났을 때 조정에는 반정이 일어나 연산군이 폐위되었고, 연산군 때 죄를 입고 쫓겨났던 사람들이 모두 벼슬에 복귀하거나 승진하였다.

이 교리도 다시 교리 벼슬에 복귀되었다는 공문이 전국 팔도에 보내졌고, 관아마다 방을 붙여 수소문하였다. 이 교리는 풍문으로 자신이 숨어 살던 마을 저잣거리에서 그 기별을 들었다.

때는 마침 음력 초하룻날이라 고리장이 집에서 버들고리를 관가에 납품하게 되었다. 이 교리가 장인에게,

"내일 버들고리 납품은 내가 감당하고자 합니다."

하고 청하자 장인은,

"매번 내가 직접 가도 퇴짜를 맞는 일이 허다한데, 자네같이 얼뜨기가 가서는 결코 무사히 납품하기가 어려울 것이구먼. 자네한테 맡겨 보낼 수는 없지."

하였으나 이 교리가 굳이 청하자 장모가 나섰다.

"어째서 한 번 되는지 시험해보지 않는 게요?"

그제야 고리장이는 허락해주었다.

이 교리는 패랭이를 쓰고 버들고리를 등에 지고는 관가에 들어갔다. 때마침 본관사또는 이 교리 문하에 있던 무변이었다.

이 교리가 섬돌 앞으로 다가서며 큰 소리로 외쳤다.

"아무 가게의 고리장이가 초하룻날 버들고리를 납품하러 왔소이다!"

본관사또가 눈을 들어 내려다보니 바로 조정에서 찾고 있던 이 교리로, 자신이 전부터 존경하며 섬기던 사람이었다. 허둥지둥 섬돌을 내려와 그를 동헌으로 맞아 오르게 하며 말하였다.

"어디에 몸을 숨기고 계셨기에 이런 모양새를 하고 오셨습니까? 조정에서는 지금 옛 직책으로 복직시키셨고 전국 팔도에서 널리 찾고 있으니 어서 상경하십시오."

"죄를 입고 구차하게 살기를 탐해, 고리장이 집에 들어가 그 집 딸에게 몸을 맡긴 것이 오늘에 이르렀네. 이렇게 다시 밝은 해를 보게 될 줄은 생각도 못했지."

본관사또는 즉시 이 교리가 자신의 고을에 있다는 것을 전라감영에 보고하고 나서, 그에게 행장을 차려 관아에서 곧장 서울로 올려 보내려 하였다.

이 교리는,

"3년간이나 주인과 객으로 정이 들었고, 또 조강지처를 겸하였으니 그 집에 돌아가 작별을 고하지 않을 수 없네. 내 지금 나가서 자네가 내일 나오는 걸 기다림세. 그때 서울 올라갈 일을 의논함이 좋을 듯하이."

하고는 본관사또가 내준 의관을 돌려주고 본래 입고 왔던 옷으로 갈아입은 뒤 관가를 나왔다.

집으로 돌아온 이 교리가,

"무사히 버들고리를 납품했습니다."

하고 보고하니 장인이 말하였다.

"솔개도 천 년을 묵으면 꿩 한 마리는 잡는다더니, 우리 사위가 버들고리를 납품하고 퇴짜를 맞지 않았으니 참으로 기이한 일일세. 오늘 저녁에는 밥을 많이 주거라."

이튿날 아침 일찍 일어나 마당을 쓸고 있는데 장인이 보고 말하였다.

"어수룩하고 게을러빠진 우리 사위가 어제는 버들고리 납품을 잘 해내더니 오늘은 이른 아침에 마당을 다 쓰네. 틀림없이 해가 서쪽에서 뜬 게로군."

마당을 쓸고 난 이 교리가 마당 한가운데 멍석을 펼쳐 놓자 장인이 물었다.

"뭐하는 겐가?"

"본관사또께서 나오시겠다고 해서 기다리는 것입니다."

"본관사또께서 고리장이 집에 나오실 리가 있는가? 자네 참으로 정신이 돌아서 이런 말을 하는 겐가? 어제 버들고리도 정신이 어떻게 돼서 도중에 버리고 온 것 같은데….."

"오신다고 하셨으니 오실 겁니다. 제가 어찌 쓸데없는 말을 하겠습니까?"

잠시 후에 관가에서 아전이 옆구리에 자리를 끼고 들이닥쳤다. 유기장이와 그의 아내는 깜짝 놀라 달아나 몸을 숨겼다.

본관사또가 들어와서는 이 교리와 자리를 나누어 앉더니 청하기를,

"형수님을 뵙고 싶습니다."

하였다. 이 교리가 아내더러 나와서 인사를 하라고 하였다. 그녀는 개암나무로 만든 비녀를 꽂고 옷깃을 여미며 용모를 단정히 하고 사또에게 인사를 하였다. 수줍어하거나 부끄러워하는 기색이 없었고, 행동거지가 예의에 어긋나지도 않았다.

본관사또가,

"이 분은 이름난 선비로 형수님 댁에 자취를 숨기시고 형수님의 지극정성 돌보심을 입어 오늘이 있게 되었습니다. 이렇게

살펴주신데 대해 만만 감사드립니다."

하자 그녀가 말하였다.

"돌이켜 보건대 천하디 천한 이 몸이 외람스럽게도 남편으로 모시면서 그토록 귀하신 분이신지 전혀 살피지 못하였으니, 접대하고 주선함에 소홀히 하고 업신여겨 무례함이 많았습니다. 무한한 괴로움만을 끼쳐 드려 그 죄를 부끄러워할 겨를도 없는데, 어찌 감히 사례를 감당하겠습니까? 또한 하물며 사또 나리께서 이 천한 계집을 분수에 넘치게도 형수라고 칭하시니 너무 황송하여 복이 달아날까 싶습니다."

본관사또는 아랫사람들을 시켜 숨어 있던 주인 부부를 찾아내게 하여 술을 대접하며 노고를 위로하였다.

잠시 후, 이웃 고을의 수령들이 일산을 나부끼며 두루 이르고, 감영에서는 비장을 보내 안부를 물었다. 각 역참에서는 일제히 역마에 물품을 실어 보내어 짐을 실은 말들이 줄을 이어 집안을 메웠다.

이 교리가 본관사또에게 말하였다.

"저 사람이 비록 천인이나 이미 아내라는 이름으로 여러 해 동안 서로가 의지하였고, 나를 위해 온갖 정성을 다했으니 이제 와서 떨어뜨려 두고 갈 수는 없네. 자네가 사람과 말을 준비하여 내 아내가 나를 따라 서울로 올라가게 해주게나."

본관사또가 그녀의 행장을 갖추어서 명사 부인의 예에 모자람이 없도록 해주었다.

날을 받아 길에 오르니, 앞뒤에서 길을 인도하는 하인들이 소리를 질러 행인들의 통행을 금하며 위의가 대단하여 외딴 시골이 깜짝 놀라도록 화려하였다.

임금을 뵙고 인사를 올린 뒤 마주하니, 임금은 어느 곳에서 어떻게 머물러 지냈는가를 물었다. 이 교리가 자초지종을 갖추어 아뢰자, 임금은 재삼 탄식하며 말하였다.

"그대에게 이 여인이 들인 전성이 여기에 이르렀으니, 그대는 아내를 천한 첩으로 대해서는 아니 될 것이다. 내 특별히 부인에 버금가는 차부인의 예로써 대할 것을 명하노라."

마침내 그녀는 영화롭고 귀한 대접을 받으며 평생을 살았다고 한다.

제24화

서 약봉 기일 徐藥峯忌日

　　약봉 서성의 제삿날 그의 아들이 밤에 꿈을 꾸었다. 약봉이
와서 신주를 놓는 교의에 앉아 아들에게 말하기를,

　　"문 밖에 내 친구 아무개 공이 와 계시니 네가 나가 맞아 오
너라."

하므로 약봉의 아들이 즉시 모셔 오자, 약봉이 또 말하였다.

　　"아무개 판서께서 문 밖에 계시니 네가 맞아 오너라."

　　아들이 또 모셔왔다.

　　마지막으로 또 문 밖의 손님을 맞아들이라고 하여 약봉의
아들이 또 나가니, 그 손님이 얼굴을 찌푸리며 말하였다.

　　"내 옷이 해지고 더러워서 부끄러워 감히 들어갈 수가 없네."

　　그 말을 돌아가 부친에게 전하자 약봉은,

　　"옷이 더러운 게 뭐 거리낄 게 있나?"

하고는 다시 아들에게 억지로라도 청해 들이라고 하였다.

　　네 사람이 탁자 위에 우물 정(井)자 모양으로 앉아 제사상에

차려놓은 음식을 쩝쩝거리며 골고루 먹고는 흩어져 갔다.

그 뒤 약봉의 아들인 서경우가 그날 마지막으로 맞아 들였던 손님의 아들과 같은 관아의 동료가 되었다. 서경우가 그에게 묻기를,

"자네 아버님께서 돌아가실 때 무슨 옷으로 염을 하였는가?"하니, 그는 미간을 찌푸리고 눈물을 줄줄 흘리며 말하였다.

"선친께서 평안도 선천에 귀양 가 계시다가 임진왜란 중에 돌아가셨다네. 귀양지에서 난리를 만났는지라 염습할 기구를 마련할 수 없어 당시 입고 계시던 해진 옷으로 한 것이 종신토록 가슴 아픈 일이 되었네. 자네가 어찌 염습에 쓴 기구에 대해 추궁하는 겐가?"

서경우는,

"내가 기이한 꿈을 꾸었다네. 지난번 선친 기일에 선친의 혼백이 평상시처럼 나타나셔서 생시에 친하게 지내시던 친구 세 분을 맞아들이셨는데, 자네 아버님도 그 가운데 계셨네. 처음에는 옷이 누추하다고 망설이시며 선뜻 들어오시지 않더군. 억지로 권한 뒤에야 들어오셔서 함께 제사 음식을 드시고 가셨다네. 자네는 내 말이 허무맹랑하다 하지 말고, 새로 관복을 지어 아버님 산소에 가서 태우는 것이 어떻겠는가?"라고 하였다. 그는 즉시 서경우의 말대로 하였다.

며칠 뒤, 서경우의 꿈에 그 동료의 아버지가 나타나 사례하

기를,

"자네의 한 마디 말로 저승에서 더러운 옷을 갈아입게 되었
네. 다행스럽고 고맙네!"

하였다.

또 그 아들의 꿈에도 나타나 새 옷으로 갈아입게 되어 다행
스럽다는 뜻을 전하였다고 한다.

제25화

모녀 신행 母女新行

　어느 한 재상이 어려서 아버지를 잃고 집안이 가난하게 전라도에 살았다.

　그 당시 막 전라감사의 자리에 오른 이가 누이동생이 있었는데 일찍이 어느 음관의 아내가 되었다가 혼례를 치른 날 첫날밤을 지낸 뒤에 버림을 받게 되었다. 음관은 그녀를 집에서 쫓아내고, 그녀 대하기를 원수 대하듯 미워하여 처가의 종들도 집에 발을 들이지 못하게 하였다. 두 집안 사이에 왕래가 끊겨 초나라와 월나라 사이처럼 되고 말았다.

　그녀는 첫날밤에 다행히도 임신을 하여 딸 하나를 길렀다. 그 아비인 음관은 자신에게 딸이 있다는 것을 전연 알지 못하였다.

　그 딸이 시집갈 나이가 되었을 때, 외삼촌이 마침 전라감사 벼슬을 받고 누이동생과 작별하고 임지로 떠나게 되었다. 누이동생이 울며 말하기를,

"제 평생에 가장 슬픈 일은 딸을 가진 것입니다. 서울 사대부 집안의 사위는 보고 싶지 않아요. 오라버니께서 감영에 가시면 시골 사람 가운데 성품이 착실하고 아내를 사랑해줄 수 있는 사람을 널리 구하셔서 제 딸아이의 배필로 삼게 해주세요."

하였다. 전라감사가 그리하겠다고 하고는 떠났다.

전라감사는 감영에서 사사로운 과거를 베풀어 응시한 사람들 가운데 한 사람을 가릴 생각이었다.

과거시험 날 감사는 대청에 앉아 한 사람 한 사람 과거를 보러 들어온 응시자들을 내려다보며 생긴 모습을 살펴보았다. 그중 한 총각이 키가 크고 머리숱이 많으며, 풍채와 행동거지가 진중한 것이 덕을 갖춘 그릇임을 알 수 있었다. 감사는 그를 마음에 새겨두었다.

합격자를 알리는 방이 나오니 그 총각의 이름이 올라 있었다. 급제자들을 축하하는 잔치에 초대하여 기회를 엿보다가 그 총각을 앞으로 나오게 하여 물었다.

"자네는 어디에 사는고?"

"감영에서 10리에 못 미치는 곳에 삽니다."

"내일 내가 자네를 다시 좀 보았으면 하니 돌아가지 말고 감영 안에 머물러 자며 기다리게."

이튿날 감사는 그 총각을 다시 불러들여 궁금한 것들을 상세히 물어보았다. 문벌은 그다지 대단하지 않았으나 그래도 명

색은 양반이었고, 홀어머니 슬하에 외아들로 몹시 가난한 가운
데 고생스럽게 애쓰며 살아가고 있다고 하였다.

감사가 물었다.

"내게 누이동생의 딸인 생질녀가 있는데, 우리 집에 살고 있
고, 그 아이의 혼사도 내가 주관해야 하네. 그 아이 친가는 아
무 집안으로 명망이 높은 가문일세. 내 자네를 맞이하여 누이
집의 사위인 생질서로 삼고자 하는데, 자네 뜻은 어떤가?"

그 총각이 대답하였다.

"영감 댁처럼 큰 가문에서 결코 소생처럼 가난한 사람과 혼인
을 맺을 리가 없지요. 그 말씀은 저를 놀리시는 것 같습니다."

"혼인이라는 큰일을 처리함에 있어 어찌 장난삼아 함부로
말을 꺼내겠는가? 만약 자네가 혼사를 스스로 처리하겠다면
이 자리에서 사주단자를 써주게."

"집에 돌아가 혼자 계신 어머님께 말씀드리고 사주단자를
써서 올리겠습니다."

"자네의 혼수와 혼례에 필요한 기구들은 마땅히 감영에서
맡을 것이니, 자네는 걱정하지 말게나."

그리하여 총각에게서 사주단자를 받고 택일단자를 총각 집
으로 보냈다. 누이동생에게는 편지로 혼처와 혼례 날짜를 알려
주었다. 장가들러 가는 신랑의 행장을 성대하게 꾸려서 올려
보냈다.

혼례를 치른 이튿날, 신랑은 장모에게 인사를 드리러 들어가서 물었다.

"혼사를 의논할 때 감사또께서는 장인어르신께서 돌아가셨다는 말씀을 하지 않으셨습니다. 이번에 올라와서 장인어른을 뵙지 못했습니다만, 과연 언제 돌아가셨는지요?"

그러자 그의 장모는 눈물을 줄줄 흘리며 말하였다.

"설령 돌아가시지 않았다 한들 다시 어쩌겠는가?"

"그렇다면 살아계십니까?"

"그렇다네. 이 세상에 버림받은 아내로 어찌 나처럼 잔혹한 사람이 다시 있겠는가? 첫날밤을 지낸 뒤 영영 사이가 벌어져 연락이 끊겼다네. 비단 평생 만나보지 못했을 뿐만 아니라 편지조차 주고받지 못했다네. 나를 10세대에 걸친 원수로 보고 계시니…. 내 슬하의 한 점 혈육이 악업으로 인해 우연히 첫날밤에 잉태되어 태어났으나 감히 그 아비에게 알릴 수가 없었고 장성하여 시집을 가도 감히 그 아비에게 알리지 못하였네. 이렇듯 지극히 원통한 일이 예로부터 어찌 있겠는가?"

"장인어르신은 어느 동네에 사십니까? 이 사위가 의당 찾아뵙고 인사를 드려야지요."

"자네가 가고자 한들 썩 기껍지는 않을 걸세. 딸이 태어나고 장성하여도 소식이 전연 통하지 않았으니, 비록 사위가 간들 자네 장인이 어찌 기쁘게 맞아주겠는가? 못 만날 것이 십중팔

구이지. 헛수고하지 마시게나."

"만나주시고 안 만나주시고는 장인어르신께 달린 일이지만, 제가 새신랑 된 자로 같은 한양성 안에 계시는 장인어르신을 찾아뵙지 않는다는 것은 특히나 사위된 도리가 아닙니다. 마땅히 꼭 가야합니다."

타고 갈 말을 준비시켜 길을 떠나 그 집 대문 앞에 이르렀다. 고삐를 잡고 간 종을 먼저 들여보내 음관에게 말하기를,

"새서방님이 대문 밖에 와서 뵙고자 합니다."

하니 음관이 말하였다.

"괴이하구나! 새서방님이라는 말이. 누구를 가리켜 이르는 말이냐?"

"아무 동네 마님에게 따님이 있는데 그 아기씨가 어제 혼례를 올려 신랑이 나리마님을 뵙고자 합니다."

음관이 미간을 찌푸리며 달하였다.

"들어보지 못한 소리다마는 사람이 찾아와 보자는데 거절하는 것은 인정이 아니겠지. 들라 하라."

새신랑이 말에서 내려 대문을 들어섰다. 주인이 언뜻 새신랑의 풍채와 거동을 보고는 자신도 모르게 뜰로 내려서서 그를 인도하며 당에 다시 올랐다. 한 번 달을 붙여보니 벌써 재상이 될 재목이었다. 주인은 흐뭇한 마음에 웃으며 그를 아주 특별히 사랑스러워 하며 그 기쁨을 이기지 못하였다. 종일토록 대

화가 끊이지 않아 머물게 하고 저녁도 차려주었다.

횃불을 밝힐 무렵에 새신랑이 하직을 고하자 음관이 말하였다.

"차마 자네를 홀로 보낼 수가 없네. 나도 따라가지."

하고는 말을 타고 앞장서서 함께 처가에 이르렀다. 종이 들어가 안주인에게 아뢰기를,

"아무 동네 나리마님께서 새서방님을 따라 함께 오셨습니다."

하였다.

온 집안이 깜짝 놀라 기뻐하였으니, 그 경사가 새신랑을 맞이함에 못지않았다.

음관이 들어와서 20년 가까이 된 아내의 얼굴을 마주하고 어진 사위를 얻은 것을 축하하였다. 그리고는 그 날 밤 동침을 하였으니 예전에 혼인한 사람들과 새로 혼인한 사람들이 함께 즐거움을 누렸다.

어머니도 딸도 신행을 가서 단란하게 음관의 집에 모이니, 부부간의 금실이 흡족하였다.

사람들은 모두들 사위의 공이 크다고 하며 이 이야기를 전하였으니, 미담이 되었다.

제26화

진안 좌수 鎭安座首

재상 벼슬까지 지냈던 이상진이 열네댓 살이었을 때였다.

장차 세밑이 가까워지자 그의 어머니가 눈물을 훔치는 것이었다. 이상진이 우는 까닭을 묻자, 어머니가 말하였다.

"설날은 매우 큰 명절이기 때문에 집집마다 제수를 차려 조상님께 제사를 지내고 겸해서 술을 빚고 떡을 해서 산사람이 취토록 마시고 배불리 먹는데, 우리 집은 됫박을 씻은 듯 쌀을 마련할 수 없으니 이 때문에 울었단다."

그러자 이상진이 말하였다.

"제가 마땅히 나가 구걸해 오지요."

드디어 그는 어깨에 자루를 걸치고 동북쪽으로 나가 구걸하고 다니다가 전라도 진안 고을에 이르렀다. 향청에 들어가니, 지방 수령의 자문기관인 여러 유향소에서 일하는 사람들이 모두 설을 쇠러 집으로 돌아가고, 좌수인 전동흘만이 홀로 향청에 남아 있었다.

그는 이상진을 한 번 보고 곧 그가 장차 크게 될 사람임을 알아보며 물었다.

"그대는 어디 사람이오?"

"전주부에 삽니다. 설이 가까운데 부모님께서 굶주리시므로 구걸을 하러 다니다가 여기에 이르렀습니다."

전동흘이 말하였다.

"그대는 잠시만 여기 머물러 앉아 있으시오."

하고는 즉시 동헌에 들어가 사또에게 말미를 청하였다.

"제가 처음에는 사또를 모시고 설을 지내려 했사오나, 이제 마침 집안에 사소한 일이 생긴 까닭에 집에 돌아가기를 청하옵니다. 설을 쇤 뒤 즉시 사또께 돌아오겠습니다."

사또가 허락하자, 그는 곧 향청에 가서 창고지기를 불러내어 자신의 정월분 급료로 받을 쌀 열 말을 찾아오라고 하여 이상진이 가지고 온 자루에 담아주고 물었다.

"쌀이 열 말이면 제법 무거운데 그대가 능히 지고 갈 수 있겠소?"

"힘에 부칩니다."

"그러면 마땅히 내가 그대를 위해 져다가 집에 가져다 드리겠소."

하고는 드디어 향청 뜰에서 새끼줄로 등짐을 만들어 지고는 이상진을 앞세우고 70리를 가서 이상진의 집에 이르렀다.

아무것도 없는 상태에서 설을 맞이하고 있던 이상진의 집에서는 갑자기 열 말의 쌀을 얻게 되었다. 그의 어머니는 놀라며 뛸 듯이 기뻐하였다.

이상진은 큰 은혜로 생각하여 마음속 깊이 새겨두고 넉넉히 보답하리라 기약하였다.

이상진이 과거에 급제하여 벼슬이 점차 높아지자 전동흘에게 말하기를,

"그대가 전에 베풀어 준 은혜는 가볍게 갚을 수가 없소. 그대는 본시 한량인지라 맡을 만한 직책이 변방의 종3품 첨절제사나 종4품 만호나 종9품 권관 등 변장에 불과하오. 그대는 비록 나이가 들었지만 무과에 급제하여 홍패만 따내면 높은 벼슬도 기약할 수 있을 것이오."

이에 전동흘은 50세 가까운 나이에 활쏘기를 연습하여 무과에 급제하였다. 급제한 뒤에는 그의 재주와 도량이 남들을 훨씬 앞질러 빼어났다.

재상이 된 이상진은 있는 힘을 다해 전동흘을 발탁하여, 그는 마침내 삼도통제사 벼슬에 이르렀다고 한다.

제27화

이 일재 李一齋

일재 이항은 전라도 정읍 사람이다. 젊은 시절 기개와 의욕이 하늘을 찌를 듯해 제멋대로 놀면서 발놀림과 몸놀림이 재빨랐다. 스스로도 자제할 수가 없을 지경이었는데, 서울에 가서 뜻대로 여색을 밝혀보고 싶었다.

정읍을 출발하여 불과 며칠 만에 이미 경기도 광주의 판교점을 지나면서 생각하기를,

'한강을 건너는데 굳이 격식으로 되어 있는 관례에 따라 배로 건널까보냐?'

하였다.

당시는 4월 초여름이라 칡나무가 잎이 무성하게 자라 있었다. 그는 칡잎을 따서 옷에 싸가지고 강가에 이르러서는 배를 버리고 맨몸으로 물에 들어갔다. 싸가지고 온 칡잎 두어 개를 강물 위에 떨어뜨려 놓고는 그 위에 발을 올렸다. 그리그는 다시 칡잎을 앞에 떨어뜨려 걸음을 옮기며 건넜다. 칡잎을 떨어

뜨리고 밟아 건너는 것이 마치 중국 신화에 등장하는 낙수의
여신 복비가 물결 위로 가볍게 걸어 다니는 모양 같았다.

한강을 다 건너자, 다시 남대문을 거치지 않고 마포와 용산
사이에 있는 잠두봉 아래로 허공을 날아 성 위에 낮게 쌓은 담
인 성가퀴를 넘었다. 한양성에 들어간 뒤에 마음속으로 생각하
기를,

'사대부 집안의 부녀자들은 넘볼 수가 없으나 오로지 내시의
아내라면 겁탈하거나 겁간하는 것이 아니니 의리에 어그러지
지 않을 게야.'

하고는 삼청동과 벽장동으로 나아가 내시들이 모여 사는 곳으
로 곧장 들어갔다.

내시가 집에 있는 경우에는 번번이 두어 자 되는 끈으로 그
들 양손의 엄지손가락을 묶어 대들보 위에 매달고는 그가 보는
곳에서 그의 아내를 강간하였다.

내시의 아내가 비록 항거하고자 해도 그의 힘을 당할 수가
없어서 더럽혀지지 않는 사람이 없었다.

강간이 끝나면 내시의 결박을 풀어주었는데, 이른바 내시라
는 자들은 감히 곁눈질도 하지 못하였다.

남쪽 집으로부터 동쪽 집에 이르기까지 강간을 저지른 곳이
수십 곳을 넘었다.

그러다가 갑자기 깊이 반성하기를,

'이는 결단코 짐승이나 하는 짓이다. 내가 오입하는 것이 어쩌다가 이 지경에까지 이르렀는가?'
하고는 선한 마음이 샘솟아 사람들이 많이 모인 저잣거리에서 매를 맞는 것처럼 부끄러워하였다. 순식간에 거칠어서 금살갑지 못한 습성을 억제하여 훈훈하고 공손한 사람이 되었다.

그는 짚신을 사 신고 법도에 맞게 천천히 걸어 고향으로 돌아가서는 방문을 닫아 막고 글공부를 하여 세상의 큰 선비가 되었다. 지금까지도 전라도 지방의 선비들은 그를 숭배하여 신주를 모시고 있다.

제28화
관상 觀相

옛날에 한 무변이 관상을 잘 보았다. 그가 새로 함경도 영흥의 부사 벼슬을 제수 받고 부임할 즈음에 자기 관상을 거울에 비춰보니 임지에서 어사 손에 죽을 운이라 크게 근심이 되었다.

임금에게 하직하고 나온 그가 서울에서 의정부로 가는 길목에 있는 다락원 객점에 이르러 점심을 먹고 있는데 상중인 어떤 사람이 객점 앞을 지나가는 것이었다. 얼핏 그의 상을 보니 오래지 않아 어사가 될 사람이었다.

그가 객점 주인에게 물어보았다.

"방금 지나간 상중인 사람은 어떤 양반이오?"

"뒷동네 이 참의 댁 자제입니다. 참의 영감이 돌아가셔서 이미 소상이 지났는데, 그 댁이 워낙 가난하니 참 안됐습니다."

무변은 객점 주인에게 이씨 집에 대해 세세한 사항을 두루 캐물어서 대략 알아둔 뒤에 서리를 보내어 조문을 하러 가겠다고 미리 연락을 해두었다. 그리고는 제청에 들어가 엎드려 슬피 통곡하고 한동안 애통해 하였다. 상주는 그가 선친과 절친한 분이시겠거니 생각하고 새삼 슬픔이 복받쳤다. 눈물을 거둔 무변은 상주에게,

"타계하신 영감과의 교분을 생각하면 슬픔이 오히려 미진하오. 내가 요즘 몇 년 동안 변방에 오래 체류하여 소식이 끊긴지 오래 되었소만, 어찌 사람의 일이 여기에 이를 줄이야 생각하였겠소? 소상이 지난 지금에야 부음을 듣고 문상을 하게 되니 부끄럽기 짝이 없소."

말을 마치고는 또 흐느꼈다. 또 말하기를,

상주 댁의 형편이 어려우셨으니 장례를 치르느라 빚이 적지 않았을 터인데 …."

하였다. 상주가,

"이루 다 말할 수 있겠습니까?"

하자 무변은,

"내가 이번에 외직을 얻었는데, 상주가 큰일을 당했으니 옛정의를 생각해서는 마땅히 장례로 진 빚을 내가 전담해야 할 터이나 관가의 일이 번다하여 도임 즉시 짐바리를 치송하기는 어려울 것 같으니, 상주께서 대상 전이든 뒤든 말을 세내어 타고 내려오면 내 넉넉히 도우리다."

하며 관청 출입을 허가하는 문서를 써주고 갔다.

상주가 손님을 전송하고 안으로 들어가자, 상주의 모친이 물었다.

"어떤 손이 문상 와서 그리도 애통해 하시더냐?"

"신임 영흥부사랍니다. 아버님과 절친하셨다고 하네요. 우리가 장례로 진 빚을 가엾게 여겨 갚아주겠다며 저더러 한 번 내려오라고 청하더군요. 출입을 허가하는 문서까지 써주시던 걸요."

"우리 집이 사람 살리는 브처님을 만난 모양이다. 천만다행이구나. 아무렴! 가야하고말고."

상주 이생은 근근이 대상을 치르고 나서 어렵사리 말을 세내고 노복을 빌려 강원도 회양군과 함경도 안변 사이에 있는 철령 높은 재를 넘어 함경도 영흥에 이르렀다. 바람과 눈보라를 무릅써서 행색이 초췌하였다.

이생은 출입허가증을 내고 관아 문을 들어가 영흥부사를 만났다. 영흥부사가 그의 용도를 바라보니 전과 아주 달라져서 도무지 어사를 할 상이 아니었다. 그래서 매정하게 잘라 쫓아버려야겠다는 생각이 들었다. 이생과 인사를 나눈 후에 말하기를,

"그대는 나와 무슨 안면이 있소?"

"사또께서 지나시는 길에 제 집에 문상을 오셨다가 이렇게 출입허가증까지 써주시고 저보고 한 번 내려오라 신신당부하셔서 천신만고 높은 철령을 넘어 찾아왔는데, 지금에 와서 갑

자기 한 번도 만난 적이 없는 사람이라는 태도를 보이시니, 어디 이런 맹랑한 일이 있겠소이까?"

"나는 그대 집에 문상을 간 일도 없었거니와, 출입허가증을 써준 일도 없소. 그대가 초면인 나를 협박하다니 실로 엉뚱하구려."

두 사람 사이에 말이 오가다 보니 점점 큰소리가 나왔다. 영흥부사는 아전을 불러,

"이 양반을 끌어 내거라!"

하고, 한편으로 관내 백성들에게,

"오늘밤 이 자를 재워주는 자가 있다면 곤장을 엄히 치고 또 벌로 서울에 심부름하는 부역을 시키리라."

하고 포고하였다.

이씨가 관아 문을 나서자, 관장의 지엄한 명이 내렸으니 누가 그를 재워줄 것인가.

바야흐로 날씨가 혹한인데다 해 또한 저물어서 동쪽 서쪽 어디를 가서 문을 두드려도 집집마다 내쫓으니 어찌할 도리가 없었다. 오직 죽음을 기다릴 수밖에 없었다.

말을 어느 마을 모퉁이 빈 방앗간에 세우고 주인과 하인이 함께 오들오들 떨고 있었다. 그때 소복을 한 어느 시골 아낙네가 열예닐곱 살쯤 되는 딸과 열 살가량 되는 아들을 데리고 방앗간을 지나가더니, 잠시 후에 소복한 아낙네가 혼자 다시 와

서 이생에게 묻는 것이었다.

"어디서 오신 손이신데 이런 곤경을 만나셨어요?"

대강 그 사정을 이야기하니 그 아낙네는,

"상도 나리, 영락없이 돌아가시게 되었소."

하는 것이었다.

'상도 나리'란 함경도 사람들이 흔히 서울의 문벌 좋은 양반을 지칭하는 말이었다.

그 아낙네는,

"저는 이 마을에 사는 과부지요. 관가의 명을 어긴다고 설마 나를 죽이기야 하겠소. 내가 사람을 살려야지."

하고는 이생을 자기 집으로 데리고 갔다. 큰 바가지에 따스한 물을 떠다 놓고 이생의 얼굴을 물에 가까이 대고 있으라고 하였다. 한참 만에 한 덩이 던 얼굴이 물속으로 쏙 빠지는데 얼음이었다.

그러고 나서 아낙네는 이생을 온돌방에 앉히고 좋은 밥상을 차려 내왔다. 그녀의 집은 부유하였고, 또한 그녀는 의기가 많았기 때문이었다.

이에 이생은 크게 치하하며 깊이 감사하였다. 이생은 그 집에서 이틀 가량을 묵었는데, 그 아낙네가 그에게,

"상도 나리, 금방 돌아가시기 어려운 처지에 사람 마음이 아무 관계없는 남을 오래 접대하다 보면 자연 업신여기게 마련이

지요. 나리께서 대책 없이 여러 날 저희 집에 머물러 계시다 보면 반드시 틀어져 어긋나는 일이 있을 거예요. 청컨대, 제 딸아이를 소실로 삼으시지요. 제 딸이지마는 제법 단정하고 곱답니다."

라고 하는 것이었다. 이생은 기꺼이 그녀의 말을 따랐다. 그때부터 신랑으로 대접을 받으니 먹고 입는 것이 매우 풍성해졌다.

그렇게 지내다가 이생은 그의 노모가 문에 기대어 자신을 기다릴 것이 걱정되어 서울로 돌아가려 하였다. 주인 아낙네와 그 딸이 모두,

"이런 엄동설한에 길이 눈에 막혔는데 철령 고개를 넘어가다가는 결코 목숨을 보존하기도 어려워요. 부모를 떠나 있기도 차마 못할 일이긴 하지만, 아무래도 내년 봄까진 기다리는 게 좋겠소."

하므로 부득이 그 말을 따르지 않을 수 없었다.

한 해 겨울을 보내는 사이에 이생은 영흥부사의 탐학무도함을 귀에 못이 박히도록 듣게 되었다.

봄이 되어 얼음이 풀릴 무렵, 이생이 떠나려 하자 주인 아낙네는 말과 안장을 갖추어 은자 6백 냥과 곱게 짠 모시 수십 필을 실려 보냈다. 이에 그는 소실에게 후일 다시 만날 것을 굳게 언약하고 서울로 돌아왔다.

이생은 장례 치르느라 진 빚을 모두 갚았고, 이로부터 신수

가 트였다. 그 해 과거에 급제하였고 한림 벼슬을 받아 경연 자리에서 임금을 모시고 있는데, 마침 주위가 조용하므로 임금 이 말하기를,

"경들이 옛날이야기 한 가지씩 해보오."

하였다. 이 한림이 일어나서,

"신이 몸소 겪었던 일을 옛이야기 삼아 아뢰겠사옵니다."

하고 영흥에서의 일을 처음부터 끝까지 아뢰었다.

이야기를 들은 임금은 바로 침전에 들어갔다 나와서 봉함 셋을 손수 이 한림에게 내주며 분부하였다.

"이 봉함에 제1, 제2, 제3이라고 차례를 써놓았다. 그 첫 번 째 봉함은 대궐 문 밖에서 뜯어보고 시행할 것이며, 둘째 봉함 은 도착한 곳에서 뜯어보고, 세 번째 봉함은 다시 그 뒤에 뜯어 보아라."

이 한림이 대궐 문을 나와 첫 번째 봉함을 뜯어보니, 영흥에 가서 탐욕스러운 수령을 잡으라는 암행어사 임명이었다.

그는 즉각 출발하여 영흥에 도착하였다. 허름한 의관으로 바꿔 입고 먼저 그 소실의 집에 들렀다. 소실의 어미, 곧 예전 의 주인 아낙네는 그의 의관이 허름함을 탓하여 별로 반기는 기색이 아니었다.

"무엇하러 먼 길을 왔소?"

"자네 딸을 잊기 어려워서 왔네."

하고는 소실의 방으로 들어가니 서로 얼마나 반갑고 사랑스러
웠겠는가! 같이 잠을 자다가 밤이 깊어진 뒤 그는 소실이 곤히
잠든 틈에 살그머니 빠져나와 방 뒤에 숨어 그녀의 마음을 떠
보려고 하였다.

그녀가 잠에서 깨어 팔을 뻗어 다시 낭군을 껴안으려다가
보니 없는 것이었다. 벌떡 일어나서 어미를 불러 울며불며 하
는 말이,

"낮에 엄마가 덜 좋은 기색을 보여서 나리가 화가 나서 가버
렸나 봐요."

"내 접대가 무슨 화낼 근거가 되었단 말이냐?"

"천리 타관에서 저를 보려고 일부러 오신 양반을 엄마가 박
정하게 대하는데 화가 안 났겠어요? 사방 어디에도 알 만한 사
람이라곤 없는 땅에서 올 데 갈 데 없이 춥고 굶주려 죽을 도리
밖에 없는데 제 마음이 어떻겠어요?"

하고 큰소리로 곡을 하다가 제 어미가 재삼 타이르자 겨우 울
음을 그쳤다.

이 어사는 즉시 내려올 때의 의관으로 갈아입고 서리와 따
르는 아랫사람들을 불러 객사에서 어사출두를 하였다.

관아 뜰에 횃불을 가득 밝히고, 각 창고를 봉하는 한편, 수
령을 보좌하던 향청의 좌수 별감 등과 이방 호장을 잡아들여
형틀 위에 올려놓으니 온 고을이 진동하였다.

그의 소실 어미가 그 딸을 이끌고 어사 구경을 하러 와서는 객사 담에 기대어 불빛 아래 있는 어사를 바라보았다. 한참 후 어미가 그만 가자고 재촉하니 딸이,

"엄마, 먼저 가요. 나는 더 구경하다 갈게요."

하였다.

잠시 후에 딸이 헐레벌떡 집으로 달려오면서,

"엄마, 엄마야! 어사가 다른 사람이 아니고 바로 우리 집 나리데요."

"아니, 그럴 리가 있니?"

"내 눈으로 똑똑히 본 걸. 가서 봐요."

모녀가 다시 가서 담 너머르 자세히 바라보니, 과연 딸의 말과 같았다. 모녀는 뛸 듯이 기뻐하며 집에 돌아와서도 잠을 이루지 못하였다.

어사는 즉시 임금에게 보고하는 장계에 영흥부사가 공금을 횡령한 일, 백성들의 재물을 약탈한 일 등 크게 탐학한 사례 수십 조목을 기록해서 역마를 달려 보고하였다.

또 두 번째 봉함을 뜯어보니, 영흥부사의 임무를 행하라는 특명이었다. 그는 즉시 영흥부사의 인장을 찾아 도임하였다는 증서를 함경감영으로 작성해 보냈다.

며칠이 지나지 않아 의금부의 금부도사가 달려와 전임 영흥부사를 잡아갔다.

이 부사가 다시 세 번째 봉함을 뜯어보니, 그것은 소실을 둘째 부인으로 삼으라는 분부였다. 즉시 채색 가마로 그 소실을 맞아오는데, 관아 사람들이 앞뒤에서 큰소리로 갈도하며 옹위하여 소실을 관아의 안채 큰 방으로 모셨다.

영흥 고을의 민가 계집이 급기야 수령의 실내마님이 되니, 그 영광스러움에 소문이 사방 이웃에 자자해졌다고 한다.

그 무변은 진실로 관상을 잘 본 것이 아니었다.

서울에 김생과 이생이라는 두 선비가 있었는데, 정이 두텁기가 친형제 같았다. 평생을 함께 공부하며 약속하기를, 한 사람이 먼저 벼슬길에 올라 출세하면 남은 한 사람은 과거 응시를 그만두고 종신토록 출세한 친구에게 보살핌을 받기로 하였다.

두 선비 가운데 김생이 먼저 과거에 급제하였고, 이생은 약속대로 과거 응시를 포기하였다. 과거에 급제한 김생은 경즈부윤 벼슬을 하게 되었다. 과거 응시를 포기한 이생도 두 사람이 기약한 대로 굶주림과 추위를 면하기 위해 말을 세내어 경즈로 가서 관아에 들어가 부윤이 된 김생을 만났다. 부윤은 그가 묵을 곳은 마련해주었으나 양식이나 말먹이와 땔감 등은 지급해주지 않았다.

이생이 첫날에는 생각하기를,

'부윤이 깜빡 잊은 것이겠지.'

하고는 거처하는 집 주인에게 양식과 땔감 등을 빌렸다. 그런데 다음날도 그렇고 그 다음날도 마찬가지였다. 이생은 부윤을 찾아가 나무랐다.

"자네가 나를 이렇게 대접하는 것은 결코 사람의 도리가 아닐세!"

그러자 부윤은,

"경국대전에 본디 나그네에게 양식과 말먹이를 준다는 조항이 올라 있지 않네."

하는 것이었다.

이생이 예전의 약속을 들어 나무라자 부윤이 말하였다.

"관가의 일이란 것이 사사로운 일과는 달라 법을 지키는 것이 중요하니 인정을 돌아볼 수가 없네."

마침내 이생은 부윤과 한바탕 크게 다투고는 간다는 말도 없이 떠나버렸다.

거처하던 집의 대문을 나서니, 이생의 형세는 마치 다락에 올라갔는데 사다리가 치워진 것과 같았다.

서울로 올라갈 방법이 없어진 이생은 타고 온 말을 팔아서 끼니를 잇다가 얼마 뒤에는 입던 옷도 팔고 갓도 팔아 다만 맨몸뚱이만이 남게 되었다. 이내 거적자리를 걸치고 경주부 성안을 다니며 구걸을 하게 되었다. 온 경주부 사람들이 모두 이생을 '사또 친구 거지!'라고 불렀다.

하루는 서리가 내려 아침 날씨가 매섭게 추웠다. 거지가 된 이생이 길에서 오들오들 떨고 있는데 어떤 이름난 기생이 지나가다가 가엾이 여기며 말을 걸었다.

"사또 친구 거지, 나를 따라 우리 집으로 가는 게 좋겠어요."

이생이 그녀를 따라가니 후하게 밥상을 차려주고는 가지 못하도록 만류하는 것이었다.

저녁 무렵, 그녀는 계집종을 불러 물을 끓여다가 목간통을 채우라고 하고 이생더러 온몸을 두루 깨끗이 목욕하라고 하였다.

어두워진 뒤 기생은 방안에 촛불을 밝히고 앉아서 이생에게 들어오라고 불렀다. 그는 황공해서 감히 그럴 수 없다며 사양하다가 그녀가 굳이 청한 뒤에야 들어갔다.

그녀는 장롱에서 화려한 옷 한 벌과 갓을 꺼내 이생에게 주며 입으라고 하였다. 거지가 점차 본래의 모습을 되찾았다. 그녀가 이생에게 말하기를,

"댁이 사또나리와 예전에 약속을 하였다는 말을 저희들도 들었어요. 허나 댁은 사람을 몰라도 너무 모르시는군요. 우리 사또가 한 푼어치나마 인정이 있는 사람인가요? 저는 이미 사또께서 도임하는 날 사람됨을 훤히 꿰뚫어 알게 되었지요. 댁의 일은 운수 사납기가 짝이 없으나 댁의 골상은 마침내 반드시 높은 벼슬로 출세할 상이니 눈앞의 굶주림과 추위로 죽지는 않을 거예요."

하고는 그와 더불어 동침할 것을 청하는 것이었다. 이생이 말

하기를,

"내게 옷을 준 은혜는 죽어도 감히 사양하지 않겠으나 동침까지 한다는 것은 황공하고 또 황공하여 결코 감히 따를 수가 없네."

하자 그녀는,

"천한 기생이 높으신 양반을 모시는 것은 황공하다고 이를 수 있지만, 양반께서 천한 기생을 가까이하시는데 어찌 황공하실 일이 있겠어요?"

하였다. 그가 말하였다.

"내가 이 지경에 이르러 이미 천하의 더럽고 천한 거지가 되었으니 양반이니 문벌이니 따질 바가 아닌데 갑자기 미인의 잠자리 시중을 받게 되었으니 어찌 황공하지 않을 수가 있는가?"

그래도 그 기생이 굳이 청하므로 이생은 이에 그녀의 요구에 따랐다. 그녀가 넌지시 이생에게 말하였다.

"우리 사또의 관상은 결코 뒤끝이 아름답지 않을 분이예요. 샌님은 눈앞에 닥친 액운이 비록 심하지만 기필코 다시 과거 공부를 하셔요. 그리하여 입신양명하셔서 기어코 지금의 수치스러움을 씻으셔요."

그녀는 이생이 두어 달 가량 편안하게 머물게 해주고 넉넉한 돈을 주어 보냈다.

서울로 올라간 이생은 그 해에 과거에 급제하였다. 급제한 이후의 일은 전편의 〈관상〉이야기와 똑같았다고 한다.

제30화

척검 擲劍

포도대장을 지낸 이완의 젊은 시절, 그는 사냥을 나가서 내닫는 짐승을 쫓다가 깊은 산속에 해가 저무는 것도 모르고 첩첩한 산봉우리를 넘어 들어가니 그 속에 기와집 한 채가 있었다. 문을 두드렸으나 응답을 하며 나오는 사람이 없어서 무수히 부르자, 그제야 자못 용모가 고운 어떤 젊은 여자가 문에 기대 말하였다.

"이곳은 머물 만한 곳이 아니니 속히 나가는 게 좋겠어요."

이완이,

"산이 깊고 호랑이나 표범 같은 사나운 짐승이 많은데다 날도 어두워졌소. 간신히 인가를 찾아왔는데 너그러이 받아들이지 않고 쫓아 내보내다니 어찌 그리도 박절하시오?"

하자 그녀가 말하였다.

"여기 머무시다가는 틀림없이 죽게 될 형편이기 때문이에요."

이완이,

"밤길을 가다가 맹수에게 죽느니 차라리 인가가 있는 곳에
서 죽는 게 낫지 않겠소?"

하며 마침내 집 안으로 뛰어들자 그녀는 막을 수가 없었다.

이완이 들어가서 자리에 앉은 뒤 머물 수 없는 까닭에 대해
서 따져 묻자 그녀가 대답하였다.

"이곳은 큰 도적의 괴수가 사는 소굴이에요. 저 역시 양가의
여자로 이곳으로 붙잡혀 와서 괴수를 위해 밥을 해주고 있는데
달아나 숨을 길이 없네요. 도적의 괴수는 지금 사냥을 나가 있
는데 밤이 되면 돌아올 거예요. 그가 돌아오게 되면 당신과 나
는 함께 죽을 거예요."

"비록 죽을 때가 다가온다고 할지라도 밥 지어 먹는 일이야
거를 수가 없지. 그대는 모름지기 저녁을 좀 지어 오시오."

그녀는 즉시 밥을 지어 차려오고, 등불도 밝혀 놓았다.

이완이 그녀의 무릎을 베고 눕자, 그녀는 두려워서 벌벌 떨
며 진정을 하지 못한 채 말하였다.

"장차 어쩌시려고 이래요?"

"그대를 범해도 배반이요, 범하지 않아도 배반인데, 비록 이
러지 않더라도 어찌 죽음을 면할 수 있겠소? 죽고 사는 거야
천명에 달려 있는 것인데 부들부들 떨어서 뭐하겠소?"

이완은 손으로 그녀의 젖가슴을 어루만지며 누워서는 태연
자약하였다.

잠시 후에 마당에서 툭툭하고 물건 던지는 소리가 들려왔다. 그녀가 깜짝 놀라 말하였다.

"돌아왔나 봅니다."

이완이 몰래 훔쳐보니 사슴과 돼지가 마루에 그득하였다. 도적의 괴수는 덩치가 큰 사내로 기침을 하면서 문을 여는데, 키가 열 자 가까이 되고 부리부리한 눈이 화등잔 같았으며 목소리는 우레와 같았다. 성난 눈으로 방 안을 들여다보며,

"저 사내는 어떤 놈이야?"

하고 물었다. 그녀는 감히 대답을 하지 못하고, 이완이 대답하였다.

"짐승을 쫓아 산에 들어왔다가 어두워지는 바람에 여기 이르렀소."

"네가 내 마누라를 범하고도 죽음을 면할 성싶으냐?"

"내가 비록 아무 일을 하지 않았다고 하더라도 실제로 깊은 밤에 남녀가 가까이 앉아 있었으니 어찌 의심을 면할 수 있겠소? 이 지경에 이르렀으니 감히 죽음을 피할 생각은 없소."

마침내 도적의 괴수는 큰 자루로 이완을 단단히 묶어 대들보에 거꾸로 매달아 놓고는 그의 아내를 불러 사냥한 짐승을 삶아 오라고 하였다.

그녀는 밖으로 나가 노루와 돼지 등을 가져다가 털을 벗기고 배를 따서 창자를 제거한 뒤에 깨끗이 씻어서 솥에 안쳐 푹

삶아내서는 큰 버들고리에 가득 담아서 가져왔다. 김이 무럭무럭 뿌옇게 피어올랐고, 육질이 연하여 자르기가 쉬웠다.

도적의 괴수는 아내에게 술을 따르라고 하여 작은 동이채로 다 기울여 마시고는 허리춤에서 서릿발같이 번쩍이는 칼을 뽑아 고기를 잘라 먹었다.

간간이 칼끝으로 고기를 꽂아 대들보에 거꾸로 매달려 있는 이완의 입에 넣어주며 말하였다.

"음식을 혼자 먹을 수야 없지. 곧 죽을 녀석이라도 음식 맛이야 보아야지."

이완은 입을 벌려 칼끝에 매달려 있는 고기를 삼켰는데 조금도 의심하거나 두려워하는 기색이 없었다.

괴수는 먹기를 마치고 이완을 올려다보며 말하였다.

"쓸 만한 녀석이군, 쓸 만해!"

이완이 괴수를 내려다보며 물었다.

"당신은 나를 죽인다더니 어찌 이리도 꾸물대고 계시오?"

그러자 괴수는 껄껄 웃으며 일어나 결박한 것을 풀어 내려놓고 몸을 돌려 이안의 팔을 잡으며 말하였다.

"그대같이 걸출한 사내는 내가 처음 보았네. 장차 세상에 크게 쓰일 듯한데, 내 어찌 왕국의 방패와 성곽 같은 장수를 쓸데없이 해치겠는가? 난 그대와 몇 마디 말을 나누는 사이에 벌써 뜻이 통하는 친구가 된 것 같구먼. 저 여자는 본디 내 마누라이

긴 하지만 그대와 한바탕 희롱을 했으니 이젠 그대의 아내가 되었네. 내 어찌 감히 친구의 아내를 다시 범하겠는가? 이제부터는 그대 것일세. 아울러 곳간에 있는 돈과 비단, 마구간에 있는 말들까지 일체를 그대에게 주겠네. 그대가 여기서 살 생각이면 두고 쓰고 산에서 나갈 생각이면 챙겨 가지고 가게. 그저 그대가 하고 싶은 대로 하게. 나는 오늘 다만 홀몸만으로 이곳을 길이 떠나겠네. 앞으로 내게 큰 액운이 닥칠 텐데, 나의 생사가 그대의 손에 달려 있으니 부디 잊지 말게나."

드디어 괴수는 작별을 하고 표연히 떠났다.

이튿날, 이완은 마구간에서 갈기와 꼬리에 희다 못해 푸른 빛이 도는 청총마 끌어내어 여자와 돈과 비단을 싣고 그곳을 떠났다.

이완이 현달하여 포도청의 우두머리 벼슬인 종2품 포도대장이 되었을 때, 먼 지방으로부터 몸집이 큰 포악한 도적이 붙잡혀 왔다. 앞으로 가까이 오라고 하여 자세히 살펴보니, 바로 예전에 산속에서 만났던 도적의 괴수였다.

이완은 기이하게 여기며 임금에게 전에 있었던 일을 낱낱이 아뢰고, 비단 그를 너그럽게 풀어주었을 뿐만 아니라 종6품 벼슬인 포도종사관에 임명하기까지 하였다. 그는 종사관의 직책을 잘 수행하며 이완의 배려를 칭송하였다고 한다.

제31화
사대부 별업 士大夫別業

옛날에 어느 한 양반이 있었는데 부모님이 모두 돌아가셨다. 젊어서 공부할 기회를 잃었고, 집이 가난하여 장성해서도 미처 장가를 가지 못하였다. 다만 완력이 세고 담력이 있어서 활을 쏘아 사냥하기를 즐겼다.

어느 날, 그가 짐승을 쫓아 산속에 들어가니 그곳에는 어느 사대부 집안의 별장이 있었다. 집터에 딸린 숲이나 살림집과 정자가 매우 그윽하고 고요하면서도 굉장하고 화려하였다.

제사를 지내거나 주로 일을 보는 방인 정침의 난간과 기둥이 우뚝하고 창문이 넓게 탁 트였으며, 높이 솟은 산에 있는 작은 정자의 추녀가 날아갈 듯하였다.

땅거미가 질 무렵 그가 그 집 대문을 두드렸으나 적막하기만 할 뿐, 아무도 응답하는 사람이 없었다. 누구 없느냐고 수도 없이 부른 뒤에야 어느 한 처녀가 낮은 목소리로 대답하였다.

"이곳은 살아서 돌아가기 어려운 곳이니, 손님은 어서 떠나세요."

그가 점점 그녀에게 가까이 다가서서 왜 살아서 돌아가기 어려운 곳이라고 하였는지 그 까닭을 묻자, 그녀 역시 사람이 온 것을 기뻐하는 듯 그다지 숨기거나 피하지 않으며 말하였다.

"저희 집은 본디 부유한 사대부 집이어서 농사짓는 소작인들뿐만 아니라 재물과 피륙이 이루 헤아릴 수 없었답니다. 그런데 이 집에 흉악한 악귀가 밤이면 밤마다 나타나서는 사람을 해쳐서 부모님과 형제자매들이 줄줄이 급사했어요. 오늘밤은 제 차례랍니다. 제가 죽고 나면 저희 집안은 영영 사라지겠지요."

그가 묻기를,

"마을에 어찌 그리 친척이나 노복의 집이 하나도 없단 말이오?"

하니 그녀가 말하였다.

"친척이나 노복들은 모두 악귀를 두려워하여 높이 솟은 산 너머로 피해 가서 살고 있어요. 밤마다 저희 집에서 초상이 나면 산 너머 사는 친척들과 노복들이 날이 밝기를 기다렸다가 들것을 가지고 와서 시신을 염습하여 내다 묻고는 간답니다. 내일도 그들이 와서 저를 묻어 주겠지요. 그런데 손님께서는 어째서 위험한 곳에서 밤을 지내며 스스로 죽음을 재촉하시려는 거예요?"

"저는 기상이 남들보다 씩씩하고 굳세어 악귀를 꾸짖어 쫓

을 수 있답니다. 주인아씨께서는 그저 저녁밥이나 좀 차려주시
고 저를 의지해서 밤을 지내시면 틀림없이 무사하실 겁니다."

그녀는 흔쾌히 정침으로 그를 이끌어 앉히고 부엌에 나가
밥상을 차려 가지고 왔다.

저녁을 먹은 뒤 그가 불을 밝힐 초가 많이 있느냐고 하므로,
그녀는 벽장 속에서 여섯 냥짜리 굵은 초를 10쌍 가까이 찾아
내었다. 그는 사방의 창문을 모두 열어젖히고 장지를 들어 올
린 뒤 사방의 모퉁이에 큰 촛불을 켜놓고는 기다렸다.

밤이 되자 그녀는 이미 사색이 되어 몸을 벌벌 떨며 진정이
되지 않는 듯하였으므로, 그는 그녀 곁에 바싹 다가앉아 놀람
을 진정시켰다.

밤이 깊어진 뒤 촛불 그림자 아래서 멀리 높이 솟은 산에 있
는 정자 아래를 바라보고 있는데 홀연 검은 관이 나오더니 공
중으로 굴러왔다. 관이 점점 가까워지자 귀신이 비로소 나타나
는데 생김새가 몹시 흉악하였다.

귀신이 섬돌로 오르려 하자, 그가 큰소리로 고함을 지르니
놀라 움츠리며 물러났다. 그가 다시 난간 쪽으로 나가 서서 성
난 목소리로 귀신에게 함부로 사람을 해친 까닭을 따지자 귀신
이 말하였다.

"사람들이 나를 해치지 않았는데 내 어찌 사람을 해쳤겠소?"

"사람들이 너를 해쳤다니 무슨 일이냐?"

"이 집 주인이 높이 솟은 산 정자의 앞 기둥을 곧장 내 무덤 한가운데 박는 바람에 유골이 눌리고 갈렸소. 고통을 견딜 수가 없었기에 앙갚음을 한 것이오. 오늘 밤이 지나면 이 집안은 모조리 없어지고 말 것이오. 그대는 어디서 왔기에 그처럼 기백이 있으시오? 내가 감히 앞으로 나아가지 못하겠구려."

"네 어찌 이 집 사람들에게 알려 정자를 헐고 기둥을 뽑아 달라고 청하지 않고 다만 많은 사람의 학살만 일삼았느냐?"

"내가 비록 그런 청을 하려해도 기백 있는 사람이 없어 살아서 나를 보면 두려워 죽고 마니 어쩌겠소?"

"내가 응당 날이 밝으면 그 정자를 헐고 기둥을 뽑을 것이니, 너는 삼가 다시는 이 집에 해를 끼치지 말라. 네가 옛 버릇을 그치지 않으면 응당 네 유골을 파내어 불에 태운 뒤 강물에 던져 버릴 것이다."

하니 귀신은,

"삼가 말씀을 받들겠소."

하며 사례를 하고는 사라졌다.

그 이튿날이 되자 과연 그 집의 친척들이 주인집의 종들을 거느려 관을 가지고 왔다. 장차 그녀의 장례를 치르려는 것이었다.

그가 방에 있는 것을 본 그들은 깜짝 놀라 악귀가 대낮이 되도록 남아 있는 것으로 여기고 허둥지둥 달아나려 하였다. 그

가 말하기를,

"나는 귀신이 아니오. 내 이미 귀신의 해침을 제거했으니 모름지기 앞에 와서 내 말을 들으시오."

하자 그들은 마침내 몸을 돌려 들어왔다.

그가 밤에 있었던 일을 빠짐없이 말해주자, 주인집의 친척들은 귀찮을 정도로 사례를 하며 말하였다.

"오늘 우리들이 오면서 이미 주인댁의 한 점 혈육마저 귀신에게 죽었을 것이라고 생각했지요. 그런데 천행으로 댁의 의기와 기백으로 아무 일 없이 밤을 지냈다니, 이제 이 집에 대를 이을 사람이 있게 되었군요. 처녀의 몸으로 이미 남자와 함께 하룻밤을 지냈으니 다시 어느 곳에 혼처를 구하겠어요? 댁이 데리고 해로를 함이 좋겠네요. 이 집의 전답과 노비, 저 곳간에 있는 재물과 피륙들을 댁에게 일임할 테니 주인이 돼 주시오."

드디어 그는 주인집의 종들을 거느리고 즉시 높이 솟은 산으로 가서 정자를 헐어버리고 그 기둥을 뽑았다. 기둥 아래에는 과연 무덤이 있었는데, 유골에 구멍이 뚫리고 해골이 드러나 있었다. 흙과 잔디로 다시 봉분을 쌓은 뒤 술과 과일을 차려 놓고 제사를 지냈다.

그러고 나자 귀신을 피해 옮겨 살던 노복들이 뒤를 이어 계속 돌아와 모였다. 노복들은 그를 새서방님이라고 부르면서 다

투어 축하와 사례의 말을 하였다.

"서방님, 우리 댁 아기씨를 죽음 가운데서 살려 주셨으니 그 은덕이 하늘과 같습니다. 저희 노복들은 응당 정성을 다해 복종하고 섬기겠습니다."

그는 오로지 별장의 경영에만 신경을 써서 관리하여 졸지에 세력이 있는 부자가 되었다. 부부 사이의 금실도 즐겁고 흡족하여 자녀도 많이 두었다고 한다.

제32화
적서 형제 嫡庶兄弟

　　옛날 어느 집에 첩의 몸에서 태어난 서제가 정실의 몸에서
난 적형에게 우애가 있었다. 적형은 세상물정에 어두워 농사짓
던 밭을 헐값에 내다 팔았다. 서제는 적형이 파는 족족 사들여
서는 몽땅 적형에게 돌려주었다. 그러나 적형은 그 밭을 보전
하여 지키지 못하고 다시 내다 팔았다. 서제는 다시 처음처럼
사들여서, 이와 같이 하기를 세 차례나 하였다.

　　세 번째에 이르자 적형은 굳이 사양하며 받지 않고 말하기를,

　　"자네는 현명하여 남들이 하기 어려운 것을 할 수 있는데 못
난 나 때문에 또 다시 보전하지 못하게 되었으니 내가 무슨 낯
으로 자네가 주는 것을 받겠는가? 자네가 비록 힘써 청하지만
나는 결코 따를 수가 없네."

라고 하였다.

　　서제는 적형이 끝내 받지 않을 것임을 헤아리고 마음속으로
혼자 생각하기를,

'내가 만약 영영 달아나서 형님이 내가 간 곳을 알지 못하게 한다면 논밭이 주인 없이 버려질 테니 형님이 어쩔 수 없이 차지하게 될 것이다.'

하고는 마침내 가벼운 옷차림만으로 아내와 자식을 이끌고 밤을 틈타 달아났다.

적형이 아침 일찍 일어나 보니 서제의 집이 텅 비어 아무도 없었다. 묵묵히 서제가 달아난 뜻을 헤아려보고는 비탄을 금치 못하였다.

서제는 정해 놓은 곳이 없이 가다가 한 곳에 이르러 고래 등 같은 기와집 한 채를 발견하였다. 산을 등지고 앞으로는 물이 흐르는 곳에 자리한 집인데 텅 비어 있는 것이었다. 이웃마을 사람들에게 물어보니 흉가라서 살던 사람들이 모조리 다 죽고 아무도 다시는 들어가지 않는다고 하였다.

그 집의 친척을 찾아보니 8촌 되는 사람이 이웃 동네에 살고 있었다. 그를 찾아가서 그 집을 사겠다고 하자 대답하기를,

"틀림없이 죽을 집에 살려고 하는 사람이라니 미친 게 분명하구려. 죽음이 두렵지 않다면 그냥 들어가 살 일이지, 어찌 한 푼의 돈이라도 써서 사들인단 말이오?"

하였다. 서제는,

"비록 흉가라 할지라도 이렇게 번듯이 큰 집인데 값도 치르지 않고 그냥 차지해버리는 것은 옳은 일이 아니지요."

하고는 굳이 청하여 문서를 작성하고 수십 냥의 돈을 주고는
그 집을 사들였다.

마침내 그는 식구들을 다른 곳에 머물게 하고 혼자 새 집으
로 갔다. 방 한 칸을 깨끗이 청소하고 아궁이에 불을 때고 그
방에서 잘 생각이었다. 등불을 밝힌 그는 꼿꼿한 자세로 앉아
있었다.

밤이 되자 마당에서 발자국 소리가 들리더니 잠시 후에 몸
집이 자그마한 귀신이 방문을 열고는 목을 길게 빼고 바라보다
가 돌아서서 즉시 문을 닫고 물러가는 것이었다.

마당에서 나이가 지긋한 목소리로 작은 귀신에게 묻는 말이
들려왔다.

"방안에 사람이 있더냐?"

그러자 작은 귀신은 몸을 부르르 떨고 깜짝 놀란 형상을 지
으며 말하였다.

"주인이 왔어요."

"그렇다니 잘됐구나."

하고는 느닷없이 들어오는데, 키가 큰 사람이 갓을 쓰고 있었다.

서제는 그와 더불어 인사를 나눈 뒤 자리에 앉아 물었다.

"댁은 사람이오?"

"사람이 아니오."

"전에 살던 사람들을 다 죽였으니 댁은 흉악한 귀신이라는

이름을 면키 어려울 것이오."

"내 어찌 사람을 해칠 뜻이 있었겠소? 다만 내가 관리하는 귀한 보물이 이 집에 있어서 전해 주고 떠나려 한 것이오. 밤마다 전에 살던 사람을 찾아와 보물을 전해 주겠다는 말을 하려고 했는데, 그들의 기백이 약해서 깜짝 놀라 숨이 막혀서 죽곤 했다오. 내가 머무는 날이 점점 오래 되어 몹시 고민이라오. 지금 그대는 나를 보고도 놀라지도 동요하지도 않으니, 그대가 진정 보물의 주인인가 보오. 전해 줄 사람을 만나고 이곳을 떠나게 되어 참으로 다행이오. 이 집의 몇 번째 기둥 주춧돌 아래 큰 항아리가 있는데, 은이 가득 차 있을 것이오. 그대는 모름지기 그 은을 꺼내다 쓰되 약간만 남겨두면 될 것이오."

하고는 작은 귀신을 돌아보며,

"네가 관리하던 작은 항아리도 함께 드리는 게 좋겠다."

하자, 작은 귀신도 다른 주춧돌 아래 숨겨 둔 것을 가리켜주었다.

이윽고 큰 귀신과 작은 귀신이 하직하고 떠나며 말하였다.

"우리들은 이제 가겠소. 그대는 좋은 집을 잘 지키며 길이 다복함을 누리시오."

마침내 서제는 아내와 자식들을 맞아 와 좋은 집에서 편안히 지내게 되었다.

그들 부부는 날을 가려 목욕재계하고 제사를 지낸 뒤 두 주춧돌 밑을 팠다. 크고 작은 항아리가 있었으니, 과연 귀신들이 가리켜 준 대로였다.

그것을 꺼내다가 땅을 사니, 수십 리 내의 좋은 논밭이 모두 그의 소유가 되어 드디어 으뜸가는 부자가 되었다.

그로부터 4, 5년이 지난 뒤에 그는 적형을 찾아가 뵈었다. 적형도 서제의 지극한 정성에 감동하여 전의 잘못을 뉘우치고 있는 힘을 다해 살아갈 방도를 마련하였다. 적형은 서제가 본래 주었던 전답 외에 몇 섬지기 드문드문 떨어져 있는 논을 덧붙여 갖추어 놓고 서제에게 말하였다.

"내 이미 한 집 재산을 마련해 두었으니, 자네는 모름지기 속히 돌아와 자네 땅을 돌려받게나."

서제는,

"제가 무한한 횡재를 해서 엄청난 전답을 넓게 차지했답니다. 뿌리와 기초가 이미 튼튼해져서 고향으로 돌아올 수가 없습니다. 형님께서는 모름지기 새 땅과 옛 땅을 아울러 관리하시며 조상님들의 제사를 잘 받드세요."

하였다.

이들 적형과 서제는 각기 농토를 넓히며 평생을 편안히 지냈다고 한다.

제33화

상죄 償罪

　판서를 지낸 황인검이 아직 과거에 급제하기 전 산사에서 글공부를 할 때였다. 어느 한 승려가 온갖 정성을 다해 그를 섬기며 음식을 만들어 주었다. 쌓은 공과 힘들인 보람이 마음과 힘을 다하지 않음이 없었다.

　황인검이 현달하게 되었을 때 힘을 다해 그 승려에게 은혜를 갚고자 하였으나 소식이 끊어지고 말았다.

　황인검이 경상도 관찰사가 되어 도내를 순시하다가 한 곳에 이르렀다. 길가에 어떤 승려가 등을 돌리고 앉아 있는데, 뒤에서 보아도 눈에 익은 모습임을 알아차릴 수 있었다.

　앞으로 오라고 불러서 보니 과연 전날 자신을 받들던 승려였다. 황인검은 놀라움을 이기지 못하며 물었다.

　"자네는 어째서 여러 해 동안 소식이 끊겼었는가?"

　"산에 사는 중인지라 명망 높으신 재상 댁이 편하지 않아 절로 그리 되었을 따름입니다."

　마침내 황인검은 그 승려를 뒤따르는 수레에 싣고 순시하는 고을을 두루 따라다니게 하다가 감영으로 돌아갈 때 함께 데리고 가서 책방에 머물게 하며 두터운 우정으로 아껴주었다. 그러다가 말하기를,

　"자네는 지난날 내게 베푼 수고가 적지 않았지. 많은 돈이나 재물을 주고 싶으나 자네는 풀이나 푸성귀만 먹고 베옷이나 입으며 그런 걸 일삼지 않으니, 이제 머리를 기르고 환속하면 변방을 지키는 장수 자리는 얻을 수 있을 텐데…. 자네는 모름지기 내 말을 어기지 말게나."

하니, 그 승려가 대답하였다.

　"산에 사는 중도 평소의 고집이 있어 결코 명을 따르기가 어렵습니다."

　황인검이 날마다 환속하라고 재촉하였으나, 그 승려는 한결같이 굳게 거절하였다.

　그러자 황인검이 물었다.

　"자네의 고집하는 이유를 들어보고 싶네."

　그러나 그 승려도 속내를 털어놓으려고 하지 않자 황인검은 마음속으로 생각하였다.

　'저 중이 고집하는 일은 뭔가 은밀한 것과 관계가 있겠군.'

　하루는 황인검이 주변에 있던 통인과 기생들을 다 물리친 뒤 그 승려와 무릎을 대고 마주앉아 말하였다.

"오늘 자리가 이처럼 조용하니 자네가 고집하는 바를 이제 말할 수 있을 게야."

이에 그 승려가 말하기를,

"소승이 대감을 알게 되기 전에는 본디 속세에 속한 사람이 었습니다. 저녁에 산골짜기를 지나다가 새로 생긴 무덤을 보았 는데 그 앞에 집 한 채가 있었습니다. 그 집 앞에는 소복을 입 은 젊은 부인이 나물을 캐고 있었는데 인물이 꽤나 고왔습니 다. 사방에 아무도 없는지라 다가가 겁간을 하려 하자, 그녀는 죽기로 작정하고 굳게 거부하더군요. 이에 등짐을 묶었던 끈으 로 그녀의 사지를 묶고 겁간한 뒤 풀어주었지요. 그리고는 10 여 리가량 떨어진 주막에서 잤습니다. 이튿날 아침에 어떤 이 가 주막에 와서 말하기를,

'아무 곳에서 죽은 남편의 묘를 지키던 열녀가 지난밤에 자 결했다더군. 지나가던 사내가 그녀의 사지를 묶고 겁간을 했던 게야. 능욕을 당한 게 분해서 자결을 한 거지.'

하는 것이었습니다. 제가 한 짓과 관련이 있는 듯해서 상세히 알고 싶어지더군요. 다시 그곳으로 다가가 엿보니 마침 친척들 이 와서 시신을 거두는데 죽은 이유가 과연 제가 한 짓 때문이 었습니다. 입을 다물고 스스로 생각해보니 부끄러움과 뉘우침 으로 가슴이 아팠고, 하늘을 우러러보아도 땅을 굽어보아도 달 아날 데가 없는 죄였습니다. 비록 범상한 여자였으나 제가 겁

간을 해서 자결했으니 참으로 깜짝 놀랄 일이지요. 하물며 상민 집안의 여자라곤 하지만 지아비 무덤에서 시묘를 할 정도면 얼마나 절개가 매울 텐데, 그런 여자를 더럽혀 죽게 했으니 제가 천지신명의 미움을 어찌 감당하겠습니까? 골백번 생각하고 헤아려보아도 죄를 갚을 길이 없고, 다만 머리를 깎고 중이 되는 한 길뿐이었습니다. 이 세상에 있는 고행이라는 고행을 다 겪어 끝내 인생살이의 좋은 형편을 없앤다면 조금이라도 저의 죄를 갚을 수 있을 듯하여 그날로 중이 되어 맹세코 종신토록 승복을 벗지 않기로 하였습니다. 그런데 지금 대감께서 권하신다고 어찌 곧바로 그 뜻을 바꾸겠습니까?"

하였다.

황인검이 마침 며칠 전에 살인사건에 관련된 옛 문서를 점검하다가 보니 도내의 수령이 보고한 문서가 있었다. 그 대략의 내용은 이러하였다.

'상민 집안의 여자로 지아비가 죽자 시묘를 한 절향이 사방에 소문이 났는데, 지나가던 사내가 결박하여 겁간하자 마침내 자결하여 죽었는 바, 참으로 애처롭고 가엾습니다. 바라옵건대 감영에서 여러 진영에 분부를 내리시어 기필코 그 범인을 잡도록 해주소서.'

황인검이 그 승려에게 물었다.

"자네가 처음으로 승려가 된 것이 어느 해, 어느 달, 어느 날인가?"

　그 승려가 상세히 대답하였다. 황인검은 마음속으로 예전 보고서의 날짜와 비교해보니 조금도 서로 어긋나지 않았다. 확실하게 그 승려가 한 일이었다.

　황인검은 형리로 하여금 그 승려를 끌어다가 하옥시키며 말하였다.

　"자네가 비록 내게 공이 있는 사람이라고 할지라도 공적인 법을 굽힐 수는 없네."

하고 마침내 재판을 열어 사형을 받게 하였다고 한다.

제34화

칠곡 옥사 柒谷獄事

　풍원부원군 조현명이 경상도 관찰사로 있을 때 정언회는 대구도호부의 종5품 판관으로 있었다.

　어느 날 정언회가 경상감영에 올라가서 이야기를 나누다가 한밤중이 되어서야 끝마쳤다. 도호부로 돌아와 옷을 벗고 막 누우려는데 감영의 아전이 와서 아뢰기를,

　"사또께 시급한 일이 생겨서 판관 나리를 모셔오라고 하시니, 편복으로 그냥 가시지요."

하는 것이었다. 정언회는 허둥지둥 옷과 갓을 걸쳐 쓰고 관찰사가 근무하는 포정사 문 밖에 이르렀다. 문지기가 또 아뢰기를,

　"사또나리께서 분부하시기를, 판관 나리께서는 미리 알리고 보고하지 마시고 직접 들어오시랍니다."

하였다. 그가 감영에 들어가 관찰사에게 묻기를,

　"모시고 이야기를 나눈 지 얼마 되지 않았고 날이 곧 새려하는데 무슨 일로 급히 부르셨습니까?"

하니 조현명이 말하였다.

"칠곡현에 가서 시신을 살펴볼 일이 있으니, 정 판관은 첫 닭이 울면 바로 떠나시게. 날이 저물기 전에 문서를 작성하여 돌아오면 좋겠네."

"일이 만약 급하다면 닭이 울기를 기다릴 것이 없이 횃불을 앞세우고 즉시 출발하겠습니다."

"좋아."

"미처 살인사건인지 몰랐습니다. 무슨 사건인가요?"

"칠곡에 배이발이라는 은퇴한 아전이 있다네. 그의 아우 배지발은 현직 아전으로 있고. 정 판관은 도착 즉시 그 형제에게 칼을 씌우고 먼저 배이발에게 자녀가 있는가를 물어보게. 그러면 필시 외동딸이 있으나 죽은 지 오래 되었다고 할 걸세. 그런 뒤 배씨 형제를 앞세우고 그 딸아이를 묻은 곳으로 가서 무덤을 파서 검시를 하고 보고서를 작성해 오게. 그 여자아이가 죽었을 때의 나이는 17세였네. 땋은 머리의 숱이 많고, 입은 옷은 옥색 저고리에 쪽빛 치마이며, 새 버선에 비단실로 짜서 만든 신을 신었다네."

마침내 정 판관이 70리의 밤길을 달려 칠곡에 도착하니 날이 막 밝아오고 있었다.

칠곡 고을의 상하 모두들 생각하기를,

'처음부터 살인사건이 있다는 말을 듣지 못했는데 검시를 하

다니 꽤나 해괴하구먼.'

하였다.

정 판관이 배이발이과 배지발라는 사람이 있느냐고 물으니 과연 있었다. 즉시 잡아들여 칼을 씌운 뒤 정 판관이 배이발에게 물었다.

"자네는 자녀가 몇인가?"

"원래 아들은 없고 다만 딸이 하나 있었는데 시집가기 전에 죽었습니다. 죽은 지가 벌써 7년인 걸요."

"딸아이를 어디에 묻었는가?"

"관문 밖 7리 되는 곳입니다."

정 판관은 즉시 배이발 형제를 말 앞에 세우고 그곳으로 향하였다. 또한 관아의 종들로 하여금 삽을 가지고 따르게 하여 도착하자마자 무덤을 파서 관을 열고 보았다.

죽은 아이가 입고 있는 옷이 상하지도 않았고, 얼굴빛도 살아 있는 듯하였다. 시신이 입고 있는 의복은 하나같이 감사가 일러준 대로였다.

옷을 벗기고 검시를 하였으나 상처가 보이지 않았다. 마지막으로 시신을 엎드리게 하여 등을 보니 대개 큰 돌로 그 등을 때린 듯하였다. 살갗이 찢어지고 피가 맺혀 아직도 흥건하였고, 상처는 푸릇푸릇하고 거뭇거뭇하게 변해 있었다. 등을 제외한 다른 살갗은 7년 동안에 전혀 부패하지 않았다. 대개 원통한 기운이 맺히고 모여서 그런 듯하였다.

　즉시 검시 보고서를 작성하고 배이발 형제 부부에게 모두 칼을 씌워 감영으로 달려가니 비로소 해가 저물어 가고 있었다.

　곧장 죄인들을 감영 뜰에 끌어다 놓고 배지발을 신문하니, 형장으로 치기도 전에 스스로 앞서 너무 오래 속이고 있었다며 입을 열었다.

　"사또 나리께서는 신령스럽고 이치에 밝으셔서 땅속까지도 꿰뚫어 보시는군요. 소인이 어찌 감히 둘러막고 감추어 숨기겠습니까? 제 형은 집안이 넉넉하나 아들이 없어서 소인이 제 아들로 뒤를 잇게 하려고 했습니다. 그런 뒤에 재산을 가져올 욕심에서 낸 꾀였지요. 허나 형은 딸을 끔찍이도 사랑해서 매번 기약하기를 딸이 자라 시집을 가면 딸에게 제사를 받들게 하다가 외손자에게 전해 주겠다고 했답니다. 지금 있는 형수는 제 조카딸의 계모랍니다. 그래서 소인은 형수와 공모하여 조카딸의 행실이 난잡하다고 모함하려고 형에게 말했지요.

　'우리 집안의 문벌이 그래도 호장이나 이방을 하는 중인 집안인데 조카딸의 더러운 소문이 사실로 밝혀져 드러나게 되면 필시 집안의 앞날에 해가 될 것이오. 그러니 일찍 없애 버려서 남들 이목에 드러나지 않게 하는 게 낫지 않겠소?'

　그러나 형은,

　'부모 자식 간에 차마 할 수 없는 일일세.'

하며 끝내 없앨 생각이 없었습니다. 소인은 형이 출타하여 자고 올 때를 살피다가 형수와 더불어 조카딸에게 손을 쓰고 말았습니다. 돌로 등짝을 내리쳤더니 바로 죽었지요. 형이 미처 돌아오기 전에 먼저 시신을 염습하여 장례를 치르고 형에게는 병으로 죽었다고 알렸습니다. 소인의 형은 지금까지도 전혀 모르고 있었을 겁니다. 이밖에는 더 아뢸 말씀이 없네요."

마침내 살인사건에 대한 재판을 하여 1차로 형장을 가한 뒤 모두 옥에 가두었다.

정 판관이 관찰사에게 물었다.

"사또께서는 어떻게 이 사건을 일일이 다 꿰뚫어 알고 계셨습니까?"

조현명은,

"어젯밤 정 판관을 보내고 주역 두어 편을 읽다가 불을 끄고 잠자리에 들 즈음에 어떤 계집아이가 문을 열고 함부로 들어오더니 인사를 하고는 원한을 풀어 달라고 하더군. 그래서 내가 물었지.

'네 원한은 어떤 일을 말하는 것이냐?'

그랬더니 계집아이가 자초지종을 다 아뢰고는,

'죽음이 반드시 비통한 것이 아니라 나이 어린 처녀 몸으로 음행을 저질렀다는 더러운 누명을 쓰고 죽은 것이 지극히 원통한 일입니다. 사또 나리께서는 사리를 판단하는 정신력이 남들

보다 뛰어나신 까닭에 죽은 자의 일에 차별을 두시지 않으실
듯하여 감히 갑작스럽게 원한을 풀어달라고 바란 것입니다.'
하더군. 내가 철저히 조사하여 시행하겠다고 하자, 그제야 인
사를 하고 가더군. 그 아이가 입은 복색이 이러저러 했지. 그
아이를 보내고 잠시 후 즉시 정 판관을 불러 보냈던 것일세.
시신이 사건의 정황과 부합하는데 어찌 어긋날 리가 있겠는
가?"
하였다.

東稗洛誦 – 東洋文庫本 校勘 原文

※卷坤※

01 ○嶺南有一士人 以一馬兩奴 作數百里程 行違店日暮. 遙望一孤村 有兩班庄舍 驅馬直到門前 寂無人跡. 下馬登軒 則 塵埃滿壁 極目荒凉 進退莫決 姑爲留坐. 俄有一老婢 自內出 (曰), "吾家阿只氏 傳喝于行次矣." 士人莫知其由 而第令傳其 言 則, "行中氣體平安否? 意外來臨不勝欣幸. 卽欲出拜 而姑俟 備送夕飯 先此問安."云云. 士人心內自語曰, '平生聲聞不相及 之家 有此內傳喝 辭意親熟 誠未可曉 而第當依其言答送 以觀 來頭可也.' 乃答傳喝曰, "來此聞平安 不勝其喜. 適有過此事 爲入拜來. 第待夕後相逢矣." 俄而夕飯出來 頗精潔. 烘於堗 張 以燈. 士人默坐疑訝矣. 夜來 有一大處女 自內出來 編髮甚盛 擧止穩重. 未入門前 遽曰, "兄娚訪我無依之四寸可喜." 入內相 拜. 士人曰, "吾過此地 豈不來訪妹氏耶?" 數言後 處女曰, "夜 中久坐非便 請入內復出矣." 數食頃 處女手持一丈諺書 置于士人前曰, "願依此所言而曲施焉." 士人挑燈詳覽 則其略曰, '薄命女子 一時失怙恃1) 將近大祥2) 了了3)一身 親無緦功 獨居空舍 已極危惕 而有家中一奴 敢懷凶心 欲劫以非禮. 吾義不受辱而力拒之際 必至殺身. 此一身死 則父母香火絶矣. 情私不勝痛迫4) 姑設權辭 以緩渠意曰, "四顧無親 惟汝是依 非汝言從 而誰言從乎? 但喪中不可行無禮之事 徐待服闋爲宜." 云. 彼漢準信姑無變怪. 第服闋不遠 命卒之時迫矣. 何幸天遣尊駕 意外臨此. 從門隙窺見 尊客軀幹壯偉. 兩奴亦健 薄命窃以爲假手之便. 此處則前川頗深. 尊行必於鷄鳴後 卽渡前川 而今夜預爲傳喝於吾 請慣水奴子指導 則吾當命送厥漢. 厥漢大慾在前 目下如律令 必無不去之理. 入水後奴主三人幷力 則容易剪除. 伏望施德於不報之地 除此禍根 俾我一息生存 以延父母之祀 千萬泣祝.' 士人覽訖 欽服其節行 智慮逈出凡處子 便覺毛骨洒洒5).喚起睡奴 附耳囑托 如是如是. 乃依書意 傳喝於處子 處子卽命厥漢 使指導可渡之處. 四更昏黑時 客發到水 使厥漢居前 中間士人捽其頭 兩奴左右搤其臂 擠之於水中 以大石撞其胸. 厥漢立死 浮屍於水 而蒼黃馳歸 盛言女賢於家大人. 翌年 士人欲探

---

1) 怙恃(호시) : 믿고 의지한다는 뜻으로, 부모를 이르는 말.
2) 大祥(대상) : 대기(大朞). 상사(祥事). 사람이 죽은 지 두 돌 만에 지내는 제사.
3) 了了(요료) : 뚜렷하고 분명함.
4) 痛迫(통박) : (마음이) 매우 절박(切迫)함.
5) 洒洒(선선) : 으슬으슬 떨림.

其處女之下落6) 復往其處. 猶畏厥漢親屬潛隱其隣村 詗問厥漢
之妻與弟 適往經宿之地. 士人乃馳入處女之家 請見卽爲出來
尙未嫁矣. 攢手謝前恩. 士人曰, "前日一言 旣結娚妹之義 則吾
之用誠 靡不用極 閨中年配7) 如彼晼晚8) 單獨無依 何以處之?"
處女答曰, "初以閨中之身 出見半面男子 非但乞除禍根而已 以
此身平生仰托之意. 幸望從長顧恤焉." 士人曰, "吾家不甚貧窶
將欲奉之以歸 掃一室 安頓之 以數婢奉侍使喚 以效娚妹之誠
未知意下何如耶?" 處女曰. "此敎非不銘感9) 而女子遷動10)不
可容易 望更思之." 士人遂詳問其族派班閥來歷 稍遜於自己家
而猶有士族名足堪連姻11) 家有未娶之弟 歸告於其父 卽書其弟
四柱單子 并爲擇日 作諺簡送奴 往還後 又作圍繞12)於其弟之
婚行 時持轎馬以去. 旣醮經宿後 卽爲捲歸13)內行. 純備14)甚
宜15) 其家穩度平生云. 〈阿只氏〉

---

6) 下落(하락) : 낙착(落着)함. 일이 끝이 남. *값이 떨어짐.

7) 年配(연배) : 연배(年輩). 나이.

8) 晼晚(원만) : 해가 짐.

9) 銘感(명감) : 명사(銘謝). 마음에 새겨 감사함.

10) 遷動(천동) : 천사(遷徙). 자리나 거처를 옮김.

11) 連姻(연인) : 혼인으로 친척이 됨.

12) 圍繞(위요) : 상객(上客). 후배(後陪). 후행(後行). 혼례 때 가족이나 일가 중
  에서 신랑이나 신부를 데리고 가는 사람.

13) 捲歸(권귀) : 철귀(撤歸). 거두어 가지고 돌아감.

14) 純備(순비) : 정성을 다해 마음을 씀.

15) 宜(의) : 화목(和睦)함.

02 ○鄭桐溪蘊16) 發解17)於增廣東堂18) 與道內名下士19)兩
人 聯鑣赴會.20) 同行至一處 有素轎21) 或先或後22). 有丫鬟
婢23)隨焉 編髮至平[半]身 姿色出衆. 三人皆於馬上顧眄丫鬟
相與稱艶. 丫鬟且行且顧24) 住[注]目於桐溪 至三四次. 同行
兩人皆曰, "文章學識 輝彦[遠]勝於吾輩 而外面似損於吾輩 恐
不入於女眼 而彼丫鬟 獨見輝彦[遠] 誠未可知也." 行之未久
轎入村中. 桐溪駐馬 謂同行曰, "自此去數十里有店舍 君輩先
往待我 我則投宿彼處而去矣." 兩人責之曰, "吾輩期待於君何
如 而今作千里同行路上 見一妖物 白地25)生慾 望一夜難期之
緣 棄同行落後 人固未易知矣." 桐溪不以爲然 鞭馬隨丫鬟入
去. 同行咄咄而去. 桐溪至空廊前下馬立良久 丫鬟隨轎入去
旋持席子火具 出來迎客 使之安坐於行廊曰, "夕飯當備來矣."

16) 鄭蘊(정온,1569~1641) : 조선조 인조 때의 문신. 자는 휘원(輝遠), 호는 동계
    (桐溪), 본관은 초계(草溪), 유명(惟明)의 아들. 시호는 문간(文簡).
17) 發解(발해) : 과거의 초시(初試)에 합격함.
18) 增廣東堂(증광동당) : 조선시대 식년과(式年科) 혹은 나라에 경사가 있을 때
    치르는 증광시(增廣試)를 이르는 말.
19) 名下士(명하사) : 문예나 학문 분야에서 명망이 높은 선비.
20) 聯鑣赴會(연오부회) : 연달아 회시(會試)에 응시함. '회시'는 초시(初試)에 급
    제한 사람들이 서울에 가서 보던 과거.
21) 素轎(소교) : 상중(喪中)에 있는 사람들이 타던 희게 꾸민 가마.
22) 或先或後(혹선혹후) : 앞서거니 뒤서거니 함.
23) 丫鬟婢(아환비) : 머리를 두 갈래로 땋은 미혼의 계집종.
24) 且行且顧(차행차고) : 한편으로 가면서 한편으로 돌아봄.
25) 白地(백지) : 공연(空然)히. 어쩐지. *옷감의 흰 것.

復入內舍 昏後持飯來供. 又云, "掃廚出來矣." 初更後果然出
來 桐溪笑而謂曰, "汝何以知我來 而出迎我乎?" 丫鬟曰, "小
女貌旣免齷[醜] 年又十七 未嘗扞[擧]目見人 而今日路上顧見
行次 非止一再矣. 行次雖剛揚男子 何能不一隨我來乎?" 夜已
向深 四無人迹. 丫鬟因泫然敍怀[懷]曰, "吾之邀入行次 非出
情慾 窈[竊]有所大願 行次肯爲我成之否?" 桐溪細問其由 對
曰, "吾上典 屢代獨子 以有淫妻之故 靑年死於非命. 身後無子
女 親黨之報仇者 獨有小女一身. 痛怨入骨 而弱婢無策 只擬
許身傑男 假手雪怨[寃]矣. 上典淫妻 今日自本家歸來 吾不得
已隨以來 往路次 逢行次一行. 三人中 行次貌雖寢[寢]26) 而
膽最大 可托大事故 以目誘致. 而讐漢又聞素轎之還 方來媟
戲27) 此誠千載一時 願速圖." 桐溪曰, "汝則奇且壯矣. 我是書
生 何以輕殲大漢?" 丫鬟曰, "吾之備置好弓利箭者久矣. 行次
雖是書生 以此射之 則咫尺之間 渠安得不死?" 卽覓弓矢 偕客
到牕[窓]前 則厥漢披衣露胸淫戲 備來近坐門前矣. 桐溪向牕
隙 彎弓射之一發 卽洞胸立斃28) 又欲幷射淫女 丫鬟曰, "渠
雖淫女 多年事之 不可自我殺之矣. 不如棄之而去." 還出廊 促
鞍夜發. 馱丫鬟於卜馬 尋同行於店舍 使奴呼同行奴 奴暝中望

---

26) 寢(침)：못생김.

27) 媟戲(설희)：문란(紊亂)한 놀이.

28) 洞胸立斃(통흉입폐)：(화살이) 가슴을 꿰뚫어 그 자리에서 죽음.

見卜馬上有丫鬟 告其上典 兩人咄咤[咤]29). 及其鼎坐 峻辭誚
訕30)曰, "大科會行 是士君子拔身初頭也. 載女往還 駭於聽聞
不料吾友有此也?" 桐溪曰, "吾豈昧此 而裡面曲折有 不必告
人者矣." 遂携其女到京決科 歸時挈去 以爲小室. 而賢淑過人
生子皆俊秀云. 〈丫鬟婢〉

03 ○鄭北牕[窓]31)有士人友 每請推其命32) 使知休咎33) 而
北牕靳34)之. 其人當臘月35)委來固請 北牕難孤36)其意 强言之
曰, "君命壽止來歲 欲欲延年 則正月初一二日丑時37) 往抱[拖]
南大門 開門初最先出 由藥峴38)至萬里峴39) 則當有戴蓑[蓑]
笠40)翁 駬[驅]牛馱薪入來. 逢卽跟隨苦乞延壽. 雖其邁邁41) 切

---

29) 咄咤(돌타) : 혀를 차며 꾸짖음.

30) 峻辭誚訕(준사초산) : 준엄(峻嚴)한 말로 나무람.

31) 鄭磏(정염,1506~1549) : 조선조 중종~명종 때의 학자. 자는 사결(士潔), 호
　는 북창(北窓), 본관은 온양(溫陽), 순붕(順朋)의 아들. 시호는 장혜(章惠).

32) 推命(추명) : 추수(推數). 앞으로 닥쳐올 운명을 미리 헤아리는 일.

33) 休咎(휴구) : 길흉(吉凶). 화복(禍福).

34) 靳(근) : 미적거림.

35) 臘月(납월) : 섣달.

36) 孤(고) : 저버림.

37) 丑時(축시) : 오전 1시부터 3시 사이.

38) 藥峴(약현) : 서울시 중구 중림동에 있던 고개 이름.

39) 萬里峴(만리현) : 서울시 중구 만리동에 있던 고개 이름.

40) 簑笠(사립) : 도롱이.

41) 邁邁(매매) : 거들떠보지도 않음.

勿中寢[42] 終日東西隨行 萬端哀乞 則老人必有所言矣." 其人
一如其言 果遇載薪翁. 於是拜乞延壽之方 載薪翁以慍色對曰
"賣薪翁何以知延壽之造化乎?"屢次泣請 其乞愈懇 叱之愈猛.
其人踵在翁後隨入城內 願得延壽 口不絶聲. 翁邈然無敎意.
及其賣薪還出城也 其人猶持前言 一向哀乞 復隨至藥峴之際
翁怒叱曰, "苦哉苦哉! 誰敎君如此?"其人曰, "不必告以指示
之人 只願憐此殘命 惠以一言云."則翁曰, "此必是鄭礩所指
也. 鄭礩事甚過矣. 爲懲鄭礩罪 移礩壽十七年以與君 君旣知
此 退去可也."其人卽歸訪北䏎 北䏎曰, "君果依吾言 逢見逢
載薪翁否?"曰, "然矣."而翁之慍責繊閉之狀 一口難說 畢竟有
敎意矣. 北䏎曰, "翁必謂移吾壽與君也."曰, "然矣."北䏎曰,
"吾已料其如此故 每每持難於敎君也. 然莫非數也 亦復奈何?"
其人曰, "翁是何人?"北䏎曰, "天上大司命星[43] 謫下人間者
也. 雖在人間 能猶[猶能]主張壽夭[44]."云矣. 〈載薪翁〉

04　○近世知礼[禮][45]縣　金姓別監[46]　與同縣一頭陀[47]相善

---

42) 中寢(중침) : 도중에 그침.

43) 大司命星(대사명성) : 인간의 수명을 관장하는 별자리 가운데 어른의 수명을
　관장하는 별자리.

44) 壽夭(수요) : 목숨의 길고 짧음.

45) 知禮(지례) : 경상북도 김천시(金泉市)에 있는 고을.

46) 別監(별감) : 조선시대 유향소(留鄕所)에 소속된 관직.

47) *頭陀(두타) : 모든 탐욕을 버리고 수행하는 승려를 일컫는 산스크리트어

待之以儕友[48]. 頭陀亦倨[49] 或以敵抗[50]. 別監之子 內不快心
外泯圭角[51]. 金以頭陀之解堪輿[52]故 托以身後[53] 牛崗[54]之
卜. 及金死 頭陀來吊[弔] 喪人不請山地之指示. 頭陀臨去 金
妻使婢傳語曰, "亡人卜地 旣有生時之約 何不指示耶?" 頭陀
曰, "吾今發去 去路當圖定也." 頭陀去後 金家有十一歲慧
黠[55]女婢 金妻命其兒 使隨僧往尋所點處. 頭陀至一處 住杖贊
嘆曰, "此穴當代必發福." 女婢請裁穴[56]以指 則頭陀曰, "此穴
體[體]天[57] 不必揷標 而但此地大過於汝上典分福 決不可許.

두타(dhuta)의 음역(音譯).

48) 儕友(제우) : 또래친구. 나이가 비슷한 친구.

49) 亦倨(역거) : 몹시 거만(倨慢)함.

50) 敵抗(적항) : 적대시(敵對視)함.

51) 圭角(규각) : 옥(玉)의 뾰즉한 모서리. 말이나 행동이 모나서 남과 잘 어울리
지 않음.

52) 堪輿(감여) : 풍수지리(風水地理). 만물을 포용하여 싣고 있는 물건이라는
뜻으로, 하늘과 땅을 이르는 말.

53) 身後(신후) : 사후(死後).

54) 牛崗(우강) : 소가 잠잔 산기슭으로, 명당을 말함. 《진서(晉書)》 권58 주방
전(周訪傳)에 의하면, 진(晉)나라 도간(陶侃)이 아직 벼슬에 오르지 못했을 때
상을 당하여 장례를 지내려 하는데 집안에 있던 소가 홀연 사라져 어디에 있
는지 알 수 없었다. 소를 찾다가 한 노인을 만났는데 그가 말하기를 "앞산 [前
岡]에 소 한 마리가 움푹한 곳에서 자고 있는 것을 보았는데, 그곳에 장사 지
내면 인신(人臣)으로서 가장 높은 지위에 오를 수 있을 것이다."하고, 또 한
산을 가리키며, "이곳은 그 다음이니, 응당 대대로 이천 석(二千石)의 벼슬이
나올 것이다."하였음.

55) 慧黠(혜힐) : 슬기롭고 영리함.

56) 裁穴(재혈) : 산소 자리를 결정함.

更占他處爲宜."仍携至一崗 謂厥媤曰,"此處直相稱於汝上典
歸告於汝上典 以此爲定."厥媤心知其先占 秘不出口 依僧言
往告以副件58). 金果入葬於其穴. 厥媤自是後 朝夕食時 或不
討飯 而代受米. 凡於穀物 合合升升59) 拮据60)鳩聚61) 磨62)以
五六年 幾至數石63). 乃乞於隣民及班奴輩曰,"吾父之葬 吾方
在稚弱 權窆64)於千萬不似之地 不耐其陰寒. 吾非敢欲擇吉地
而欲移葬於某處向陽之所. 願荷諸長老之力　無惜一日之勞."
聞者孝其志 果許之. 卽以所備數石穀 作酒飯饋之 如計移窆.
媤自思曰, '吾父葬穴雖吉 若爲人(家)婢僕而終老 則何從而發
福? 吾將去之 而求所以托身.' 踰大小白65) 抵江陵66) 則有宰
相家宗族 流落鰥居且貧者. 厥媤乃自請 效力於井臼67). 鰥措

----

57) 體天(체천) : '하늘을 본받는다'는 뜻으로, 여기서는 '하늘이 내려준 명당'이
　　라는 뜻임.

58) 副件(부건) : 필요한 것 이외의 것. 여벌.

59) 合合升升(*흡흡승승) : 매번 한 홉이 되든 한 되가 되든.

60) 拮据(길거) : 쉴 새 없이 일을 함.

61) 鳩聚(구취) : 한데 모음.

62) 磨(마) : 고생(苦生)함. *갈다. 연마(研磨)하다.

63) 數石(수*섬) : 두어 섬.

64) 權窆(권폄) : 좋은 묏자리를 구할 때까지 임시로 장사를 지냄.

65) 大小白(대소백) : 경상북도 봉화군과 강원도 영월군·태백시 경계에 있는 태
　　백산(太白山)과 충청북도 단양군 가곡면과 경상북도 영주시 순흥면, 경상북
　　도 봉화군 물야면에 걸쳐 있는 소백산(小白山).

66) 江陵(강릉) : 강원도에 있는 고을.

67) 井臼(정구) : 정구지역(井臼之役). 물을 긷고 절구질하는 일이라는 뜻으로,

大[68]見兒 容止甚端[69] 頗解人事 樂而畜之 無異正室. 連産二子 如玉其白 才亦預發出衆. 女黽勉有無[70] 轉運多方. 曾未十年 家貲豊饒 謂其夫曰, "雙兒雖俊 處地甚賤 將焉用之? 宜追造婚書[71] 謂我正室 深藏篋笥[72] 待後方便焉." 夫從之. 又謂其夫曰, "士族沈滯[73]窮鄕 無由自振矣. 所挾旣豊 何不其第於京師 以爲我發跡之地[74]?" 夫遂入洛 買得千金甲第[75]於右族[76]洞內. 當其搬移之際 (女曰,) "此中本來奴僕 知吾地賤 恐易漏洩於人 莫如一倂落置 使守庄土. 廣求京中以重價 購得數三十奴僕 與之偕來 以備行李所隨 則根本似可泯矣." (夫)果依其言 就移京第 是女儼然爲夫人 遠近莫有知者. 家居[77]旣好 肴饌亦豊. 右族輪蹄相接[78] 競稱至親 兼請內間[謁][79] 或呼爲

살림살이의 수고로움을 이르는 말.

68) 措大(조대) : 뜻을 이루지 못한 가난한 선비.

69) 容止甚端(용지심단) : 용모와 행동거지가 매우 단정함.

70) 黽勉有無(민면유무) : 있는 것이든 없는 것이든 부지런히 힘씀.

71) 婚書(혼서) : 예장(禮狀). 혼인할 때에 신랑 집에서 예단과 함께 신부 집에 보내는 편지.

72) 篋笥(협사) : 대오리를 엮어 만든 상자(箱子).

73) 沈滯(침체) : 오래도록 벼슬에 오르지 않음.

74) 發跡之地(발적지지) : 입신출세(立身出世)할 바탕.

75) 甲第(갑제) : 으뜸가는 저택. *과거(科擧)의 갑과(甲科)에 급제(及第)함.

76) 右族(우족) : 명문거족(名門巨族)의 집안. 적자(嫡子)의 계통.

77) 家居(가거) : 주거(住居). 집. *관리가 되지 않고 집에 있음. 시집가지 않고 생가(生家)에 있음.

78) 輪蹄相接(윤제상접) : 수레와 말이 계속 이어짐. 끊임없이 왕래(往來)하는

叔母 或呼爲嫂氏. 而兩子玉貌 爭被宰相族之奇愛. 携置書塾
日就月將. 次第登大小科 門闌80)居然81)華赫. 是女轉爲名士
大夫人. 一日 母乘間 婢僕退去 密謂二子曰, “汝輩貴顯82)如
此 果能詳知外門之微賤乎?” 對曰, “母氏每謂知禮金別監之女
吾輩知金別監之爲外祖父矣.” 母曰, “別監尙矣 猶屬兩班 我非
其女 乃其婢也. 不可不使汝輩知之矣.” 母子酬酢[酌]之際 適
有偸兒83) 粘身牕[窓]外 將俟就睡入偸 得此說話 始末歷歷可
卞[辨] 乃自喜獨語曰, “此實奇貨可居.84) 往告本主偕來 則其
利視諸些少偸財 豈不萬倍乎?” 卽旋踵卽走知禮 備言其由於
金別監之子. 金自樂聞 而治裝上京. 偸兒乃詐爲金御者而來.
來到此家門外 因內奴僕 報以知禮金別監來到. 大夫人驚喜曰,
“吾兄來矣.” 顚倒延入內合 備敍同氣積阻之情85). 金亦頗慧
隨問隨答. 仍謂金曰, “姨兄與吾兒輩 同房以處 必有好道理 凡
其衣食 吾必盡誠矣.” 金如其言. 大夫人又飭奴輩曰, “吾兄率

　　것을 이름.

79) 內謁(내알) : 집안의 부녀자와 만남. *은밀(隱密)히 만남.

80) 門闌(문란) : 문지방. 문턱. 가정. 집안.

81) 居然(거연) : 슬그머니. 쉽사리. 평안하고 조용한 상태. 동요되지 않거나 꼼
　　짝하지 않는 모양. 심심하고 무료한 상태.

82) 貴顯(귀현) : 신분(身分)이 높아짐. 높은 신분의 사람.

83) 偸兒(투아) : 도둑. 좀도둑.

84) 奇貨可居(기화가거) : 진기한 굴건은 잘 간직하여 나중에 이익을 남기고 판
　　다는 뜻으로, 좋은 기회를 놓치지 말아야 함을 이르는 말.

85) 積阻之情(적조지정) : 오랫동안 소식이 막혀 쌓이고 쌓였던 정.

來之奴 吾當善遇之." 曾未幾何 夜深後 招數三健奴 托曰, "吾
兄之奴 有大罪惡. 汝輩須無數勸酒 俟其爛醉 乘夜負厥漢 投
之于江中." 健奴依敎 勸醉金奴 縛而沉江. 儤兒之口 於是乎永
滅. 金着華衣喫珍羞 風彩日勝. 主人名士儕輩每到 知其爲主
人之渭陽86) 協力周旋於政地87)筮仕88) 至淸河89)縣監云.
〈知禮金別監宅婢〉

　05　○申文忠公叔舟90) 爲擧子91)時 曉赴景福宮92)庭試93).
曙色朦朧中 見巨獸張口橫於闕門 擧子從獸口呀處以入. 文忠
公瞠然却立 而諦視之. 俄者 靑衣童子挽公袖問曰, "公或見獸
口之張否?" 曰, "見之." 曰, "是吾之造化也. 故作此怪 要公留
立 而與我相會也." 公曰, "汝是何物?" 對曰, "吾人也. 公是大
貴人 吾欲左右之 以度平生."云. 而遂入試院 歸亦偕之. 入處
書堂壁藏中 曾未現形於他人眼中. 坐臥起居不離公側. 公分與

---

86) 渭陽(위양) : 남의 외삼촌을 가리키는 말. *위수(渭水)의 북쪽. 《시경(詩經)》
　　진풍(秦風)〈위양(渭陽)〉참조.

87) 政地(정지) : 정사(政事)를 처리하는 곳. 조정(朝廷).

88) 筮仕(서사) : 처음으로 벼슬을 얻음.

89) 淸河(청하) : 경상북도 포항(浦項) 지역의 옛 지명.

90) 申叔舟(신숙주,1417~1475) : 조선조의 문신. 자는 범옹(泛翁), 호는 보한재
　　(保閑齋). 본관은 고령(高靈). 장(檣)의 아들. 시호는 문충(文忠).

91) 擧子(거자) : 과거에 응시하는 선비.

92) 景福宮(경복궁) : 조선조의 궁궐로 서울 북악산 남록에 위치함.

93) 庭試(정시) : 증광(增廣)·별시(別試) 때에 대궐 안마당에서 보이던 과거.

餘飯 則只聞唅聲94) 而不見器空. 家事休咎 科場得失 輒先告
而使之知. 及公差日本使 日本之交通我國 於是爲初. 彼中水
路遠近 風俗險易 漠然不知. 公深以爲悶 使靑衣童子 先爲探
審而歸. 靑衣一去 四朔苦企95)始還. 公曰, "汝還何遲也?"曰,
"海深且廣 猝難測度. 吾尺量96)其闊狹延袤97) 且審某津之險
某津之順 的定水道 最穩之渡. 如是商量之際 自費多月 某處
解纜98) 某處下泊99) 則萬無一憂."云 遂以靑衣所指津路 今至
[至今]爲通信100)行所由　而文忠公之熟諳101)日本山川風謠者
多得於靑衣云. 靑衣與公 一生周旋 及公捐館102) 亦隨以閟103)
焉. 公遺命子孫 別設靑衣祭故 方祭文忠時 置一卓 或大門內
或竈側 數百年內[來]未嘗廢其祭. 公宗孫居楊州104)者 以爲歲
久之祀[事] 不必每每別設 而嘗一廢之. 祭後 文忠公見於宗孫

---

94) 唅聲(함성) : 음식을 먹을 때 나는 소리.

95) 苦企(고기) : 고대(苦待)함.

96) 尺量(척량) : 물건을 자로 잼.

97) 延袤(연무) : 연(延)은 가로로 동서(東西)의 길이. 무(袤)는 세로로 남북(南北)의 길이. 즉 땅의 넓이나 성곽의 크기를 말함.

98) 解纜(해람) : 배가 닻줄을 풀고 항구를 떠남. 출범(出帆)함.

99) 下泊(하박) : 배를 항구에 대고 닻을 내림. 정박(碇泊)함.

100) 通信(통신) : 통신사(通信使). 조선시대 일본으로 보내던 사신.

101) 熟諳(숙암) : 숙지(熟知)함. 잘 기억(記憶)함.

102) 捐館(연관) : 살던 집을 버린다는 뜻으로, 사망(死亡)을 높여 부르는 말.

103) 閟(비) : 그침. 문을 닫음.

104) 楊州(양주) : 경기도에 있는 고을.

夢 慍色以呵曰, "數百年流來靑衣祭 遽闕之 今番祭饌 除分靑
衣 吾不能飽矣. 一卓之別備 有何大難 而違吾遺敎也?" 主祭
者夢覺而驚異之 依舊復設別卓云. 〈靑衣童子〉

06 ○壬辰105)前 有一宰相 佩國安危106) 而家有癡叔 動止
不伶俐 言語亦野朴107) 宰相嘗易108)之. 癡叔每曰, "君家多客
不能穩話 無論某時 乘其無客而邀我可也." 一日 家適無撓 送
侔邀叔 叔來請對碁. 宰相曰, "叔父手太拙 對局無滋味." 叔
曰, "破寂何妨?" 促坐開局 先下一子. 宰相以名碁熟察局勢 則
自家將不得作一家矣. 始知其叔之韜晦109) 乃跪伏以告曰, "猶
父110)猶子111)之間 半生相欺 此何事耶? 姪雖愚迷 願叔父敎
導之." 叔曰, "君已出世路 今雖改轍112) 有何可敎? 但於再
明113) 有白足114)來到 固請托宿 必須極力揮却 指送村後菴子

---

105) 壬辰(임진) : 임진왜란(壬辰倭亂)이 일어난 해인 1592년(선조25).
106) 佩國安危(패국안위) : 나라의 안위를 맡고 있음.
107) 野朴(야박) : 촌스러움.
108) 易(이) : 대수롭지 않게 여김.
109) 韜晦(도회) : 재능(才能)이나 학식(學識) 따위를 숨겨서 감춤. 종적(蹤迹)을
감춤.
110) 猶父(유부) : 아버지와 같다는 뜻으로, 아버지의 형제인 삼촌을 달리 이르
는 말.
111) 猶子(유자) : 자식과 같다는 뜻으로, '조카'를 달리 이르는 말. 편지글에서,
글 쓰는 이가 나이 많은 삼촌에게 자기를 이르는 1인칭 대명사.
112) 改轍(개철) : 지난날과 달라짐. 길을 바꿈.

甚可."云. 宰相受以服膺.[115] 及至再明 果有僧來 美貌便
言[116] 明秀[117]可愛. 願陪大監 寄宿舍廊. 宰相百端稱托 僧也
苦口以懇. 主人一切邁邁[118]曰, "吾家有緊故 而此村後一菴
潔淨可宿 師須就其處."云云 則僧不得已移赴其菴. 所謂癡叔
預爲居士 留置一婢于菴中 稱爲舍堂[寺黨[119]]. 遙望僧來 踉
蹌[120]趍下崖路 合掌迎拜曰, "今日有何好風 而尊師來此僻陋
耶?" 欣欣然迎入蒲團[121] 喚舍堂[寺黨]曰, "(遠)方大師來臨
須漉酒[122]以奉之." 及行杯 乃旨酒[123]也. 僧曰, "主人居士之
釀 何如是佳耶?" 答曰, "彼舍堂[寺黨] 曾是各官酒母退出者
故 能善釀矣. 酒不甚薄 願師勿辭也." 主客相酬近十盃 此無
醺氣[124] 而彼醉頗劇. 叔乃脫去僧所着巾 拉其耳擠[125]之席上

---

113) 再明(재명) : 모레.

114) 白足(백족) : 맨발. 승려를 가리킴.

115) 服膺(복응) : 마음속에 간직하여 잠시도 잊지 아니함.

116) 便言(편언) : 말을 잘함.

117) 明秀(명수) : 남달리 총명함.

118) 邁邁(매매) : 업신여기는 모양. 지나가는 모양.

119) *寺黨(사당) : 사당(*社堂). 패를 지어 다니면서 노래와 춤을 파는 창녀.

120) 踉蹌(양창) : 비틀거리는 모양.

121) 蒲團(포단) : 부들 풀로 만든 둥근 방석.

122) 漉酒(녹주) : 지게미를 걸러 낸 술.

123) 旨酒(지주) : 맛이 좋은 술.

124) 醺氣(훈기) : 취기(醉氣). 술기운.

125) 擠(제) : 밀쳐 둠. 물리침.

據胸126)大喝曰, "此僧此僧! 惟我在耳 汝何敢到此耶? 汝之渡
海日子 吾已先知. 今若有一毫欺諱情跡127) 則汝命懸吾指尖
耳." 僧曰, "死期將迫 小僧當直告矣. 吾是日本人也 平秀吉
128)方謀發兵犯本國 最忌下村大監 使我先往 寄宿其家 乘夜
潛害故 果爲越海以來. 大監不許留宿 轉到菴中 不意逢着如
生員主神通人 將不保我殘命." 萬乞 "活我! 活我!" 癡叔曰,
"我國兵禍之迫來者 旣關大運 吾於一國大運 亦難容力. 而至
於所居鄕 則吾優可以全之 汝國兵躡129)吾土一步之地 則必無
一箇生還者. 今我不殺汝而特放者 要汝歸報爾關伯130) 使日
本人先知有我也." 遂赦之 厥僧走還日本 傳其言 秀吉大驚 方
其發兵也 下令軍中曰, "渡海入朝鮮之後 愼避某邑境 如有犯
其境者 罪當夷131)三族. 132)"云. 壬辰搶攘133)時 癡叔所居一境
晏然134)無警云. 〈癡叔〉

---

126) 據胸(거흉) : 멱살을 잡아 누름.
127) 情跡(정적) : 정황(情況). 인정상 어렵고 딱한 형편.
128) 平秀吉(평수길) : 풍신수길(豊臣秀吉, 1536~1598). 일본 전국시대의 무장.
　　조선에 침략하여 임진왜란을 일으켰음.
129) 躡(섭) : 밟음.
130) 關伯(관백) : 옛날 일본에서 천황을 보좌하여 나라를 다스리던 높은 벼슬.
131) 夷(이) : 죽임.
132) 三族(삼족) : 부계(父系)·모계(母系)·처계(妻系)의 친척.
133) 搶攘(창양) : 어수선함.
134) 晏然(안연) : 편안함.

07　○壬辰之亂135) 天將李提督如松136) 旣奏平壤之捷 留觀
浿上137) 喜其山川之美 暗懷剪除我國 而自爲(王)以鎭之意.
一日 設宴練光亭138) 高開玉帳 大會軍僚 有村老一人 騎牛憂
過139)其前 故爲犯導.140) 李提督勃然怒曰, "何物村翁 如是無
禮?" 命一卒拿入 卒承命喝往. 老人回牛 緩駈[驅]以去. 卒盡
力趂去141) 終不及. 提督益忿 命一校疾走拿來 而復如前去之
卒 提督不勝忿怒 自跨(馬)執鞭而出[去] 馬驟如飛. 而老人之
馬[牛] 一向142)徐緩 提督愈促蹄 而不及牛猶數里. 提督怒氣
衝天 鼻熱生火 踰山越崗[岡] 殆近三十里 老人俄沒去影. 提督
越阪降入 則中有數間茅屋 而轆鞭[鞍]牛繫在庭畔垂柳. 提督
料老翁入其中 下馬入室 則老人迎笑[笑迎]. 提督提劍相向叱
曰, "我承天子命 來救下國 威名體[體]貌 何等尊嚴 而么[幺]

---

135) 壬辰之亂(임진지란) : 1592년(선조25)에 일어난 임진왜란(壬辰倭亂).
136) 李如松(이여송.?~1598) : 명나라의 장수. 자는 자무(子茂), 성량(成梁)의 아
　　들. 임진왜란 때 명나라의 원군을 이끌고 출전, 1593년(선조26년) 왜장 소서
　　행장(小西行長)에게 점령된 평양을 탈환함. 시호는 충렬(忠烈).
137) 浿上(패상) : 대동강(大同江) 가.
138) 練光亭(연광정) : 평안남도 평양시 대동강 가에 있는 정자.
139) 憂過(알과) : 그냥 지나감. 친한 사람의 집을 지나면서 들르지 않고 지나쳐
　　버림.
140) 犯導(범도) : 도종(導從 : 행렬을 앞에서 이끌고 뒤를 따르는 사람)의 예를
　　범함.
141) 趂去(간거) : 쫓아 감.
142) 一向(일향) : 한결같이.

麼143)村翁 肆然144)犯前 其罪敢辭吾一劍耶?" 老翁笑對曰,
"吾雖愚迷 豈不知天將之重貴耶? 激怒引來者 意有在焉. 此隣
屋有兩介惡少年 恃其絶倫之才 了無敬老之意 將奪我屋 勢難
支吾145) 欲借將軍神威 除去惡少年 爲我解紛釋難146)也." 提
督曰, "何難之有乎?" 提劍移赴少年所 少年方皆讀書. 提督大
喝曰, "聞汝輩悍惡 無禮於長老147) 吾當劍斬之." 乃引劍將加
則兩少年輒以手中書 瑱[鎭]遮攔148)之 劍無由下 氣亦隨沮.
有頃 老翁踵至 提督迎謂曰, "彼惡少年輩 膂力無敵 恐難爲翁
除之." 老翁笑曰, "然矣. 此乃吾兒也. 吾兒雖合二人之力 無
以抵當吾一老物 而將軍不能制此兒 況於我乎! 我雖跧伏149)
深山 而獨揣知150)將軍之意. 將軍一擧破倭 再造151)東藩152)
名振夷夏153) 及此功高望重154)之時 振旅155)而還 則豈不偉哉!

---

143) 幺麼(요마) : 변변치 못함. 소인배(小人輩).
144) 肆然(사연) : 꺼리거나 삼가는 태도 없이 방자(放恣)함.
145) 支吾(지오) : 지오(枝梧). 버팀. 저항함.
146) 解紛釋難(해분석난) : 어수선하고 어려운 일을 풂.
147) 長老(장로) : 연장자(年長者). 나이 든 사람.
148) 遮攔(차란) : 막음.
149) 跧伏(잔복) : 은둔(隱遁)함.
150) 揣知(췌지) : 헤아려 앎.
151) 再造(재조) : 위태로운 나라를 도와 구제하여 줌.
152) 東藩(동번) : 동방에 있는 제후국. 곧 조선(朝鮮)을 가리킴.
153) 夷夏(이하) : 오랑캐와 중국.
154) 望重(망중) : 명망(名望)이 높음.

而乃有留據箕城156) 有僥倖專利157)之意　盖謂東方無人　而如
我者　亦足以使將軍　不得自肆. 今日之事　要以此意. 曉將軍. 願
勿孤此人之唐突　而速圖班師158)焉."提督色沮159) 良久曰, "謹
奉敎矣."〈騎牛翁〉

08　○李土亭160)與趙重峰161) 同坐海上　有水面一葉舟　無人
自撓而來. 土亭問重峰曰, "汝能知此乎?"重峰對以不知　土亭
曰, "此乃智異山神人　送船邀我輩也."舟仍近前　兩人乘之　舟
自撓而去. 行半日　泊山下　捨舟登山　有一石窟. 入其中　則窟頗
明曠. 赤毛一人　引去土亭　對坐於石榻上　重峰侍立其下. 赤毛
人打語162)娓娓163) 重峰聽而全不省其何爲[爲何]語. 俄然相別
出石窟外　重峰問土亭曰, "俄者　石窟先生與先生　酬酢[酢]之語

---

155) 振旅(진려) : 개선(凱旋)함.
156) 箕城(기성) : 평양을 달리 이르던 말.
157) 專利(전리) : 이익을 독점함.
158) 班師(반사) : 회군(回軍)함.
159) 色沮(색저) : 얼굴을 찌푸림.
160) 土亭(토정) : 조선조의 기인인 이지함(李之菡, 1517~1578)의 호. 이지함의
　　　자는 형중(馨仲), 다른 호는 수산(水山), 본관은 한산(韓山), 치(穉)의 아들.
　　　시호는 문강(文康).
161) 重峯(중봉) : 임진왜란 때의 의병장인 조헌(趙憲, 1544~1592)의 호. 조헌의
　　　자는 여식(汝式), 본관은 배천(白川), 응지(應祉)의 아들. 시호는 문열(文烈).
162) 打語(타어) : 타화(打話). 담화(談話).
163) 娓娓(미미) : 싫증도 내지 않고 끝없이 계속하는 모양. 말이 장황하게 이어
　　　지는 모양.

頗多 而小子全不省 其何語? 只是臨別時 石窟先生曰, '愼於
山.' 先生答曰, '數也. 奈何?' 此一轉語164) 獨能省得 此何謂
耶?" 土亭曰, "彼謂吾當死於牙山165) 汝當死於錦山166) 須謹
避."云故 吾諉167)之於數也. 其後 其言果驗云 〈智異山神人〉

　09　○李佐郎168)慶流169) 卽韓山170)人也. 早登第爲兵郎171)
壬辰172)以李鎰173)從事官174) 赴尙州175)陣敗沒. 戰亡之日 白
晝現於其夫人眼曰, "吾俄者戰亡矣. 雖欲覓屍難以覓得. 且屍
壙吉地 仍置爲好. 只葬衣履可也." 數日後敗報至. 自成服後
每日入夜 則李公之魂 宛如生人 來致夫人房同枕 指說家中休

---

164) 轉語(전어) : 불교 선종(禪宗)에서, 마음을 바꾸어 갑자기 크게 깨우치도록
　　하는 말.
165) 牙山(아산) : 충청남도에 있는 고을.
166) 錦山(금산) : 충청남도에 있는 고을.
167) 諉(위) : 핑계를 댐. ~의 탓이라고 함.
168) 佐郎(좌랑) : 조선시대 육조(六曹)의 정6품 문관 벼슬.
169) 李慶流(이경류,1564~1592) : 조선조의 문신. 자는 장원(長源), 호는 반금(伴
　　琴), 본관은 한산(韓山), 증(增)의 아들.
170) 韓山(한산) : 충청남도에 있는 고을.
171) 兵郎(병랑) : 병조좌랑(兵曹佐郎). 병조의 정6품 문관 벼슬.
172) 壬辰(임진) : 1592년(선조25)에 발발한 임진왜란을 가리킴.
173) 李鎰(이일,1538~1601) : 조선조의 무관. 자는 중경(重卿), 본관은 용인(龍
　　仁), 시호는 장양(壯襄).
174) 從事官(종사관) : 조선 시대 각 군영(軍營) 포도청(捕盜廳)의 벼슬.
175) 尙州(상주) : 경상북도에 있는 고을.

咎 鷄鳴則輒去 日以爲常. 奠床176)與朔望祭177) 祭酒隨奠隨吸
每爲空杯. 只爲往還夫人房 不敢近母氏處伯氏處. 至大祥夜
辭於夫人曰, "我從此絶跡 十七年後 當復來."云. 盖有遺腹子
卽李穧[穧]178)也. 父喪後十七年 成進士 到門之日 後園空中
呼新恩179)狼藉. 夫人知其亡夫聲 泣携新恩入後園 則空中進
退180)聲相續 人人可聞. 母夫人嘗冬月病重 思橘而違時莫得.
屋上空中 忽有聲曰, "兄主, 橘墜下 兄須以衣受之!"伯氏張衣
幅向上攀之 則黃橘亂墜於衣內 進於病母. 李陶庵181)碑銘載
此事. 李公之後 世世貴顯 .而子孫有慶 則輒夢以告之云.
〈李佐郎慶流〉

　10 ○昔有文士 出接182)于龍山183) 隣屋有女人哀哭 自曉
至日晚不止. 文士輩聞知其爲常漢寡女 齊就其家 則乃素服女

---

176) 奠床(전상) : 제수(祭需)를 올려놓는 상.
177) 朔望祭(삭망제) : 음력 초하루와 보름에 지내는 제사.
178) 李穧(이제) : 자는 이실(而實), 이경류의 아들. 생몰연대 미상. 1616년(광
　　 해군8) 알성시에 급제하여 부사(府使)를 지냄.
179) 新恩(신은) : 신래(新來). 과거에 새로 급제한 사람.
180) 進退(진퇴) : 신래진퇴(新來進退). 과거에 새로 급제한 사람이나 신참자를
　　 고참자가 학대하여 참기 어려운 치욕을 주는 일.
181) 陶庵(도암) : 이재(李縡,1680~1746)의 호. 이재의 자는 희경(熙卿), 본관은
　　 우봉(牛峰), 만창(晩昌)의 아들. 시호는 문정(文正).
182) 接(접) : 글방 학생들이나 과거에 응시하는 선비들이 모여 이룬 동아리.
183) 龍山(용산) : 서울 한강변에 있는 동네.

子也. 問其哀痛之由 其女子對曰, "妾本是城內名娼也. 日一
[一日] 赴貴家宴 夕歸 餘醺在面.[184] 新月如鏡 乘興散步 則前
街有一少年男子 着草笠步過 其貌如玉 一見已不勝慕悅 進前
而告曰, '妾是娼 而家在此街內 可能乍入吸烟茶[185]否?' 少年
卽快允 携入室中 張燈對坐 其喜可掬[186]." 娼卽沽進美酒 以
代夕炊. 娼歌一曲 少年和之 其聲繞樑[187]. 又彈琴 琴亦如之.
娼不及問其爲誰家子 只其才貌 以爲平生奇絶 情愛如山. 滅
燭經雲雨 而兩相熟眠. 午醒更欲緊抱 則腥寒襲臂.[188] 定睛視
之 則劍割其腹 流血滿席. 娼驚慌而起 月色映窓 玉面帶暈 死
猶益可愛. 痛毒[189]錯愕[190] 姑不暇論 而家無男丁 斂屍罔措.
艱辛曳藏於狹房中 待翌夜 更爲步出前街. 盖欲邀入過去男子
以付托處置屍身之計也. 果有長身武弁 着杭[亢]羅[191]天翼[192]
冉冉[193]過去 身手輕快. 娼接語請入 一如前夜. 行杯纔罷 娼

---

184) 餘醺在面(여훈재면) : 얼굴에 술기운이 남아 있음.

185) 烟茶(연다) : 담배.

186) 可掬(가국) : 손으로 움켜쥘 만함. 정상(情狀)이 뚜렷한 모양.

187) 繞樑(요량) : 대들보에 감긴다는 뜻으로, 아름다운 노래나 음악 소리를 가
    리킴.

188) 腥寒襲臂(성한습비) : 비린내와 찬 기운이 팔에 느껴짐.

189) 痛毒(통독) : 고통이 심함. 고통스럽게 함. 해독(害毒)을 끼침.

190) 錯愕(착악) : 뜻밖의 일로 놀람. 성급하게 놀람.

191) 亢羅(항라) : 명주·모시·무명실 따위로 짠 피륙의 하나로 구멍이 송송 뚫
    어진 여름 옷감.

192) *天翼(철릭) : 예전에 무관이 입던 공복(公服)의 취음(取音).

泣告曰, "奉邀進賜主[194] 非牽情竊[195] 有目前罔極罔措事　敢
欲貽勞於進賜主.　進賜肯之　則謹當終身爲妾爲婢　以報其恩
矣."仍細陳之.　武弁曰, "慘矣!"使買斂[斂]布以來.　武弁脫衣
韝臂[196] 從容襲殮裹以油芚[197] 且覓廣耳[198] 踰城往埋之.　謂
娼曰, "汝欲往見埋芝否?"娼曰, "固所願而亦何越城乎?"武弁
左挾尸體[屍體] 右挾美人　越城躍下.　至一處　深穿穴　厚埋屍.
還到娼家　謂武弁　當以是夜近渠　而武弁曰, "吾今夜當宿此　而
與汝同衾　則便是責報[199]於少年埋葬也.　吾不爲此矣.　吾欲爲
少年報讐　於汝意何如?"娼曰, "何等恩德　而從何覓賊耶?"武
弁曰, "曾或有慕汝　而汝不從者乎?"娼初曰, "無之."良久曰,
"吾家後有宮馬直[200]一漢　面貌可憎.　留意於吾已久　吾牢拒之
矣."武弁頷[201]之.　及至明日　武弁敞開[202]後門　摟[203]娼臂　臨

---

193) 冉冉(염염) : 느릿느릿 나아가는 모양.

194) 進賜主(진사주) : 예전에 당하관(堂下官)을 높여 부르던 '나리' 또는 '나리
　　마님'의 이두식 표기.

195) 情竊(정절) : 남이 모르는 마음속의 정.

196) 韝臂(구비) : 활팔찌. 활을 쏠 때에 활 켠 팔의 소매를 걷어 매어 두는 띠.

197) 油芚(유둔) : 비를 피하는 데 사용하기 위해 이어붙인 두꺼운 기름종이.

198) *廣耳(괭이) : 땅을 파거나 흙을 고르는 데 쓰는 농기구인 '괭이'의 취음.

199) 責報(책보) : 보답을 요구함. 보답을 받아냄.

200) 宮馬直(궁마직) : 조선시대 대군(大君)·군(君)·공주·옹주 등이 거처하던
　　집의 하인.

201) 頷(함) : 고개를 끄덕임. 턱.

202) 敞開(창개) : 활짝 엶.

203) 摟(루) : 끌어안음.

門押坐 藝戲多端204) 午後乃止. 及後夜 武弁臥前廳內 鼻息駒
駒205). 娼亦以前夜失睡之故 昏惱熟眠206). 夜深後 睡中忽有
橐橐聲207) 娼大驚意謂 '今夜又哭武弁.' 俄聞(武弁)語聲 "使
速爇火208)來!" 娼覓火以燭 則有人碎頭死仆廳前矣. 武弁曰,
"此是誘汝之宮馬直否?" 娼諦視曰, "然矣. 進賜主 何以致此
而殺之耶?" 武弁曰, "當盡戲汝 要致此漢. 午間 此漢壓後墻
窺睨209) 而眼色不良 吾已知夜來害我故 當門佯睡 而果有開
門持劍入者 吾以袖中鐵椎 迎擊而殺之矣." 卽束其屍 扶以越
城 掩土而歸. 武弁不待天明 拂衣而還. 娼願隨而麾之甚緊
210). 願聞所居洞與何姓何官 亦不告而去. 娼遂賣京屋 出去龍
山 爲少年守節. "今日是少年罹害日故 祭罷哀不能止."云矣.
〈宮馬直〉

11 ○俞斯文命修[舜]211) 卽相國拓基212)之伯父也. 身長十

204) 藝戲多端(설희다단) : 갖가지 추잡한 희롱을 함.
205) 駒駒(후후) : 코고는 소리.
206) 昏惱熟眠(혼뇌숙면) : 정신없이 깊이 잠이 듦.
207) 橐橐聲(탁탁성): 절구질하는 소리. 물건이 부딪치는 소리.
208) 爇火(설화) : 불을 붙임.
209) 壓後墻窺睨(압후장규예) : 뒷담에 엎드려 훔쳐봄.
210) 麾之甚緊(휘지심긴) : 손짓하여 (무변을) 매우 가까이 부름.
211) 俞命舜(유명순,1658~1678) : 조선조 숙종 때의 유생. 자는 집중(執中), 본관
    은 기계(杞溪), 철(㯙)의 아들.
212) 俞拓基(유척기,1691~1767) : 조선조 영조 때의 문신. 자는 전보(展甫), 호는

餘尺 風神213)秀麗 映發214)幾乎潘衛之貌215) 方年十六七. 步
過妓家前 妓適褰簾216) 目挑以入. 妓亦玉面 自言, "新自湖南
選屬梨園217) 籍京居屬耳. 而雖混墙花218) 恥伴木鷄219). 平生
志願 要遇橘車之風流220) 以傍221)奉匜之列222). 今見君子 眞
其人也. 敢欲許身 肯從我願否?"兪亦欣然曰, "兩美相遇 兩情
豈異? 功名吾固所有 差待223)釋褐224)後 結歸225)亦未晚也. 山
海之盟226) 卽[旣]堅于心 袵席之事227) 何論有無也?"妓亦樂聞

지수재(知守齋), 본관은 기계, 명악(命岳)의 아들. 시호는 문익(文翼).

213) 風神(풍신) : 풍채(風彩). *바람의 신.

214) 映發(영발) : 광채가 번쩍번쩍 빛남.

215) 潘衛之貌(반위지모) : 서진(西晉)의 반악(潘岳)이나 위개(衛玠)과 같은 미남
　　의 모습.

216) 褰簾(건렴) : 발을 걷음.

217) 梨園(이원) : 교방(敎坊). 조선 시대에, 장악원(掌樂院)의 좌방(左坊)과 우
　　방(右坊)을 아울러 이르던 말. 좌방은 아악(雅樂)을, 우방은 속악(俗樂)을 맡
　　았음.

218) 墻花(장화) : 노류장화(路柳墻花). 기녀(妓女)를 가리키는 말.

219) 木鷄(목계) : 나무로 깎은 싸움닭처럼 초연(超然)한 사람.

220) 橘車之風流(귤거지풍류) : 반거(潘車). 서진 때 미남자였던 반악이 거리에
　　나가면 그를 흠모하는 여인들이 귤 따위의 과일을 던져 수레에 가득 쌓았다
　　는 고사. 여기서는 반악과 같이 멋진 미남자를 가리킴.

221) 傍(방) : 모심. 가까이함.

222) 奉匜之列(봉이지열) : 남편의 시중을 드는 처첩의 반열(班列).

223) 差待(차대) : 기다림. *차별대우(差別待遇).

224) 釋褐(석갈) : 평복을 벗는다는 뜻으로, 처음 벼슬자리에 나아가는 일.

225) 結歸(결귀) : 인연을 맺어 시집감.

226) 山海之盟(산해지맹) : 산이나 바다와 같은 맹세. 금석지맹(金石之盟).

曰, "可." 自是以後 路過其處 輒歷入覓醉和歌 兩相驩然228) 自
處以鴛鴦 但不同枕矣. 兪斯文不幸 以布衣早折. 厥妓驚痛 奔
哭喪次229) 將欲散髮服喪230). 兪之弟命健231)甫232) 麾叱233)
曰, "汝無結緣於吾兄 而乃欲服喪者 誠爲妄矣." 十分敺[驅]逐
使不得接足234). 厥妓抵死願留 而終無奈何. 方其臨去 泣告命
健甫曰, "雖被本宅牢拒235) 不能成吾志 而誓不獨生 以負幽
明236) 歸當自裁237) 而竊有奉托 小人之姨從弟238)爲妓 自錦
山239)上來者 每謂小人曰, '願得京華第一丈夫 而托吾身 兄其
爲我圖之也.' 小人對曰, '以余所見 余所成約之兪氏郎 實爲京
華第一人 其弟抑240)其次也.' 妓曰, '然則願爲我紹介於其弟

---

227) 衽席之事(임석지사) : (남녀 또는 부부 사이의) 잠자리에 관한 일.

228) 驩然(환연) : 마음에 즐겁고 기뻐하는 모양.

229) 喪次(상차) : 상중(喪中)에 상주(喪主)가 거처하며 집상(執喪)하는 곳. 여막
(廬幕).

230) 服喪(복상) : 상중에 상복(喪服)을 입음.

231) 兪命健(유명건,1664~1724) : 조선조 숙종조의 문신. 자는 중강(仲强), 본관
은 기계, 철의 아들, 명순(命舜)의 아우.

232) 甫(보) : 이름 끝에 붙이던 남자의 미칭(美稱).

233) 麾叱(휘질) : 불러 꾸짖음. 가리켜 꾸짖음. 대놓고 꾸짖음.

234) 接足(접족) : 디디고 들어가려고 발을 붙임. 디디고 들어감.

235) 牢拒(뇌거) : 딱 잘라 거절함.

236) 負幽明(부유명) : 유명을 달리함. 죽음. 유명(幽明)은 저승과 이승.

237) 自裁(자재) : 자결(自決).

238) 姨從弟(이종제) : 이종사촌 동생.

239) 錦山(금산) : 충청남도에 있는 고을.

俾吾兩人 以成姒娌[241]則萬幸[242].' 小人已諾其媒矣. 小人死後
使吾弟 得侍中[243]書房主巾櫛[244] 則稍慰吾長逝之魂[245]矣."
厥妓還家 果卽自裁. 兪感其節 而悲其志. 果以錦山妓 爲命健
甫小室 蓄置家中云. 兪斯文曾作鄕行 過一處 欲投宿村中大屋
叩門無應者. 俄有一美處女 蔽身於門內而語曰, "家中一空 何
方遠客 欲投宿於此耶? 必欲宿則不可不抵此內舍矣." 兪幸其
許宿 而內舍則尤過望矣. 及入門 見其處女 姿貌綽約[246] 尤爲
悅慕. 問其弱女獨守之由 謂其有繼母出他不還矣. 炊進夕飯
饌物精美. 少男少女 與同一席 自不得無事 欲結雲雨之歡 則女
曰, "夜中內屋引入男子 有意所存 若成吾志 則何敢阻拒[247]
也?" 兪問其所欲 女曰, "我家門地 非常賤非兩班也. 父得要
[惡]妾 惡妾擅家[248] 與其同生娚凶[兇]漢合勢 或置毒 或咀呪
吾母吾兄弟 皆死於非命. 至痛至冤[249] 塡骨入骸[250] 而如此弱

---

240) 抑(억) : 또한.
241) 姒娌(사리) : 동서(同壻). 형제의 아내끼리 서로 부르는 말.
242) 萬幸(만행) : 천만다행(千萬多幸). 만만다행(萬萬多幸). 매우 다행스러움.
243) *侍中(시중) : 곁에서 모신다는 뜻의 '시중'의 취음(取音).
244) 巾櫛(건즐) : '수건과 빗'이라는 뜻으로, 아내가 남편의 시중을 듦.
245) 長逝之魂(장서지혼) : 멀리 떠난 사람의 넋. 죽은 사람의 넋.
246) 綽約(작약) : 몸이 가냘프고 아리따움.
247) 阻拒(조거) : 저계(沮拒). 막음.
248) 擅家(천가) : 집안일을 제멋대로 처리함.
249) 至痛至冤(지통지원) : 지극히 원통(冤痛)함.
250) 塡骨入骸(전골입해) : 뼈에 사무침.

女 無路復雪251). 惟擬托身於人 假手以圖之. 客如一副吾願 則
今夜同衾252) 吾所不辭. 不然則不可以情慾奪吾志矣." 兪素好
意氣 憐其志 因許之. 是夜同枕席. 明日入官 以女名呈狀253)
逐日254)待令官門外 凡十一呈 乃得正罪255). 要[惡]女之娚則
伏罪256) 惡女則遠逐. 兪仍還京 挈歸其女在勢難 便留置以去.
一散以後 會面無緣 而女獨居 守志甚堅. 及聞兪沒 卽日自裁.
殉節同時二烈女 皆爲一人而死. 誠是三綱行實257)所未有 而兪
之風采感人 亦可推知矣. 〈錦山妓〉

12 ○京城有一朝士 臨終遺言三子曰, "葬地必待沔川李生
員之指示 愼勿違吾言."云. 喪後一二朔 沔川李生員果來吊
[弔]. 喪人告以遺命 李曰, "吾安得不擇先大人葬地耶?" 喪人
請發看山行 李直令行喪 喪人惟令是從. 李隨絳偕行 出西門向
長坡. 至一處停喪 卽使人用鍤 鑿破一處穴 至數尺餘. 今已[已
令]下棺. 喪人兄弟曰, "士夫葬禮 豈如是草率耶?" 李曰, "葬禮

---

251) 無路復雪(무로복설) : 원한을 갚고 치욕을 씻을 길이 없음.
252) 同衾(동금) : 동침(同寢). 동침(同枕).
253) 呈狀(정장) : 정소(呈訴). 소장(訴狀)을 관청에다 바침.
254) 逐日(축일) : 날마다.
255) 正罪(정죄) : 정죄(定罪). 죄를 판단하여 결정함.
256) 伏罪(복죄) : 법에 복종하여 죽을 죄(罪)에 목숨을 바침.
257) 三綱行實(삼강행실) : 조선조 세종(世宗) 13년(1431), 설순(偰循) 등이 왕명
　　으로 엮은 수신서인 삼강행실도(三綱行實圖). 3권 1책.

之具不具 非吾所知 非此地則無可葬地 非今時則無可葬時 奚
暇論灰隔外棺等浮文乎?"喪人不得已直加莎土於棺上成墳 僅
似覆盆狀. 喪人情私罔極 私相語曰, "今日事 爲有遺命 姑依李
言 勢將更擇地 具禮以窆耳."仍與同歸 馬上謂李曰, "葬事旣
已 一聽尊長言 地理果何如?"李曰, "吾於先大人葬地 豈有不
善擇地理乎?"喪人曰, "前頭禍福何如?"李曰, "初年之禍 在
所不避 伯哀似不久矣."又曰, "仲亦然矣. 季則最吉矣."時未
冠也. 及闋服 娶於義洞成承旨女. 在妻家時 倭破東萊之報適
至 伯仲送書促歸 要與避亂 而新情難別. 伯仲書三到以後始歸
歸時 折牧[牡]丹花一枝 插妻笄上 灑泣而別. 兄弟三人 同爲避
難 行到一處 遇倭兵 一時被擄 縛置磈櫑上. 次第軒[斬]頭 先
斬伯仲 未及至季之時 其家奴子 在後目擊 而渠獨逃還 往見季
之妻於苑後 細報其上典俱死倭鋒之由. 成夫人認爲共死矣. 時
將斬季也 倭帥一人 愛其貌美 救而免之. 仍號爲養子 提挈左
右 甚加撫愛 携歸本國 留至十年. 倭中約束 他國人試才之科
十年一設 不中試則殺之. 此人漏於其試 所謂養父倭救而得免.
又十年赴試才科 又不中試 將殺之際 倭中大師高僧 請免其死
以爲闍梨 遂寄空門. 又將十年 高僧病將死 問此人以所欲 則
願還本國. 高僧乃行關於沿路州縣 乘障津梁 使勿禁而護送之.
渡海抵王京 尋其故閭 則全家覆沒於亂中 無所止泊. 往尋義洞
妻家 亦已易主 無憑可問 四顧彷徨. 仍西走 將省父墓 入其洞

遙望 則舊日薄葬之壙 不可復識. 有上下二墳 封築嵯哦玲瓏
前各竪[豎]碣 齋室穹崇. 意謂'親山一麓 已爲勢家奪占矣.'進
問於墓直 則云, "是時任平安監司宅山所." 就讀其碣文 則上墳
職啣[衛]事實子女錄 的是考也. 下墳則被禍倭亂 葬以衣履 而
關西伯爲其遺腹子云. 而生年配耦[偶] 兄弟次序 的是自已
[己]事也. 意想怳惚 如幻如癡. 卽向平壤府 而布政司門深如
海 無由進身. 而身上倭服尙未變 一箇山僧樣. 乃大其袍衣之
袖 拱立布政門外 垂袖俯身 三日特立不動. 營中下屬 相傳爲
怪事. 方伯聞之 而招問其槩 對云, "如許如許." 方伯謂裨將
曰, "彼僧之言如何?" 裨將曰, "其言萬萬妖惡 使道不必與之酬
酢[酌] 惹疑於聽聞 付之小人 則小人當自下處置云者 滅口之
謂也." 監司曰, "可." 裨將引其僧出去. 大夫人招監司以問曰,
"俄聞有怪事 汝何以處之耶?" 對曰, "裨將謂當處置 而已引去
矣." 大夫人曰, "安知其必僞而非眞乎? 吾當隔簾而躬問之 斯
速招入." 裨將未及下手 旋爲入送. 僧之所對 一如前對監司之
言. 大夫人曰, "汝言大體則符合 而第言其最明白之證驗也."
僧曰, "方在妻家時 伯仲促歸之書三度 皆付內手. 且與內相別
時 折牧[牡]丹揷其笄 此爲緊證." 大夫人曰, "此二事已有名於
朝廷 聖上亦喜遺腹子之顯達幷奇 其母以牧[牡]丹揷其笄命題
使臣僚製進. 汝或聞之於歷過京師時 以此不足爲信驗. 莫如指
吾幽暗處隱表之爲可信也." 僧趑趄良久 乃曰, "吾妻小腹下 有

七點黑子 橫於肌膚. 同禍撫摩時 戲以爲北斗七星矣."大夫人
聽未畢 撤簾突出 直前抱僧 宛轉大哭曰,"此是吾夫 此是吾夫
千明萬白. 天乎天乎 奇遇奇遇!"一營震動 脫其巾袦 加以冠服
賀語如沸. 監司上書 自陳亡父生還之始末 急就松楸 削其墳墓
仆其碣. 李之擇地 果神矣.〈墓〉

13 ○昔有二文士 臨別試開 做工於北漢寺同房. 其一人似
甚貧 而服着饌物絶等 殆踰豪貴家. 其一人問之 屢問始對曰,
"吾妻才智出衆 赤手經營 無不辦織組烹飪. 在東國必無云[二]
故 供給夫婿如是."云 則其人聽罷 望遠山 默不言 未幾 先罷歸
家. 一人徐罷接[258]歸家問之 則其人撤家遠去 不知所向. 永隔
聲息 殆十許年. 一人則卽爲登第 轉至崇品[259] 拜關西伯 携內
行赴任. 未至關西境 午將炊店舍 在道見一人 所騎如龍 騶從
如雲 上下服飾輝煌 氣勢豪健. 近而諦視 則舊日北漢(寺)同硏
生也. 同入店門 欣然敍舊. 監司仍問曰,"昔在北漢 何故經
[徑]罷接 仍使人不知去處耶?"其人對曰,"其時 君自謂'吾妻
才智 冠於我國.'吾聞君言 猝生黑心 自誓於中心曰,'吾不能
奪此人之妻 則生世何爲?'卽日定計 捨京下鄕 爲巢窟於深處
嘯聚賊黨部落遍一國 健卒數萬 彼隨來軍校 如貔如虎[260] 一人

---

258) 罷接(파접) : 글 짓고 책 읽는 고임을 마침.
259) 崇品(숭품) : 조선시대에 종1품 벼슬을 달리 이르던 말.

無不當君(營)隷十百. 今日之行 全爲要路攔去君內也. 君內雖
升天入地 無所逃避. 道伯之勢 直一螳臂[261] (直須)無辭[辭]奉
納也." 監司聞之 膽墜罔知攸措. 但曰, "入告於婦矣." 仍入內
店舍 氣色慘沮[262] 夫人怪問之 哽咽擧言 盡其暴客來劫之狀.
夫人笑曰, "令監雖爲好方伯 終不免拙丈夫. 今聞其人言 卽是
大英雄也. 女子生爲英雄之妻 豈不爲快哉! 政合吾願 何足驚
心. 請午飯後相別矣." 監司泣曰, "君何爲出此言耶[也]?" 夫人
一邊[263]分出行裝 以治從賊之具. 監司出謂賊魁曰, "吾妻願從
君矣." 賊魁曰, "君妻明知其不得避. 盖亦解事故耳." 招其軍
校曰, "內行轎子 已來此待令乎?" 對以已具. 仍曰, "速入內舍
奉出夫人!" 賊之校卒 與賊之侍婢 請夫人入轎. 賊魁亦與監司
擧手作別 勸馬一聲 翩然以去. 只見行塵之蔽天而已. 方伯之
夫人被奪於賊帥 雖欲赴任 無以擧顔對吏人 旣已辭朝 亦不可
自中路徑還 進退俱難 情事罔極 淚下如雨. 過數食頃[264] 欲見
夫人之俄坐處 以慰彷彿[265]像想之思 入就內店 則夫人兀然端

---

260) 如貔如虎(여비여호) : 비휴(貔貅)나 범처럼 용맹한 장졸(將卒). '비휴'는 범
   같기도 하고 곰 같기도 하다는 맹수.

261) 螳臂(당비) : 당랑지부(螳螂之斧). 당랑거철(螳螂拒轍). 버마제비가 앞다리
   를 쳐들고 수레에 맞선다는 뜻으로, 약소한 자가 자신의 힘은 생각하지 않고
   강적에게 반항하는 것을 비유함.

262) 慘沮(참저) : 비참(悲慘)하여 마음이 상함.

263) 一邊(일변) : 다른 한편으로 연방. 한편.

264) 食頃(식경) : 밥 한 끼를 먹을 정도의 시간.

坐自如也. 監司驚問(曰), "俄者目覩 夫人乘轎從賊去矣. 忽已
在此 鬼耶人耶?"夫人曰, "吾豈被賊劫而去耶? 當初合意之語
此事也. 吾之所對 若有不肯意 則賊耳屬垣 卽刻必生意外変
[變]故 佯對而使賊信之不疑. 仍卽出一計 潛誘隨來某婢曰,
'汝之姿色如彼 而平生爲人僕役 誠困矣. 彼賊帥 誠大豪 汝爲
其妻 則一生衣食 無異公侯夫人矣. 汝若代吾行 而牢諱汝本色
則豈非難得之好機乎?'婢欣然從之. 盛粧粧出 以入於賊轎 而
吾則隱於屛後 待賊遠去 今始出來. 如是臨機應変[變]266)之策
苟不能思得 則安得免庸婦267)乎?"監司頃刻間268) 頓失269)錯
愕270) 歡天喜地271) 同與赴任焉.〈戀盜〉

14　○昏朝272)有兩名士 相與爲莫逆. 一名士 忽遘奇疾 携
家出廣州273). 周年274)後 送言于在京名士曰, "吾病更無餘望

---

265) 彷彿(방불) : 방불(髣髴). 거의 비슷함. 멍하여 분명하지 못한 모양.
266) 臨機應變(임기응변) : 어떤 때에 이를 때마다 그 정세의 변화에 따라 잘 처리하는 수단.
267) 庸婦(용부) : 평범한 아내.
268) 頃刻間(경각간) : 경각(頃刻). 매우 짧은 사이.
269) 頓失(돈실) : 단번에 잃음.
270) 錯愕(착악) : 뜻밖의 일로 놀람.
271) 歡天喜地(환천희지) : 매우 기뻐함.
272) 昏朝(혼조) : 어지러운 조정(朝廷). 여기서는 광해군(光海君) 때를 말함.
273) 廣州(광주) : 경기도에 있는 고을.
274) 周年(주년) : 일 년(一年).

君須來訣." 其人卽出往 先見其子問曰, "汝之親患何如? 請入
見之." 其子曰, "氣息奄奄275) 尤多驚愕 聞人語聲輒生怕 不可
猝然入見. 尊長姑坐外舍 待病候276)之小間時 吾當奉入矣."
有頃請客 客到病人所處室 則四面窓戶 皆以藁草之屬277)厚蔽
之 入房中柒室278)也. 對面不相省識. 客問曰, "君病之重 一何
如是耶?" 病人以喉中語279) 僅對一二. 客仍還京. 又周年復送
言曰, "目下吾之危喘280) 不啻如昨年 君必掃萬281)出來 以聽
身後之托282) 可也." 依其言 又出去 坐外舍 須臾引入. 病人命
子侄[姪] 盡散[撤]去四面蔽陽之藁束. 房櫳283)乃明. 病人張目
向客而坐曰, "吾初非病者也. 時事局勢284) 非久必將大翻覆
必將大殺戮. 吾病三年 絶跡朝廷 今則快已出危入安285)矣. 吾
獨全身 而使君不能免禍 則非平生切友之道也. 今日邀君 盖欲
指君免禍之計也." 仍取一紙於高飛286)上 投之客前曰, "此乃

---

275) 奄奄(엄엄) : 숨이 끊어지려고 하는 모양.

276) 病候(병후) : 환후(患候). 웃어른의 병을 높여 이르는 말.

277) 藁草之屬(고초지속) : 마른 풀 따위.

278) 柒室(칠실) : 칠실(漆室). 칠흑(漆黑)같이 어두운 방.

279) 喉中語(후중어) : 목구멍에서 나는, 발음이 불분명한 소리.

280) 危喘(위천) : 천식(喘息)이 더쳐 몹시 헐떡거림.

281) 掃萬(소만) : 모든 일을 다 제쳐놓음.

282) 身後之托(신후지탁) : 임종(臨終) 때 하는 부탁.

283) 房櫳(방롱) : 방의 창살이 있는 창.

284) 時事局勢(시사국세) : 시국의 형편.

285) 出危入安(출위입안) : 위험을 벗어나 안전한 데로 들어감.

吾所著請斬爾瞻[287]頭之疏也. 君必塡君名而書納之 然後方可
以圖[圖]生矣." 世之流傳者只此　而未聞客之從違[288]何居耳.
〈請斬李爾瞻疏〉

　　15　○金倡義使千鎰[289]夫人 不知誰氏 而身長大意豁達. 而
于歸[290]以後 高枕而(臥)[291] 全無所事 尊舅語之曰, "汝固佳婦
而爲人家婦 全不留意於産業 是可悶也." 婦對曰, "手中無可藉
何從而治生乎?" 尊舅卽別給 奴婢各五名 租二十石 牛二隻曰,
"可資以謀生乎?" 婦對曰, "然矣." 卽招奴婢曰, "汝輩旣屬吾
當聽吾指揮. 自今以後 此牛駄此租 入茂朱[292]深峽 斫木築屋.
春租[293]爲農粮 治火田[294]服役. 每秋只告收穫都數於我 旋卽

---

286) *高飛(고비) : 편지 따위를 꽂아 두는 물건. 종이 따위로 주머니나 상자처
　　럼 만들거나 종이를 '+'자나 'x'자 모양으로 오려서 벽에 붙임.
287) 爾瞻(이첨) : 조선조 광해군 때의 권신인 이이첨(李爾瞻, 1560~1623). 이이
　　첨의 자는 득여(得輿), 호는 관송(觀松)·쌍리(雙里), 본관은 광주(廣州), 극돈
　　(克墩)의 후손, 우선(友善)의 아들. 대북(大北)의 영수.
288) 從違(종위) : 복종(服從)과 위배(違背). 따르고 따르지 않음.
289) 金千鎰(김천일, 1537~1593) : 조선조 선조 때의 의병장. 자는 사중(士重), 호
　　는 건재(健齋), 본관은 언양(彦陽). 임진왜란 중에 진주성이 함락되자 남강에
　　투신하여 자결함. 시호는 문열(文烈).
290) 于歸(우귀) : 혼례를 치른 신부가 처음 시집으로 들어가는 일. 시집감.
291) 高枕而臥(고침이와) : 고침단면(高枕安眠). 고침(高枕). 아무런 근심 없이
　　편안하게 잘 잠.
292) 茂朱(무주) : 전라북도에 있는 고을.
293) 春租(용조) : 벼를 찧음.

作米積置 歲以爲常." 卽日送十奴婢 入茂朱峽. 且謂夫婿曰,
"丈夫手中 全無錢穀 何事可辦?" 金公曰, "吾方仰哺[295]於父母
從何得錢穀乎?" 婦曰, "洞內李生員 卽累萬石富家 而好博喜
賭[296]云. 郞君何不賭取其千石露積而歸耶?" 金公曰, "彼博擅
名 吾手甚拙 安敢生賭勝計耶?" 婦使金公取博局進來 半日指
授妙訣曰, "往賭時 初局則故輸[297] 再局三局 則只要取贏[贏].
旣得露積後 彼請更博 則落落[298]用高着[299]取勝 無使彼下手
可也." 金公往見李 請與賭博 則李曰, "君之於我 巧拙懸殊[300]
其可以賭乎?" 金固請以千石爲賭 而初局故輸. 李曰, "然矣.
君安能敵我?" 二局三局連雋[301]. 李曰, "異哉, 怪哉! 旣許之
露積 不可食言 卽刻取去 而使我更着雪恥 所不可已也." 金公
於是 盡用神訣[302]. 李截然[303]落下 不敢支吾[304]矣. 歸報其妻

---

294) 火田(화전) : 산림이나 들판을 불살라 개간한 밭, 또는 그러한 일.

295) 仰哺(앙포) : 자식이 부모를 봉양하는 일.

296) 好博喜賭(호박희도) : 도박(賭博)을 좋아함.

297) 輸(수) : 패(敗)함.

298) 落落(낙락) : 여기저기 떨어져 있는 모양. 축 늘어져 있는 모양. 뜻하는 바
가 크고 뛰어남.

299) 用高着(용고착) : 높은 수를 써서 (바둑을) 둠.

300) 巧拙懸殊(교졸현수) : 교묘(巧妙)하고 졸렬(拙劣)함이 현격(懸隔)히 다름.
몹시 솜씨의 차이가 남.

301) 連雋(연준) : 연달아 이김.

302) 神訣(신결) : 신기(神奇)한 비결(秘訣).

303) 截然(절연) : 판연(判然). 베어 자르는 모양.

304) 支吾(지오) : 지오(枝梧). 버팀. 저항(抵抗)함. 서로 어긋남.

以賭得露積 婦曰, "已料之矣." 金曰, "願安所用此." 婦曰, "君
所知知舊中 有窮乏難措婚喪者 卽以此穀 量宜遍施之. 百里內
相識中 好人無論尊卑 日日携來 則吾當以此穀 備酒饌供具
之." 金公如其言 一歲中盡散其千包. 婦又請於尊舅曰, "子婦
有緊事 願得垈田305)三日耕306)爲農." 尊舅許之. 乃遍一田種
匏 匏實旣堅 盡鑿307)爲圓匏 招致柒匠308) 一一柒之. 又招水
鐵匠309) 以鐵依圓匏樣. 造成二箇 積置三間庫中. 金公與他人
全不識其何用矣. 及壬辰倭亂之起 夫人謂公曰, "平時之勸君
交結好人 賙救310)窮貧者 政爲此時之得力也. 君收聚義兵 則
舅姑之避亂 自有茂朱 積粟奉入其中 自當無患. 吾當留家 接
濟軍粮."云. 金公乃倡義兵 將與倭接戰. 夫人使義兵每人 以
長竿竹 掛柒圓匏 以荷於肩 見倭佯敗歸時 置鐵匏于路. 倭兵
逐北 至柒圓匏所在處 試擧之而重難動 倭乃驚相告曰, "朝鮮
兵肩荷如此重鐵匏 而其走如是 此輩皆(是)神力. 其敗走者誘
我 愼[愼]莫近前 恐墮其計也."云. 義兵因此屢交鋒311) 而不致
敗. 金公之倡義始末 多夫人之助云. 〈金倡義使夫人〉

---

305) 垈田(대전) : 텃밭.
306) 三日耕(삼일경) : 사흘갈이. 사흘 걸려 갈 수 있는 넓이의 농지.
307) 鑿(착) : 열매나 뿌리 따위를 따거나 캠.
308) 柒匠(칠장) : 옻칠을 하는 기술자.
309) 水鐵匠(수철장) : 무쇠를 다루는 기술자.
310) 賙救(주구) : 구휼(救恤)함.
311) 交鋒(교봉) : 교전(交戰).

16 ○尹判書絳312) 六十後 約妾婚于龍仁金梁村313) 柳姓人家. 前期二日 來留柳村. 柳家處子 送老婢 私自傳喝于尹判書下處314)曰, "老氣遠臨 不瑕有害. 伏聞 以此身之故 而爲此行次 實用惶恐. 吾家雖甚寒微 而猶有鄕曲間班名矣. 一番納妾于宰相宅之後 則永厠[廁]於中庶315) 無復可振之望矣. 緣此不肖之一女 誤了本家之門戶. 思之至此 中心是悼.316) 窃[竊]伏念大監 位已躋317)六卿318) 年已過周甲319) 婚閥320)之間 雖欠光鮮321) 了無損於身名322). 諒此愚婦 切悶情地323) 降心改圖[圖] 强循齊體[體]之禮324) 假以正室之名 則在吾門 榮感萬萬. 閨中此言 極知唐突 而冒瀆仰達 未知如何耶." 尹判書荅[答]傳喝曰, "所報當依施矣." 改寫婚書 具冠服入醮 一宿而更思之

---

312) 尹絳(윤강,1597~1667) : 조선조 현종 때의 문신. 자는 자준(子駿), 호는 무곡(無谷), 본관은 파평(坡平), 민헌(民獻)의 아들.

313) 龍仁金梁村(용인 김량촌) : 경기도 용인시 처인구에 있는 김량장동의 옛 이름.

314) *下處(사처) : 손님이 객지에서 묵는 곳.

315) 厠於中庶(측어중서) : (신분이) 중인이나 서얼로 기울어짐.

316) 中心是悼(중심시도) : 두려워 가슴이 떨림.

317) 躋(제) : ~에 오름.

318) 六卿(육경) : 조선시대 육조(六曹)의 판서(判書)를 달리 이르던 말.

319) 周甲(주갑) : 회갑(回甲). 환갑(還甲). 만 60세의 나이.

320) 婚閥(혼벌) : 혼인(婚姻)하는 문벌(門閥).

321) 光鮮(광선) : 빛남.

322) 身名(신명) : 몸과 명예(名譽).

323) 情地(정지) : 정경(情景). 가엾은 정상(情狀).

324) 齊體之禮(제체지례) : 부부가 되는 예절. 혼례(婚禮).

十分不屑於心325) 如食死肉 頓無宴爾326)之意 卽還京第 一切
疎[疎]絶327) 不復通聲問328). 柳家夫妻 咎其女曰, "依初約 爲
小室 則必無此患. 公然爲唐突之計 自誤汝平生 更誰怨哉!" 過
一年後 柳氏請於父母 願備新行329) 父母曰, "大監全然疎棄
如視楚越330) 汝何顏冒進乎?" 女曰, "吾旣爲尹氏人 雖棄 當死
於尹氏家 不可留父母家矣. 弟[第]願婢僕之多數 隨轎去矣."
柳家富饒故 盛備新行以發. 到尹判書門外 尹家婢僕出問(曰),
"何處內行耶?" 對以 "夫人抹樓下主331) 新行行次." 尹家上下
落落無延入之意. 柳氏使掃行廊 淨潔其房 下轎入坐. 時尹公
長子持平332)已沒 次子議政公333)爲承旨334) 三子東山公335)方

325) 不屑於心(불설어심) : 마음에 달갑게 여겨지지 않음.

326) 宴爾(연이) : 신혼(新婚).

327) 疎絶(소절) : 멀어지고 단절됨.

328) 聲問(성문) : 음문(音問). 성식(聲息). 소식(消息).

329) 新行(신행) : 혼행(婚行). 혼인할 때 신랑이 신부 집에 가거나 신부가 신랑
집에 처음 가는 일.

330) 如視楚越(여시초월) : 서로 떨어져 아무 관계가 없는 듯이 봄.

331) *抹樓下主(마님) : 지체가 높은 집안의 부인에 대한 존칭.

332) 持平(지평) : 조선시대 사헌부(司憲府)의 정5품 벼슬.

333) 議政公(의정공) : 조선조 숙종 때의 문신인 윤지선(尹趾善, 1627~1704). 윤
지선의 자는 중린(仲麟), 호는 두포(杜浦), 본관은 파평(坡平), 강(絳)의 아들,
지완(趾完)의 형.

334) 承旨(승지) : 조선시대 승정원(承政院)의 도승지(都承旨)·좌우승지(左右承
旨)·부승지(副承旨)·동부승지(同副承旨) 등을 통틀어 이르는 말.

335) 東山公(동산공) : 조선조 숙종 따의 문신인 윤지완(尹趾完, 1635~1718). 윤
지완의 자는 숙린(叔麟), 호는 동산(東山), 본관은 파평(坡平), 강(絳)의 아들.

爲校理336) 是日俱不在家. 柳氏預囑自已[己]奴子輩 伺候承旨
校理之歸來 自大門間拿入矣. 俄而承旨校理歸到其門間 見輜
卒之盈門 聞知其爲龍仁行次 姑欲入稟於其大人 以決迎接與
否 而直向舍廊. 柳家健僕 拿捽其兄弟 脫其冠 伏之於柳氏所
坐房門前. 柳氏據門限337) 厲聲呵叱曰, "我雖地閥卑賤 旣被
大監六礼[禮]之聘338) 則於汝爲母. 母在未百里之程 而爲子者
周年一不來見. 大監之疎棄 固不足怨 而汝輩人事 誠爲可駭.
吾方來坐此處 汝輩固當自外直到吾坐相面 而直向舍廊 亦極
非矣." 承旨兄弟 箇箇伏罪 柳氏曰, "吾欲笞治汝輩 而汝輩是
王人 吾姑寬之 起而着冠入房可也." 使之近前坐 溫言曰, "大
監近來起居寢啖何如?" 酬酢[酌]凜然 便有融洩之意339). 一自
柳氏入坐行廊 大監使婢僕瞯340)其所爲 續續來報. 初聞捽入
承旨兄弟 大難咤[歎咤]曰, "吾娶悍婦 生出橫逆 恐將亡家矣."
及聞曉諭之辭嚴意正 拍膝稱道曰, "慧婦人, 慧婦人! 吾不知
人而久致疎棄 可悔可悔!" 卽命家人 掃正寢延入. 使一門上下

시호는 충정(忠正).

336) 校理(교리) : 조선시대 홍문관의 정5품 벼슬. 교서관(校書館)이나 승문원
(承文院)의 종5품 벼슬.

337) 門限(문한) : 문지방.

338) 六禮之聘(육례지빙) : 납채(納采)·문명(問名)·납길(納吉)·납징(納徵)·청
기(請期)·친영(親迎) 등 여섯 가지 절차를 다 갖추어 치른 혼례.

339) 融洩之意(융설지의) : (얼음 등을) 녹여 흐르게 할 듯한 분위기

340) 瞯(간) : 엿봄. 곁눈질함. 눈을 치뜸.

老少 一齊納謁於親[新]夫人. 琴瑟款洽 家庭雍穆[341]. 柳夫人
所生二子 趾慶[342]生子容[343]判書 趾仁[344]官兵判[345]. 〈婚閣〉

　　17 ○漣川[346]　有窮生金姓人.　將推奴於遠方　要圖請東
[柬][347]入城 日曛[348]雷雨 未及抵所向家 忙投路傍屋 立門前
呼人 寂無應者. 良久有總角處女[349] 倚中門遙謂曰, "外舍[350]
荒廢不可宿 請入此中." 金生喜出望外[351] 入坐內房 房中排置
殊非貧家. 處女問金生曰, "何方人 何爲而到此?" 金生具道所
以. 處女卽出廚 備夕飯 張灯[燈]以進. 喫飯後 金生曰, "主人
何樣女子 如是獨守家 而見我生面[352]男子 不爲羞避 慇懃迎

---

341) 雍穆(옹목) : 화목(和睦)한.
342) 尹趾慶(윤지경,1652~1723) : 조선조 경종 때의 문신. 자는 계린(季麟), 본관
　　은 파평(坡平), 강(絳)의 아들.
343) 尹容(윤용,1684~1746) : 조선조 영조 때의 문신. 자는 수보(受甫), 본관은
　　파평(坡平), 지인(趾仁)의 아들.
344) 尹趾仁(윤지인,1656~1718) : 조선조 숙종 때의 문신. 자는 유린(幼麟), 호는
　　양강(楊江), 본관은 파평(坡平), 강(絳)의 아들.
345) 兵判(병판) : 조선시대 병조(兵曹)의 정2품 으뜸 벼슬인 병조판서.
346) 漣川(연천) : 경기도에 있는 고을.
347) 請柬(청간) : 청탁(請託) 편지(便紙).
348) 日曛(일훈) : 날이 저묾.
349) 總角處女(총각처녀) : 미혼(未婚)인 처녀.
350) 外舍(외사) : 바깥사랑채.
351) 喜出望外(희출망외) : 기대하지 않던 기쁜 일이 생김.
352) 生面(생면) : 생면목(生面目). 처음으로 대함, 또는 그 사람.

入 供饋多情耶?"女對曰, "吾之邂逅生員主 此實天也. 吾父
以富譯 不幸以妖惡巫女爲妾. 妖巫或咀呪 或置毒 吾母吾嫂
吾姊 次第死於其手 只餘吾一身. 吾父惑甚 不能覺悟. 吾父又
喪出 纔過三年 惡巫擅握家柄 惟意所欲. 察其氣色 則非久又
將除吾身 吾之軀命 不保朝夕故 方謀圖生 而良家女 乘夜踰
垣獨走 義所不敢出 方此罔措 而惡巫雖饒財産 猶不棄本習
今日赴人家神事353) 再明當還. 生員主以此時適到 天與我托
身之便 何暇羞避而不爲之欣迎乎?"金生曰, "我是至窮生 汝
之隨我 何以耐飢?"厥女曰, "吾父財産 尙餘屢千金 吾豈有留
置分錢尺布354) 以付惡巫之理乎? 盡挈屋中所有以去 則幷生
員主全家家眷 穩過平生 有何貽憂於生員主乎?"金生曰, "此
則然矣. 而我有正室 以汝人物資生355) 去爲人下 似非所甘
矣."女曰, "吾之踪地356) 正似晨虎不擇僧狗357) 正嫡358)有無
非所可論. 吾當盡心服事359) 不敢失好矣." 遂與結雲雨之歡
360) 曉起上壁欌 搜篋中寶貨與銀錢 幷庫中所積貨與田畓文書

---

353) 神事(신사) : 신을 섬기는 일. 굿.

354) *分錢尺布(푼전척포) : 푼돈과 얼마 되지 않는 피륙.

355) 資生(자생) : 자산(資産).

356) 踪地(종지) : 처지(處地).

357) 晨虎不擇僧狗(신호불택승구) : '굶주린 새벽 호랑이는 중이든 개든 가리지
않는다'는 뜻으로, 이것저것 가릴 처지가 아님을 비유한 속담.

358) 正嫡(정적) : 정실(正室).

359) 服事(복사) : 좇아서 섬김.

治裝結束　出刷馬[361]五六馱滿載　男前女後　東抵漣川．初頭請
東[東]推奴之計　已[已]擲於九霄[362]之外矣．　金生以貧兒暴富
內子之愛是妾　有甚於同氣．妾之事嫡　亦極卑順　不敢挾其貨
渾室和氣洽然．　一日　妾謂金生曰，"口腹之憂[363]　雖已寬矣．
草木同腐　所可羞也．何不留念於科目間事耶?"金生曰，"吾已
失業於文武　何由以觀光於科場乎?"妾曰，"吾家有千石君忠奴
在於水原　持吾書往議　必有善指揮之道矣．"乃裁一丈[張]書
謂以'禍亂餘生　幸逢仁人　脫身羅苦　得托絲蘿百年　仰望有所父
母香火[364]可擧　言念身命　萬幸萬幸．生員有所相議事　委進汝
家．以汝出人之忠誠　不計難易　似必曲副[365]矣．'金生持書赴
水原　尋覓奴家　則一瓦屋居大村中央　庭前集數十健夫　方打
稻．村人稱厥奴爲李同知[366]　頂金圈[367]　拂白髮　儀觀甚偉．邀
客上堂對坐　金生出付其妾之札　厥漢覽未畢　蒼黃下階跪坐[368]
泫然[369]流涕曰，"上典家禍變相繼　而爲奴無狀　一自大上典大

---

360) 雲雨之歡(운우지환) : 남녀 관계에서 얻는 즐거움.

361) 刷馬(쇄마) : 깨끗이 손질한 말. 지방에 배치한 관용(官用)의 말.

362) 九霄(구소) : 구천(九天). 하늘.

363) 口腹之憂(구복지우) : 음식으로 배를 채울 걱정.

364) 香火(향화) : 제사(祭祀). 불공(佛供). 향불.

365) 曲副(곡부) : 부응(副應)함.

366) 同知(동지) : 동지중추부사(同知中樞府事). 조선시대 중추부(中樞府)의 종2
　품 벼슬. 여기서는 직함이 없는 노인의 존칭.

367) 金圈(금권) : 금관자(金貫子).

368) 跪坐(궤좌) : 꿇어앉음.

祥後 不復往還. 上典骨肉 只有一阿只氏 而年來全然不聞其
存沒安否矣. 今承諺牌370) 始認其托命生員主. 去危就安 悲喜
交集 而生員主 於小人一大恩人 將何以圖報耶?" 召其妻與子
拜謁新上典. 金生勸使上堂 無拘分義371). 滿堂奔走 接待如待
別星372)主. 翁曰, "阿只氏牌子 分付以生員主行次有所議於小
人 伏問 果指何事?" 金生曰, "吾以失業文武者 每當科擧 輒
致坐停373). 君之上典 以是爲悶 謂君以忠以富 必有指揮 勸我
此行矣." 主翁曰, "小人以此家産 曾不收貢374) 又不贖良375)
一生不以人奴之故而費財物. 每欲用財報德 而不得其便 今何
幸有地效誠376)矣. 家有兩子善書 每科捐千金 則可以絡來場
屋377)雄手 無論庭試378)增別379) 限十年盡力 則生員主 發身

---

369) 泫然(현연) : 눈물을 줄줄 흘리는 모양.

370) 諺牌(언패) : 언간(諺簡). 한글로 쓴 편지.

371) 分義(분의) : 신분(身分)에 맞는 도리(道理).

372) 別星(별성) : 봉명사신(奉命使臣). 임금의 명을 받은 신하.

373) 坐停(좌정) : 주저앉음.

374) 收貢(수공) : 신공(身貢 : 조선 시대 공·사노비가 소속 관서나 상전에게 신
역(身役) 대신에 매년 바치는 구실.)을 거둠.

375) 贖良(속량) : 종을 풀어주어서 양민이 되게 함. 또는 공사천이 대가를 바치
고 노비의 신분을 면제받음.

376) 效誠(효성) : 정성(精誠)을 바침.

377) 場屋(장옥) : 과거 시험장.

378) 庭試(정시) : 조선시대 증광시(增廣試)나 별시(別試) 때에 대궐 안마당에서
보이던 과거.

379) 增別(증별) : 증광시(增廣試)와 별시(別試). '증광시'는 나라에 경사가 있을

可以必矣."自是後有科　厭漢輒率巨擘380)與其子之筆　隨金生
入場　修人事恰[洽]滿矣.　不數年　金生大闡381)　富貴兩全云.
〈水原李同知〉

18　○新門外有書生　奉嚴父之教　頗識道理.　而其妻極賢　不
計赤貧　竭盡心力　滫瀡382)致養於尊舅　尊舅與其夫婿　俱愛重
之.　書生有隱避奴僕於湖南.　欲推尋以紓家之　賃馬借奴　間
關383)作行.　入湖南境　夕投村民富家　以爲不費盤纏384)之地.
主人家是萬石君中人也.　欣然接待款洽過望　客怪之.　入夜後主
人曰, "吾有緊切所請於行次矣." 客曰, "何也?" (主人曰,) "吾
無一子有一女　女年方十七　而甚淑慧.　渠於十三歲　夢見一男子
謂是配耦　而眉目容貌　瞭然可卞[辨].　自其夢後　女謂, '天定之
配　旣現吾眼　必有逢着之期　無論早晚　静俟爲宜　決不可從他求
婚矣.' 堅執此志　萬無[牛]難回.　年紀漸長　渾室憂悶矣.　今日
女從門隙見客容貌　以爲毫髮不爽385)於昔夢.　行次方在壯年

때 기념으로 보이던 과거, '별시'는 나라에 경사가 있을 때나 또는 병년(丙年)
　마다 행하던 문무(文武)의 과거.

380) 巨擘(거벽) : 학식이나 어떤 전문적인 분야에서 뛰어난 사람. 조선 시대에
　과거 시험의 답안지 내용을 전문적으로 대신 지어 주던 사람.

381) 大闡(대천) : 문과(文科)에 급제(及第)함.

382) 滫瀡(수수) : 쌀뜨물에 음식을 담가 부드럽게 하는 음식 조리의 한 방법.

383) 間關(간관) : 길이 험하여 걷기 어려운 상태.

384) 盤纏(반전) : 노자(路資), 여비(旅費).

想有正室 而雖爲妾不敢辭 願薦今夜之枕. 行次若咈其意 渠誓
自裁 萬望曲從386)焉." 客落落387)掉頭 主人千懇萬乞388) 一向
拒之. 客意, '盖以父嚴固可怕 且恐傷妻之心.' 主人曰, "行次
或以貧寒 難畜小室爲慮耶? 吾之財物 無他可歸 何必以此爲
慮耶?" 客曰, "非爲此也." 主人曰, "然則親闈389)嚴毅390)而然
耶?" 客曰, "然矣." 主人曰, "一番結親391) 不必庭聽392) 姑置
此處 數年一來往 則亦何妨耶?" 客曰, "此外亦多難處 竟不可
從矣." 主人曰, "內妬爲難耶?" 客曰, "不然矣." 主人之懇 益
苦惱 到夜分後 乃强諾. 主人卽粧出其女 月態花容 常情驚喜
而書生一念係着393)於賢妻 不暇省此女子之綽約. 雖成衽席之
歡394) 而無甚山海之情. 朝起治行 將向推奴所. 女謂其父曰,
"此兩班 鐵石心腸 一出吾門 則忘我必矣. 須以自吾家 替
當395)推奴所得之資之意 苦挽其行 使勿[勿使]之罪[他] 而三

---

385) 毫髮不爽(호발불상) : 털끝만큼도 어긋나지 않음.
386) 曲從(곡종) : 자신의 의지를 굽히고 남에게 따름.
387) 落落(낙락) : 남과 서로 어울리지 않음.
388) 千懇萬乞(천간만걸) : 수없이 간절하게 빎.
389) 親闈(친위) : 엄친(嚴親). 아버지, 혹은 부모(父母).
390) 嚴毅(엄의) : 엄숙(嚴肅)하고 의지(意志)가 굳음.
391) 結親(결친) : 사돈 관계를 맺음.
392) 庭聽(정청) : 세자나 정승이 백관을 거느리고 궁정에 이르러 왕에게 큰일을
    보고하고 명령을 기다리던 일.
393) 係着(계착) : 마음에 걸려함.
394) 衽席之歡(임석지환) : 부부 또는 남녀가 잠자리에서 느끼는 기쁨.

宿此處後　使之直還京師爲得矣."其父依女言留之. 明將發行
西上矣. 其女謂其父曰, "父將獨使此郎歸耶?"父曰, "汝行則
當徐議之耳."女曰, "以此郎冷腸　一番還京　則我當終身作生
孀. 彼雖不願帶去　吾當刼隨　(以)此意告于郎可也."父從之.
客曰, "徐圖似好耳."主人强之乃諾. 女曰, "吾父以萬金産　固
當優資我生理　所當許之茹[數]　趂此行沒數[396]裝出　偕我轎子
前後擁衛　誇示郎眼　以悅其心. 不必待後矣."其父曰, "汝言誠
是." 乃備卜馬三十匹　滿載銀錢布帛　以一女婢加之於每駄上
使一奴子牽每駄　使盡爲郎家之使喚. 及其離發日　彩轎載新婦
健僕十餘護轎. 郎亦得具鞍馬騎之以出　視諸來時　便成錦衣
[還]內外　行中亦爲五六駄　卜駄橫亘十里. 於是頗欣快　及抵城
中　落置內行與卜駄於西小門街旅客家　復騎去時馬　抵家反面
於其家[父]　告以推奴之敗歸. 退見其妻　妻以勸[歡]面溫色　勞
其遠地往返. 入夜同裯　書生愁色滿面　其妻慰之曰, "吾家飢窮
自是本分　一時推奴之見敗　何其介懷[397]如是? 菽水[398]之資　吾
有十指　持此有何慮也?"書生曰, "吾今行所得　自有累千金橫
財　而事不獲　已負君多矣. 以是憊悶　自致氣色之不平矣."仍具

---

395) 替當(체당) : 뒤에 상환 받기로 하고 금전이나 재물 등을 대신 지급하는
　　일. 남의 일을 대신하여 담당함.
396) 沒數(몰수) : 어떤 수량의 전부.
397) 介懷(개회) : 어떤 일 따위를 마음에 두고 생각하거나 신경을 씀.
398) 菽水(숙수) : 콩과 물. 곧 변변하지 못한 음식.

道始末如是如是. 妻驚喜起賀曰, "天與吾家之大福矣. 吾平生
胼胝399)手足 竭盡心血 尙難養親矣. 今忽因人 寬吾之勞. 郎
君事於我爲恩 而非負也. 吾豈有一分致慨之意 且彼娥之貞信
淑慧 卓出千萬 使我一聞愛敬之. 不暇苟咈 其願誠(爲)積惡 雖
其身不帶一錢文[文錢] 率置家中 誠爲萬幸. 況兼無限財貨
乎?"書生曰, "君意雖然 而其於親意之嚴何哉?"(妻曰,) "此亦
吾當寬解之耳."明朝省舅時 以愉聲惋[婉]色400) 坐舅傍奉話.
仍以此事 持作古談 誦達一統說 仰問曰, "男子之得此妾 情之
所不已401). 爲其父母者 雖嚴如我尊舅 不可咎其子耶?"舅曰,
"誠然誠然! 爲親之道 雖當禁其子之卜妾 而此則決不可以爲非
矣."婦曰, "此非古談 郎君卽日目前事也."舅聞之頗慍 婦正
色仰達曰, "尊舅之於子婦 尊卑雖甚截然 相對成說丁寧 則豈
可頃刻變改乎? 愚婦死罪 誠未知其得當也."舅乃舒顏402)曰,
"事已過矣 無奈何."婦卽命蒼頭往旅店 催小室入見於舅姑. 俄
頃人馬 塡街咽巷403) 一玉面婦人 出自彩轎 堆金(山)倒玉柱
納拜於公姥及正室. 一行奴婢如雲 卜物如墻 卸置404)貧屋 刜

---

399) 胼胝(변지) : 굳은 살.
400) 愉聲婉色(유성완색) : 부드러운 목소리와 상냥한 안색.
401) 所不已(소불이) : 생각지도 아니하게 이룸.
402) 舒顏(서안) : 얼굴을 폄. 표정을 누그러뜨림.
403) 塡街咽巷(전가열항) : 사람과 말 따위가 길거리와 골목을 메움.
404) 卸置(사치) : 풀어놓음.

不能容. 窮措大家 猝地繁華 喜氣盈門. 轎馬夫十餘箇獨爲還
家 餘皆留置.〈新門外書生〉

19 ○京中窮生 有善生男子. 一交合輒孕 孕輒男也. 如豚
劣子滿室 而不能食力. 飢窮無餘地 爲推奴向遐方. 歷入一富
翁常漢家留宿. 主翁頂玉圈 好風神而善待其客. 客曰,“(主人)
兼壽富 可謂大福力矣.”翁歔欷對曰,“天之與我 只是食也. 至
子姓405) 了無分劑406). 平生蓄妻妾 不啻數十 而無一番孕胎
無奈何矣. 目下亦有三妻 俱年少美貌[貌美] 而天必欲使我爲
無後之鬼 使諸妻不免諺所謂‘乭暗牛407)’矣.”客曰,“吾則貧甚
生子則無不如意. 一夜與女子同處 則豈有不生男之理乎? 是
以家中丈夫子無數矣.”翁聞之健羨408)不已 良久告客曰,“吾
之生男 此世已矣. 雖是他人子 使吾家中有呱呱聲409) 則慶幸
大矣. 行次旣善於生男 爲我遍私我三妻 於今夜使之取種 是吾
至望. 吾妻貌不[亦]免醜 而不害兩班之抱矣.”客曰,“雖一夜
旣結主客之誼 且被主翁善遇 其在知感之道 豈忍作此擧乎?”
翁曰,“若謂知感 則尤當曲從所請矣.”苦懇不已. 久而後乃許

---

405) 子姓(자성) : 자손(子孫). 후손(後孫).
406) 分劑(분제) : 나눔. 나누어줌.
407) *乭暗牛(돌암소) : 새끼를 낳지 못하는 암소.
408) 健羨(건선) : 몹시 부러워하며 탐냄.
409) 呱呱聲(고고성) : 어린아이의 울음소리.

翁使淨掃三妻之室 導入如新郎之礼[禮]. 於是夜 自東房至西
房 自西房至南房 與三妻各成雲雨之樂. 三女冀其懷胎 另加懽
愛 詳問客之居與姓 各各銘記之 以爲後驗. 向曉客出外舍 則
主翁塊然410)獨寢 讓人好事者誠矜惻 而猶以夜來所經歷 視以
爲感 再三稱謝曰, "積善積善!" 客討朝飯將發 主翁曰, "新情
未洽 一宿徑去 非所宜也." 强請加留二日. 三女與客 尤增綢
繆411). 及限滿客發 主翁悵然不已 贐行412)甚厚. 客去未久 三
女一時有娠 及其分娩 果皆男子也. 富翁奇愛之 甚於巳[己]出
矣. 客一自還京之後 聲聞邈然413). 於富翁家 便成楚越. 荏
苒414)數十年 窮生之衰老 凍餒轉甚415) 三間蔽[破]屋 不蔽風
雨 四面庭除416) 翳盡蓬蒿417) 生涯愁絶418). 一日 門外有呼婢
聲 生擡塵暗弊毛冠 出坐敗床退間419) 則來人是三箇 各着好衣
服 各驅載馬 而爲下流裝束420)也. 上堂列拜 窮生不得卜[辨]

---

410) 塊然(괴연) : 홀로 있는 모양.
411) 綢繆(주무) : 전면(纏綿). 남녀 사이의 정이 얽힘.
412) 贐行(신행) : 길 떠나는 사람에게 선물로 주는 돈이나 물품.
413) 邈然(막연) : 아득히 멂.
414) 荏苒(임염) : 세월이 덧없이 흐름. 시간이 지체됨. 사물이 점진적으로 변화함.
415) 凍餒轉甚(동뇌전심) : 추위에 떨고 굶주림이 갈수록 심해짐.
416) 庭除(정제) : 섬돌 아래. 뜰. 마당.
417) 翳盡蓬蒿(예진봉호) : 온통 쑥으로 뒤덮임.
418) 生涯愁絶(생애수절) : 생계(生計)를 근심함.
419) 退間(퇴간) : 집채의 원 간살 밖에 딴 기둥을 세워 붙여 만든 간살.
420) 下流裝束(하류장속) : 신분이 낮은 사람의 행장(行裝).

爲何人. 三人謂生曰, "生員主能記某年某月某日推奴之行 歷
入某鄕富翁家 留宿三夜之事乎?" 生曰, "果有之. 雖久不忘."
三人曰, "吾等兄弟三人 各母所出 而俱是生員主與三女同禍三
夜之所孕也. 吾等旣長 只信富翁爲生我之父矣. 再昨年 富翁
身死 吾等將被髮 三母俱挽止曰, '汝非富翁子 卽是京中某姓
兩班子也.' 具道其年事甚悉. 吾等始知 爲生員主遺體[421] 卽
當上來省覲[422] 而富翁養育之恩 報不宜薄故 經過喪葬大小
祥[423] 今始上來. 而吾母俱無恙 指示生員主所居坊里故 有此
憑尋矣." 嫡母忙邀入來 滿堂歡喜. 三人次第卸入卜物. 貿柴
烘堗 貿米炊飯 裂布而裁衣. 頃刻之間 回冷爲煖. 三人留止四
五日 乃告其父曰, "吾三人 分執富翁之財 産業綽綽有裕[424]
而千里運粮以養老親 勢所不逮 窃[竊]覰[425]生員主 篤老[426]更
無餘望於世 諸書房主 不文不武 雖留京洛 而科第非所可論 莫
如撤家 隨吾等下鄕 團聚一處 穩受吾輩之養矣." 生樂從之. 三
人大喜 賈馬賈轎 駄老父 戴嫡母 提群兄弟 飄然下去 坐享饒
衣食云. 〈借胎〉

---

421) 遺體(유체) : 부모가 남겨준 몸.
422) 省覲(성근) : 부모를 찾아가 뵘.
423) 喪葬大小祥(상장대소상) : 초상(初喪)에서부터 대상(大祥)에 이르기까지 장
　　례(葬禮)의 모든 절차.
424) 綽綽有裕(작작유유) : 여유(餘裕)가 많음.
425) 覰(한) : 엿봄.
426) 篤老(독로) : 몹시 나이가 많음.

20 ○禹兵使427)夏亨428) 平山429)人也. 以至窮武弁 往戍北
防於關西430)江邊邑. 偶得退妓爲水汲者 與同枕席. 厥女謂禹
曰, "先達主 以我作妾 何有貨財 可以供我衣食乎?" 禹曰, "客
地孤了[子]431) 聊與汝相昵432) 要托以澣垢衣 補弊襪之任而
已. 以我赤手 何由波及於汝耶?" 女曰, "我旣薦枕於先達主 爲
妾之攺[職] 宜供節服433) 而亦何以措手434)耶?" 禹曰, "豈敢望
豈敢望? 勿念勿念. 北方[防]之限將至則離." 女謂禹曰, "先達
(主)自此歸後 將欲上京求仕耶?" 禹曰, "我赤貧欲死 治裝備粮
往留京第 萬無可望. 要當歸臥平山 老死破屋435)矣.' 女曰,
"窃[竊]观[觀]先達主骨相 本非寂寞人 前頭名位 當至閫帥436).
我有一生積功 鳩聚六百斤銀子. 以此入歸裝 備馬備衣 上京圖

---

427) 兵使(병사) : 병마절도사(兵馬節度使). 조선시대 각 지방에 두어 병마를 통
    솔·지휘하던 종2품 무관.
428) 禹夏亨(우하형) : 조선조 영조 때의 무신. 자는 회숙(會叔), 본관은 단양(丹
    陽), 순필(舜弼)의 아들. 1710년(숙종36) 무과에 급제하여 영조 때 황해도 병
    마절도사·경상도 병마절도사 등을 역임하고 64세로 졸함.
429) 平山(평산) : 황해도 동부에 있는 고을.
430) 關西(관서) : 평안도 지방을 이르는 말.
431) 孤子(고혈) : 고혈단신(孤子單身). 혈육(血肉)이 없는 외로운 홀몸.
432) 相昵(상닐) : 친하게 지냄.
433) 節服(절복) : 철따라 입는 옷.
434) 措手(조수) : 손을 씀. 손을 댐.
435) 破屋(파옥) : 무너지거나 허물어진 집.
436) 閫帥(곤수) : 곤임(閫任). 병마절도사(兵馬節度使)나 수군절도사(水軍節度
    使)를 예스럽게 부르는 말.

焉. 我是賤人　案[實]難爲先達主獨居守節. 第當托身某人家
以待先達主出宰本道　當卽相會於官次437)矣." 禹望外得重貨
感其女意氣知識　一邊惝怳438) 一邊惆悵439) 丁寧有後約而別.
厥女卽就鰥居將校之家. 將校喜其爲人之不愚迷 要以爲後妻.
厥女曰, "吾繼君前妻 代掌家産 捧收物件 不可朦朧 須以長件
記錄出 家裝器皿幾何 穀物幾何 布帛幾何 照數付我可也." 校
曰, "夫婦邂逅 將期偕老 豈可錄出件記 以相授受 有若致疑者
乎?" 固請乃依從其言. 厥女自入將校家 治産甚勤 家産日增
將校甚愛重之. 女謂將校曰, "吾粗解文字 喜觀朝報政事440)
此是(邑底) 本邑所到者 須卽借出示我焉." 其夫隨到隨借 使其
妻看之. 曾不數年 政目441)中有宣傳官442)禹夏亨 主簿443)禹夏
亨 經歷444)禹夏亨. 厥女心甚喜之. 迤過445)七年 果除嶺西要

---

437) 官次(관차) : 관청(官廳). 관사(官舍). 관계(官階).

438) 惝怳(창황) : 멍한 모양.

439) 惆悵(추창) : 구슬픔. 비통(悲痛)함.

440) 朝報政事(조보정사) : '조보'는 조선시대 승정원에서 그날그날 생긴 일을 적어
　돌리던 일종의 관보(官報)로 기별(奇別, 寄別) 또는 조지(朝紙)라고도 하였음.
　'정사'는 벼슬아치의 임면(任免)과 출척(黜陟)에 관한 사무(事務)를 가리킴.

441) 政目(정목) : 벼슬아치의 임면(任免)을 적은 기록.

442) 宣傳官(선전관) : 조선시대 선전관청(宣傳官廳)에 딸린 벼슬로 정3품부터
　종9품까지 있었음.

443) 主簿(주부) : 조선시대 돈령부(敦寧府) 등 여러 관아의 종6품 벼슬.

444) 經歷(경력) : 조선시대 충훈부(忠勳府)·의금부(義禁府)·도총부(都摠府)
　등에서 실무를 맡아보던 종4품 벼슬.

445) 迤過(이과) : 잇달아 지남.

邑矣. 女曰, "今日以後 只此朝報可也." 不多日有某倅禹夏亨
下直之報 女乃謂將校曰, "吾於君家 初無久計 今當分張446)之
期矣." 將校愕然失圖447) 而難回堅志矣. 女錄出長件記 備記
家産現在物種 以稟驗於初來時所受之物件曰, "吾七年爲婦 治
人之産 雖一瓢一沙碗[盌] 減縮於本數 則誠爲慚負 而一或爲
二 二或爲三 五或爲十 照驗逾舊 吾職盡矣. 臨歸之心 所以浩
然448)也." 卽日 使家中所養乞兒負卜 變爲男裝 着平凉笠449)
永辭將校家 行到禹倅邑 則到任纔三日矣. 托以白活民450) 入
官庭 立階下 仰達曰, "有秘白事 請上階." 太守怪而許之. 又
請升軒 從之. 又請入房 太守益訝惑. 及入房攎頭曰, "進賜主
不省我爲誰耶?" 太守曰, "新到任 何以識土民爲誰耶?" 乃告
曰, "某邑北防時 薦枕經年者 乃不能記識乎?" 禹倅大驚大喜
曰, "纔到任而汝卽來 誠是異事也." 女曰, "別時所約 已料此
日事矣. 何謂異事也?" 禹適鰥居 處是妾於內衙 儼然歸之以正
寢之權 使子婦輩聽命焉. 禹妾於是 總內政 待嫡子 御婢僕 各
盡其宜 門內之譽451)洽然. 又使禹購朝紙452)于備局453)書吏

---

446) 分張(분장) : 분리(分離). 분포(分布).

447) 失圖(실도) : 계획이 어긋남.

448) 浩然(호연) : 마음에 거리낌이 없이 태연함.

449) 平凉笠(평량립) : 평량자(平凉子). 패랭이. 댓가지로 엮은 갓의 하나로 서
    민들이 썼음.

450) *白活民(백활민) : 사뢸 일이 있는 백성(百姓).

451) 門內之譽(문내지예) : 집안에서의 칭찬(稱讚).

454) 間十日下來. 禹妾因朝紙 遙度朝廷事 預知政官[455]之交承
後官如神 十無一失. 使禹專力預事 後政官詰拒[456] 西貨續致
苞苴[457] 目下非政官者 受政之所受 其爲感尤倍 及當政柄[458]
吹噓[459]禹 惟恐不及. 禹遂於關西本道內 自邑移邑 凡典六邑
得俸漸腴 事上益豊 進途日闢 節次升遷 竟爲節度使[460]. 年近
七十以壽終于家. 禹妾慰嫡子曰, "令監以鄕曲武弁 位至亞
將[461] 壽近稀岭[齡][462] 在當身無憾 在子弟亦不必過哀. 以吾
事言之 女之事夫 雖非自爲功者 而積年助修官路基地 已至致
位 吾責亦盡 又何悲哉?"纔經成服[463] 乃曰, "令監在時 屬吾
家政. 令監下世以後 則嫡子婦 當爲此家主. 吾不過一庶媵[464]

----

452) 朝紙(조지) : 조보(朝報).
453) 備局(비국) : 비변사(備邊司). 조선시대 특히 임진왜란 때 국정과 군사에
　　관한 주요 사무를 맡아 처리하던 관아.
454) 書吏(서리) : 아전(衙前)의 하나. 서리(胥吏). 서제(書題).
455) 政官(정관) : 전관(銓官). 조선시대 이조(吏曹)와 병조(兵曹)에 속하여 문무
　　관(文武官)의 인사(人事)를 담당하던 벼슬아치.
456) 詰拒(힐거) : 힐항(詰抗). 서로 맞서서 다투며 겨룸.
457) 苞苴(포저) : 뇌물로 보내는 물건.
458) 政柄(정병) : 정권(政權).
459) 吹噓(취허) : (남의 잘한 것을) 허풍을 쳐서 칭찬하여 천거함. 숨을 내뿜음.
460) 節度使(절도사) : 병마절도사(兵馬節度使). 조선시대 각 지방에 두어 병마
　　를 통솔·지휘하던 종2품의 무관.
461) 亞將(아장) : 조선시대 포도대장(捕盜大將)·용호별장(龍虎別將)·도감중군
　　(都監中軍)·병조참판(兵曹參判) 등의 총칭. 모두 종2품 벼슬임.
462) 稀齡(희령) : 고희(古稀). 70세의 나이.
463) 成服(성복) : 초상이 나서 사흘이나 닷새 뒤에 처음으로 상복을 입는 일.

願讓家政." 遂錄庫藏籠貯之財 幷鎖鑰⁴⁶⁵⁾納之. 嫡子婦泣而辭
之曰, "庶母之於吾家 功勞何如 勤勞何如? 尊舅下世後 吾將
依仰庶母如尊舅 凡於家事 欲一切因舊 而庶母何忍出此言?"
禹妾猶强納家政 又曰, "吾當今離大房 就越房以爲宿所." 遂掃
一房入處曰, "吾一入此 不復出此." 門鎖絶粒而死. 禹之嫡子
曰, "吾於此賢庶母 不可用世俗待庶之礼[禮] 必當三月而葬 別
廟[廟]而祀矣." 先塋[營]其父葬 將發靷⁴⁶⁶⁾ 擔夫甚多 而靷重
不動 擔夫皆曰, "非人夫之不足 似是令監之魂 不欲捨小室而
然. 乃速治庶母之靷 與之幷行 則其父之柩 乃就路善去." 余屢
過平山 平山東十里 馬堂里大路傍西向 乃兵使墓 其右十餘步
卽其妾塚 行人指點 而談其事. 禹氏至今祀其庶母云. 〈朝報〉

21 ○許相國積⁴⁶⁷⁾當局⁴⁶⁸⁾時 有傔⁴⁶⁹⁾廉希道者. 儱侗⁴⁷⁰⁾不
曉事 而志槩不苟且 剛直太過 必直諫許過失 無諱避 許以畏友

---

464) 庶媵(서잉) : 몸종. 첩(妾).

465) 鎖鑰(쇄약) : 자물쇠.

466) 發靷(발인) : 장사(葬事) 때 상여(喪輿)가 묘지(墓地)를 향해 집에서 떠남.

467) 許積(허적,1610~1680) : 조선조 숙종 때의 문신. 자는 여차(汝車), 호는 묵
재(黙齋)·휴옹(休翁), 본관은 양천(陽川), 한(偘)의 아들. 남인(南人) 가운데
탁남(濁南)의 영수. 서자 견(堅)의 역모 사건에 연좌되어 사사(賜死)되었으나,
1689년 기사환국(己巳換局)으로 신원(伸寃)됨.

468) 當局(당국) : 당국자(當局者). 나라 일을 맡아보는 자리에 있는 사람.

469) 傔(겸) : 겸인(傔人). 겸종(傔從). 청지기.

470) 儱侗(농동) : 어리석거나 미숙(未熟)한 모양.

蓄之. 一日 希道手指[持]一封物來 而謂許曰, "小人來時 路上
拾此皮封 書曰, '馬価[價] 銀五十兩' 似是某家遺失者 欲尋其
主還給 無由知矣." 許曰, "汝甚貧 何不自取以救窮?" 對曰,
"大監何淺知小人乎? 雖飢窮 決不利人道上所遺物矣." 許曰,
"昨聞 南大門外 金正言賣馬云矣. 似或是家物." 而金正言淸
城471)也. 希道卽持銀封 往金家 彷徨階下. 金曰, "汝是何人?"
對曰, "小人卽許政丞宅廳直 而朝仕472)向官員宅 道上拾銀封
封上書以馬價 卽聞進賜宅新賣馬云 果已盡捧其價耶?" 金曰,
"奴子往賣馬匹 所約價內五十兩 姑未捧 明朝當捧來云矣." 希
道自其袖 出銀封曰, "此數五十兩 巧合厥馬零價473) 似非他物
矣." 金卽招問賣馬奴子曰, "汝云, '零價五十兩 明日當來'云
矣. 彼下人道上所拾物 旣云, '馬價'又無加減 適爲五十數 殊
可怪也." 厥奴對曰, "昨暮盡捧零價 持歸之際 醉遺路上 而爲
目前免罪 姑爲瞞告 而明日至 則必死自分矣. 此人拾遺來納
今則掩諱不得矣." 金謂希道曰, "看汝衣裳 至窮必矣. 今乃不
自取道拾之貨 推還於本主 廉潔之操 使人歎服. 此銀在吾家旣
失物也 而得其半猶幸 分半以屬於汝矣." 希道曰, "小人若此銀

---

471) 淸城(청성) : 조선조 숙종조의 문신인 청성부원군(淸城府院君) 김석주(金錫
　　 胄, 1634~1684)를 가리킴. 김석주의 자는 사백(斯百), 호는 식암(息庵), 본관
　　 은 청풍(淸風), 좌명(佐明)의 아들. 시호는 문충(文忠).

472) 朝仕(조사) : 벼슬아치가 출근하여 상급자에게 인사하는 일.

473) 零價(영가) : 남은 값.

之爲利 則當取其全矣 奚啻其半? 雖一文474) 非吾所屑475)."
遂拜謝而出. 金奴之母與妻 要於舍廊前 挽廉袖以入行廊曰,
"吾子吾夫 醉失馬價 而上典性嚴 方坐待明日命盡矣. 天送活
佛 拾遺以來 救此必死之命 此恩此德 擢髮織屨476) 猶未足償
也. 方備酒饌." 希道掉頭而去. 厥奴之女十二歲兒曰, "吾當以
身 報活吾父之恩." 遂隨希道而出 希道拂之而去矣. 及至庚
申477) 堅[堅]逆之作變478)也. 許相謂希道曰, "汝無恩於我 而
猶爲腹心之傔479) 理無生全. 去宜趁早480) 無致浪死矣." 希道
曰, "小人豈忍捨大監於禍故481) 之間乎?" 許裁書482) 於忠州

---

474) 一文(일문) : 조선시대 화폐의 단위. 한 푼(*一分).

475) 所屑(소설) : 달갑게 여기는 것.

476) 擢髮織屨(탁발직구) : 머리칼을 뽑아 신을 삼음.

477) 庚申(경신) : 남인(南人)이 실각하고 서인(西人)이 득세한 사건인 경신환국
(庚申換局) 혹은 경신대출척(庚申大黜陟)이 일어난 1680년(숙종6).

478) 堅逆之作變(견역지작변) : 1680년(숙종6)에 일어난 허견(許堅,?~1680)의
역모사건. 허견의 본관은 양천(陽川), 적(積)의 서자. 부친의 세력을 믿고 방
자한 행위를 하여 비난을 받았음. 인조의 손자이며 인평대군(麟坪大君)의 아
들인 복선군(福善君)과의 내왕을 빌미로, 그가 역모를 꾀한다는 고변을 김석
주(金錫胄) 등이 하여 4월 12일 군기시(軍器寺) 앞길에서 능지처참당하고 복
선군·복창군(福昌君)·복평군(福平君)과 허적을 비롯한 남인 실권자 등이 죽
음을 당하였음. 1689년(숙종15) 기사환국 후 남인이 세력을 잡자, 이 사건이
무옥(誣獄)임을 주장하여 허적 등 처벌을 당한 자들이 신원되었으나, 허견과
복선군은 불순한 마음을 품고 있었다는 이유로 신원되지 않았음.

479) 腹心之傔(복심지겸) : 마음에 맞고 믿을 수 있는 겸종.

480) 趁早(진조) : 진작. 좀 더 일찍이.

481) 禍故(화고) : 화난(禍難). 재앙(災殃)과 환난(患難).

牧483) 托以藏匿希道之事 以杖逐希道 希道涕泣而去. 抵忠州
指送順興484)浮石寺485). 希道旣到浮石 未聞北方之信486) 不堪
方寸之亂487). 夢有神人告曰, "汝往遠海菴 則可知前程與京信
矣." 希道偏[遍]行山寺 問遠海菴 無人知者. 到一寺 又問之
則一上座曰, "此後菴 似或是矣." 詳問後菴 則盖臨絶壁千仞上
非飛鳥則無以攀. 數十年前 有一僧上去 不復聞聲息矣. 希道
自思, '吾已命窮欲死 無寧488)顚于絶壑489)而死矣.' 遂入其洞
有古檜死仆壑上 而足亦易墜. 希道忍死 蛇行達于菴前 則扁以
遠海菴. 菴空塵滿 而卓上坐生佛. 窃[窈]以靜形則垢穢490) 只
露目盼491). 希道走伏卓前曰, "我是天地間無歸窮人. 願生佛
明敎此身之死生禍福焉." 生佛曰, "汝是廉希道耶? 吾見不勝
慰悅492) 然此處不可住. 且捕汝(者) 已跟至大刹 汝須遠去就
捕." 希道曰, "生佛所稱慰悅者 何謂也?" 生佛曰, "我是汝從曾

---

482) 裁書(재서) : 편지를 씀.
483) 忠州牧(충주목) : 조선시대 충청도 충주의 지방수령인 충주목사(忠州牧使).
484) 順興(순흥) : 경상북도(慶尙北道) 영주시(榮州市)에 있는 고을.
485) 浮石寺(부석사) : 경상북도 영풍군(榮豊郡) 부석면(浮石面)에 있는 절.
486) 北方之信(북방지신) : 북쪽의 소식. 여기서는 한양(漢陽)의 소식을 뜻함.
487) 方寸之亂(방촌지란) : 마음속이 어지러움.
488) 無寧(무녕) : 차라리 ~함이 낫다. *無寧~乎 : 설마 ~하겠는가?
489) 絶壑(절학) : 깎아 세운 듯한 골짜기.
490) 垢穢(구예) : 때가 묻어 더러움.
491) 目盼(목반) : 눈. 눈자위.
492) 慰悅(위열) : 위안(慰安)을 받아 기쁨.

大父⁴⁹³⁾也. 見汝安得不慰悅耶?"希道哭曰, "然則生佛兒名是
某耶?"生佛曰, "然." 盖希道有從曾祖⁴⁹⁴⁾ 曾以狂疾出走 不知
去處矣. 生佛卽其人也. 希道曰, "旣於窮途 獲逢至親 吾當依
住於此 誓不之他."生佛曰, "吾與汝道殊 不容依庇⁴⁹⁵⁾. 至於
前程 則吾不欲煩說. 某寺有吾弟子僧 往叩之則亦足指示前
程."促使出去. 希道窮尋厥寺 見其僧於板[判]道房⁴⁹⁶⁾. 其僧
曰, "許氏已亡無餘 而汝之禍機⁴⁹⁷⁾甚迫 嚴捕到大刹. 王命難
逃 速歸大房. 汝來頭無甚禍害 上京後 汝所推給馬價之官人
必救汝白放⁴⁹⁸⁾ 從後更得賢妻 安穩度餘年 汝勿過憂而去可
也."希道到大刹 官捕果追至 拿去囚禁府⁴⁹⁹⁾. 昔年金正言 爲
判金吾⁵⁰⁰⁾按獄 以希道事上達曰, "昔年 臣家賣馬 而奴子醉遺
馬價銀於路上 希道拾之 以渠至窮 曾不自取 尋覓臣家而歸之.
臣以其半 償其拾獻[獻]之功 希道掉其頭不肯受. 盖志操非其

---

493) 曾大父(증대부) : 증조부(曾祖父).

494) 從曾祖(종증조) : 증조부의 형이나 아우.

495) 依庇(의비) : 의지(依支)함. 의탁(依託)함.

496) 判道房(판도방) : 고승(高僧)들이 거처(居處)하는 큰방의 둘레에 있는 절간
    의 작은 방. 불도를 닦고자 승려들이 모여서 공부하는 방. 절의 방 가운데 가
    장 크고 넓음.

497) 禍機(화기) : 재앙(災殃)이 아직 드러나지 않고 잠겨 있는 기틀.

498) 白放(백방) : 죄 없음이 드러나서 놓아 줌.

499) 禁府(금부) : 의금부(義禁府).

500) 判金吾(판금오) : 조선시대 의금부의 종1품 벼슬인 판의금부사(判義禁府
    事)의 다른 이름.

義也　一介不以取諸人. 雖是逆竪[堅]家腹心之儕　而決無隨竪
[堅]爲非之理　請從寬." 遂自[白]放　又給二十兩銀. 希道以銀
爲商[商]資　貿貨遍行八路[501]. 行到嶺南一處　有大瓦屋　婢子
出來　興成[502]引入. 轉入內舍　有處女迎謂曰, "君能識我爲誰
耶?"再三詰問　希道終不能記之. 厥女曰, "吾乃失馬價銀　金宅
奴之女也. 吾爲活父之恩　平生發願　惟願爲君妻　以償恩也. 棄
家爲僧尼樣　轉到此處　以紡績殖産　今至近萬金　排置第宅於此
而晝夜祝天　冀或逢君矣. 昨夜夢　神人告我曰, '汝配至矣.' 今
果有君之自來　此實天幸也." 遂爲夫妻. 希道每以許氏之亡爲
至痛　以重貨周旋伸寃之路. 乃賣鄕庄　携妻上京　買屋於淸城
(家)洞中　四面散財　至數千貨　終不成渠之身計[503]. 不患飢寒
生子生女　穩度餘年. 安東金進士　敍此事爲傳　以示趙豊原顯
命[504]　窮覓希道之子孫　則(時)帶掌苑署[505]書員[506]　而爲其後
孫云. 〈廉希道〉

---

501) 八路(팔로) : 조선시대의 행정구획인 팔도(八道).
502) *興成(흥성) : 흥정이 이루어짐.
503) 身計(신계) : 자기(自己) 일신(一身)의 일을 위하여 꾀하는 일.
504) 趙顯命(조현명,1690~1752) : 조선조 영조 때의 문신. 자는 치회(稚晦), 호는
　　귀록(歸鹿), 본관은 풍양(豊壤), 인수(仁壽)의 아들. 시호는 충효(忠孝).
505) 掌苑署(장원서) : 조선시대 궁궐 정원의 꽃과 과일나무 등에 관한 일을 맡
　　아 보던 관청.
506) 書員(서원) : 조선시대 서리(書吏)가 없는 관아(官衙)에 둔 벼슬아치.

22 ○廣州慶安面[507]鄭任實[508] 逸其名. 以行義除職[509] 至
任實縣監. 貧甚躬耕 出野耘粟 而田在路傍矣. 見豪邁[510]一漢
着白戰笠 騎駿驄 揮鞭馳過所耕田. 過去後 鄭見有一封物 墜
在地上 十襲深藏 似是輕寶 鄭掘田中埋之 要待本主之來 而還
給之. 向夕 厥漢下馬牽轡 垂頭失心 貿貿[511]來曰, "請問於耘
田人 自朝耘此田乎?" 曰, "然." 厥漢曰, "午前 此田畔 或有所
遺物乎?" 鄭曰, "何物?" 對曰, "吾是士夫宅奴子 賣上典宅京
中屋子 入銀百兩于封中 置于馬上 鞍間空處 跨其上以去 乘醉
不察 不知遺失於何處. 必將受大杖於上典矣. 若有拾得者出給
則當分其半而拾者. 誰肯直吐乎? 沒奈何矣." 鄭曰, "所失物圓
圍大小何如 而封裹以何物?" 厥漢曰, "如此如此." 鄭曰, "君須
隨我而來." 行至田隅 以鋤掘開 出其封物以給曰, "朝者得此
深藏以待主矣." 厥漢開出其半以與鄭. 鄭掉頭不受. 厥漢更熟
察鄭容貌(曰), "必是兩班也." 鄭曰, "然." 厥漢默然望遠山 良
久忽忽[512]籟籟[欷欷][513]下淚. 鄭怪問之 厥漢對曰, "我是大賊

---

507) 慶安面(경안면) : 오늘날의 경기도 광주시 경안동(京安洞) 지역.

508) 鄭任實(정 임실) : 행의(行義)로 천거를 받아 전라도의 임실 현감을 지냈고,
정광운(鄭廣運)의 조부인 정치중(鄭致重)을 가리킴.

509) 行義除職(행의제직) : 바른 일을 행한 사람으로 추천을 받아 벼슬을 제수(除
授)받음.

510) 豪邁(호매) : 성질이 호탕(豪宕)하고 인품(人品)이 뛰어남.

511) 貿貿(무무) : 방향이나 목적이 분명하지 않은 모양. 눈이 어두운 모양.

512) 忽忽(홀홀) : 문득. 갑작스러움. 대수롭지 않음. 조심스럽지 않고 행동이

也. 此銀彼馬 與卜中所有物 無非賊而得者也. 天之生人 無論
貴賤 性善則同 而生員主貧甚耘田 而不利落地之物 藏以待主.
吾則深夜入人家 殺越514)人命 劫奪人財物 我何人也 生員主何
人也? 我獨失天賦之性 至於此極 寧不痛哉?"遂以其銀 置廣
石上 以大石粉碎之. 取馬上袱中 藍紬數疋 以刀亂裂 浮之于
慶安大川515) 以鞭鞭逐其馬曰, "任汝所往!"因告鄭曰, "吾幸
遇生員主廉且仁之人 不欲相離 願就尊宅籬下 以終吾年."鄭
曰, "吾是至貧 君無可藉 何可隨我居乎?"厥漢曰, "我是落草
放火之徒516) 元不蓄妻子 只是單口矣. 必不貽累於尊宅也."
坐待終耘 隨鄭入村 搆土室於鄭籬前. 請得一束藁於鄭 自其翌
日 專事織草屨517). 草屨價雖值貴時 只限一文 加之則不受 終
身不易業 而他人纖芥518)之物 不以近口 老死於土室云. 鄭蔚
山廣運519) 卽任實之孫也 常道其事云. 〈廣州慶安鄭生〉

　가벼움.
513) 簌簌(속속) : 떨어지는 모양. 눈물이 흐르는 모양.
514) 殺越(살월) : 살인(殺人).
515) 慶安川(경안천) : 경기도 용인ㅅ 의 용해곡에서 발원하여 북쪽으로 용인시
　　와 광주시를 지나 한강본류토 흐르는 하천.
516) 落草放火之徒(낙초방화지도) : 산적(山賊)의 무리.
517) 草屨(초구) : 짚신.
518) 纖芥(섬개) : 검부러기. 검불의 부스러기.
519) 鄭廣運(정광운,1707~1756) : 조선조 영조 때의 문신. 자는 덕이(德而)·시회
　　(時會), 호는 휴휴자(休休子), 본관은 해주(海州), 진후(震垕)의 아들. 1742년
　　(영조18) 울산부사를 역임함.

23 ○有一名士 姓李失其名. 當燕山朝520) 士禍時 以弘文
521)校理 亡命逃至寶城522). 過村前渴甚 有總角女子汲川[泉].
李到泉邊請水 女子斟水於瓢 將柳葉浮以致. 李曰, "渴甚飮急
何乃如是浮葉耶?" 女子曰, "行憊523)喉渴時 急飮水則致傷.
吾所以浮葉者 欲其吹葉 時少遲延 以免致傷耳." 李奇其慧識
隨女子 入其家 卽柳器匠524)家也. 男女目成525) 遂爲其婿. 京
華貴骨 無以猝業織柳器 只事懶眠. 柳器匠夫妻 亦憎之曰, "彼
婿善飮[飯]渴睡而已 將焉用之?" 供飯亦不豊. 女憐之 每以鼎
底焦飯526)益之 而情好甚密. 纔過數載 朝廷更化527) 罪廢者
咸復官陞資528) 李亦除校理 行關529)八道 掛榜搜問. 李風聞其
奇530)於本縣之場市中. 時値朔日531) 主家納柳器於官. 李請於

---

520) 燕山朝(연산조) : 조선즈 제10대 임금인 연산군(燕山君) 때.
521) 弘文(홍문) : 조선시대 3사(三司)의 하나인 홍문관(弘文館). 경적(經籍)·문
     한(文翰)·경연(經筵) 등을 맡았던 관아. 옥당(玉堂). 옥서(玉署). 문원(文苑).
522) 寶城(보성) : 전라남도에 있는 고을.
523) 行憊(행비) : 여행으로 인한 고달픔.
524) 柳器匠(유기장) : 고리장이. 고리버들로 고리짝이나 키 따위를 만들어 파는
     일을 직업으로 하는 사람.
525) 目成(목성) : 눈이 맞음.
526) 鼎底焦飯(정저초반) : 누룽지.
527) 更化(경화) : 반정(反正). 여기서는 중종반정을 가리킴.
528) 陞資(승자) : 조선시대 당하관(堂下官)이 당상관(堂上官)으로 승진하는 일.
529) 行關(행관) : 관문(關文 : 공문(公文)을 보냄.
530) 奇(기) : 기별(奇別).
531) 朔日(삭일) : 음력으로 개달의 초하룻날.

主翁曰, "明日納器之行　吾請當之." 主翁曰, "吾每自行　亦多
見退　如君癡騃者　決難無事準納　不可付送矣." 李固請　主翁夫
婦[妻]曰, "何不一番試可?" 乃許之. 李着平涼笠　負柳器入官
則本倅適是(李)門下武弁也. 李進至階前　高聲曰, "某店柳器
匠　來納䂊器矣." 本倅擡眼下瞰　卽朝廷所購李校理　而自家所
嘗尊事者也. 蒼黃下階　迎上東軒曰, "托跡於何處　而作此樣以
來? 朝廷方復舊職　廣求八路　請斯速上京." 李答曰, "負罪偸生
寄柳器匠家　托身其女　子[以]到今日. 不意復見天日矣." 本倅
卽以李校理在本縣之意　報于巡營　乃治行李　自衙直送京師. 李
曰, "三年主客之情　又兼糟糠　不可不歸其家告別. 吾今出去　君
待明日出來　以議行事可也." 遂辭主倅所進衣冠　還着本衣出
去. 報于主翁曰, "無事納器矣." 主翁曰, "鳶壽千年　亦捉一雉
吾婿納器　不見退者　誠一異事. 今夕加飯可也." 翌朝　早起掃庭
主翁曰, "以吾婿之癡且懶　昨日善納器　今日早掃庭　日必西出
矣." 李又設網席於中庭　主翁曰, "何爲也?" 李曰, "本官案前
謂當出來故待候矣." 主翁曰, "本官案前　豈有出來柳器匠家之
理乎? 君誠病狂　而爲此言. 昨日柳器　似亦因狂而棄於中路
也." 李曰, "來則來矣. 吾豈虛言哉?" 俄而本官吏　挾席迻入.
主人夫妻　驚而逃匿. 主倅入來　與李分席而坐. 請於李曰, "願
謁嫂氏." 李使婦出見　揷榛笄　整衣裳　歛[斂]容拜客. 顔色不羞
澁[澀]532) 擧止不齟齬533). 本倅曰, "此位名士　匿跡嫂氏家　賴

有嫂氏至誠扶護 得有今日. 爲此位致謝萬萬." 女曰, "顧此至
賤之身 猥奉君子之匜 全然不省其爲如彼之貴人 接待周旋 多
致簡慢534)無禮 徒貽無限辛苦 愧罪之不暇 安敢當致謝? 又況
官主 於此賤女 猥致嫂叔之稱 惶悚損福矣." 本倅使下人 搜覓
主人夫妻於所匿處 饋酒以勞之. 俄頃 隣邑守宰 飄盖匜至535)
巡營送偏[徧]裨問候. 各驛馹騎536) 一齊來待饋遺537) 卜馱絡
繹盈門. 李謂本倅曰, "彼婦雖賤人 旣假齊體之名538) 積歲相
依 爲我殫誠 今不可落留以去. 願君備人馬 使之隨我達京焉."
本倅之庀539)其行 無減於名士夫人之禮. 卜日登程 前後呵
導540) 威儀之盛 驚耀541)窮鄉. 及至肅拜542)登對543) 上下詢以
住接544)何處之狀. 李備達顚末 (上)嗟歎再三曰, "此婦於汝 效

---

532) 羞澀(수삽) : 수줍어하거나 부끄러워함.

533) 齟齬(저어) : 틀어져서 어긋남.

534) 簡慢(간만) : 소홀히 하고 업신여김.

535) 匜至(잡지) : 두루 이름. 가득 모여듦.

536) 馹騎(일기) : 역마(驛馬).

537) 饋遺(궤유) : 궤송(饋送). 물품을 보냄.

538) 齊體之名(제체지명) : 부부(夫婦)의 명분. 아내의 명분.

539) 庀(비) : 갖춤. 다스림.

540) 呵導(가도) : 갈도(喝道). 가금(呵禁). 예전에 높은 벼슬아치가 다닐 때 길
을 인도하는 하인이 앞에서 소리를 질러 행인들을 비키게 하던 일.

541) 驚耀(경요) : 깜짝 놀라도록 빛남.

542) 肅拜(숙배) : 신하가 임금을 뵙고 경건히 절하는 일.

543) 等對(등대) : 마주 대함.

544) 住接(주접) : 머물러 거처함.

勞545)至此　汝不可待之以賤妾　吾特命以次夫人之禮矣."女子
遂榮貴546)終身云.〈柳器匠婿〉

　24　○徐藥峰渻547)忌日　其子夜夢　藥峰來坐交椅上　謂其子
曰,"門外有吾友某令來到　汝須出迎以來."其子卽施之.又言,
"某判書在門外　汝須迎入."　其子又如是.　最後又使迎入門外
客.其子又出去　其客嚬蹙548)曰,"吾衣服弊陋羞愧　不敢入去."
以此還報　藥峰曰,"衣陋何妨?"復使强請以入.　四人幷坐卓上
遍喫祭饌　其聲如噉549)　食訖散去.　其後　藥峰子徐相景雨550)
與其最後延入客之子　爲僚一司.　問於其人曰,"先大夫別世時
殮衣用以何服?"其人汪然551)蹙眉552)曰,"先人謫宣川553)　下
世於壬辰亂中.　謫所當亂　殮具罔措　只用時着弊衣服　爲終身至

---

545) 效勞(효로) : 힘들인 보람.

546) 榮貴(영귀) : 지체가 높고 귀함.

547) 徐渻(서성,1558~1631) : 조선조 인조 때의 문신. 자는 현기(玄紀), 호는 약
　　봉(藥峯), 본관은 달성(達城), 해(嶰)의 아들. 벼슬이 판중추부사(判中樞府事)
　　에 이르렀고, 영의정에 추증됨. 시호는 충숙(忠肅).

548) 嚬蹙(빈축) : 얼굴을 찡그림.

549) 噉(담) : 여럿이 먹는 소리.

550) 徐景雨(서경우,1573~1645) : 즈선조 인조 때의 문신. 자는 시백(施伯), 호는
　　만사(晩沙), 약봉(藥峯) 성(渻)의 아들.

551) 汪然(왕연) : 현연(泫然). 눈물이 줄줄 흐르는 모양.

552) 蹙眉(축미) : 미간(眉間)을 찌푸림.

553) 宣川(선천) : 평안북도에 있는 고을.

痛矣. 君何以追問殯具耶?"徐相景雨曰, "吾有異夢. 頃日[554]
吾先人忌祀[555]時 先人精魄 宛如平時 迎入生時執友[556]三人
而先尊丈 亦在其中 初以衣陋爲嫌 而不肯入. 强之而後入 同
喫祭饌而罷. 君勿以吾言爲誕 第造新冠帶 燒火於先尊丈山所
如何?"其人卽如其言. 數日後 徐相夢中 同官之父 來謝曰,
"緣君一言 得換陋衣於黃泉地下[557] 感幸感幸!"又現夢於其子
以致易服爲幸之意云. 〈徐藥峰忌日〉

25 ○有一宰相 早孤家貧 居湖南[558]. 其時 方伯曾有娣 爲
某蔭官妻. 卺日[559]合宮[560]後卽見棄絶[561] 嫉之如仇 使妻家奴
不得入於門內. 聲息相阻 有如楚越[562]. 合宮初夜 幸而有娠
育一女. 其父全然不知其有女. 女當嫁年 而其渭陽[563] 適除完
伯[564] 別娣而去. 娣泣語曰, "吾之平生 絶悲有女 不願擇婿於

---

554) 頃日(경일) : 경자(頃者). 요즈음. 지난번.
555) 忌祀(기사) : 기제(忌祭). 기일(忌日)에 지내는 제사(祭祀).
556) 執友(집우) : 아버지의 친구. 친한 친구.
557) 黃泉地下(황천지하) : 저승.
558) 湖南(호남) : 전라도 지방을 달리 이르는 말.
559) 卺日(근일) : 혼일(婚日). 혼례를 올리는 날.
560) 合宮(합궁) : 부부가 동침하는 일.
561) 棄絶(기절) : 집에서 쫓겨남.
562) 楚越(초월) : 초나라와 월나라라는 뜻으로, 서로 멀리 떨어져 있음을 뜻하
    는 말.
563) 渭陽(위양) : 외삼촌 혹은 외조부를 가리키는 말. *위수(渭水)의 북쪽.

京華士大夫家. 願姈至監營　廣求鄕人中性愿565)可愛妻者　俾
爲吾女之配."方伯諾而去. 設巡營私試　要擇一人於其中. 試
日　自廳上　俯察入場擧子　人人察貌. 有一總角　身長髮多　風儀
擧止甚凝重　知爲德器　監司已留意矣. 及榜出　厥總角得參566).
招一榜宴567) 待時使總角前進曰, "君住何處?"對曰, "距營未
十里矣."監司曰, "明日　吾欲與君更面　須勿歸　留宿營底568)以
待焉."翌日　復延入　詳問凡百　則閥雖未華　猶稱士族　父亡母在
身是獨子　契活569)赤立570)云. 監司曰, "吾(有)姈[甥女]　在吾
家　其婚亦吾所主張. 其家世571)卽某家　華著572)也. 吾欲延君
爲甥婿　君意何如?"總角曰, "令監大家　決無(與)小生寒酸結姻
之理　所敎似是戲耳."監司曰, "婚姻大事　豈可以戲發口耶? 君
若自主婚事　則請於此席　書出柱單573)焉."李曰, "請歸告偏母

---

564) 完伯(완백) : 조선시대 전라도 관찰사 혹은 전라감사(全羅監司)를 달리 이
　　르던 말.

565) 性愿(성원) : 성품(性品)이 공손(恭遜)하고 질박(質朴)함.

566) 得參(득참) : 참여할 수 있게 됨.

567) 一榜宴(일방연) : 과거에 함께 급제한 사람들을 모아 벌이는 잔치.

568) 營底(영저) : 감영(監營) 안.

569) 契活(결활) : 결활(契闊). 살아가기 위해 애쓰고 고생함.

570) 赤立(적립) : 적빈(赤貧). 몹시 가난함.

571) 家世(가세) : 집안의 계통과 문벌.

572) 華著(화저) : 화현(華顯). 명망(名望)이 높음. 지위가 높고 귀함.

573) 柱單(주단) : 사주단자(四柱單子). 생년(生年)·생월(生月)·생일(生日)·생
　　시(生時)를 쓴 종이.

而書納焉." 監司曰, "君之婚需與行婚器具 當自營門替當 君須勿慮也." 因受柱單 旋送擇單. 書報婚處與婚日於其媒. 盛治新郎行具上送. 旣配翌日入拜岳母問曰, "議婚時 巡相不言岳丈574)之下世矣. 此來不見岳丈 果以何年下世耶?" 岳母泫然流涕曰, "如使575)下世 則亦復奈何?" 婿曰, "然則在世乎?" 曰, "然. 天下之棄婦 寧復有如我殘酷者乎? 一夜同裯以後 永爲疎絶. 不但(一)生不相見 幷與便信 而不得通. 視我以十世讐. 此膝下一塊肉 偶以惡業 凝胎於一宵而生 不敢使其父知之 長而嫁亦不敢使其父知之. 如許至冤 從古豈有之乎?" 婿曰, "岳丈在何洞? 婿當往拜矣." 岳母曰, "婿之欲往 太少味矣. 有女生而長而 全然不相聞 女之夫雖往 亦豈被欣然迎之乎? 其不見十生八九 愼[慎]勿虛勞也." 婿曰, "見不見在岳丈 我以新人 不訪婦翁於同城之內者 殊非半子之道576)也. 必當往矣." 使輧馬騎 到其門前. 牽奴先入 言於蔭官曰, "新書房主577) 來門外將謁矣." 蔭官曰, "怪哉! 新書房之稱 指誰而謂也?" 奴曰, "某洞抹樓下578)有女 阿只579)昨日成婚 新郎將謁進賜主580)矣."

---

574) 岳丈(악장) : 빙장(聘丈). 장인(丈人). 악옹(岳翁). 빙부(聘父). 악부(岳父).

575) 如使(여사) : 만약(萬若). 가령(假令). 설령(設令).

576) 半子之道(반자지도) : 사위로서의 도리.

577) 新書房主(*새서방님) : 장가든 지 얼마 되지 않는 신랑을 가리키는 말.

578) 抹樓下(*마누라) : 마님.

579) 阿只(*아기) : 아기씨. 여자아이나 시집갈 나이의 처녀 또는 갓 시집온 색시를 높여 이르던 말.

蔭官蹙眉581)曰, "聲未聽也. 然人來請見 拒之非人情 第使入
來." 婿下馬入門. 主人瞥然582)看其風儀 自不覺足之下堂 導
之以上. 一番接語 已是宰相骨也. 主人欣然而笑 十分奇愛583)
不勝其喜. 終日娓娓584) 留供夕飯. 烽將擧 婿告歸 主人曰,
"不忍捨去[君]獨送 吾亦隨往矣." 騎馬居前 偕至婦家. 奴入告
其內上典曰, "某洞進賜主 隨新書房主偕來矣." 擧家驚喜 不減
延新郎之慶. 蔭官入來 對其妻近二十年顏面 賀其得賢婿. 仍
於其夜同袵席585) 舊婚新婚 一時同樂. 母之新行586) 女之新行
團聚蔭官家 琴瑟隆洽. (人)皆以爲女婿之功大矣. 傳爲美談.
〈母女新行〉

26　○李相國尙眞587) 年十四五時 歲除588)將近 母夫人垂泣

---

580) 進賜主(*나리마님) : 예전에 하인이 바깥 상전을 높여 부르던 말.

581) 蹙眉(축미) : 미간(眉間)을 찌푸림.

582) 瞥然(별연) : 언뜻.

583) 奇愛(기애) : 특별히 사랑함.

584) 娓娓(미미) : 흥미진진함. *아름답고 성한 모양.

585) 袵席(임석) : 부부가 동침하는 잠자리.

586) 新行(신행) : 혼행(婚行). 혼례 때 신랑이 신부의 집으로 가거나 신부가 신
랑의 집으로 가는 일.

587) 李尙眞(이상진,1614~1690) : 조선조 숙종 때의 문신. 자는 천득(天得), 호는
금강(琴岡)·만암(晚庵), 본관은 젼의(全義), 영광(榮光)의 아들. 시호는 충정
(忠貞).

588) 歲除(세제) : 제석(除夕). 섣달 그믐날 밤.

相國問所以泣 母夫人曰, "歲時589)乃大名日也. 家家治具祭
先590) 兼以爲酒爲餅 生人醉飽 而吾家如洗升米莫辦 是以泣
耳."相國曰, "兒當出乞矣." 遂肩囊而出 東北轉乞 至鎭安591)
入鄕廳592) 則諸鄕所593) 爲過歲還家 而座首594)田東屹595) 獨
在廳中 一見李 便知其將爲大人 問曰, "汝是何處人?"對以
"居在全州府596) 歲近親飢 行乞到此耳."田曰, "汝須留此姑坐
也." 卽入東軒請由曰, "民597)初欲陪城主598)過歲 今適有家間
些故請歸 待歲過卽還." 倅許之. 乃於鄕廳 招出庫直 覔來自己
[己]正月料米599)十斗 裹之於李所持囊中 問曰, "十斗米頗重
汝能負去否?"對曰, "力不能矣."田曰, "然則 我當爲汝負致汝
家." 遂自鄕廳庭 以索作擔600)負之. 使李居前 行七十里 至于

---

589) 歲時(세시) : 설날.

590) 祭先(제선) : 조상(祖上)에게 제사를 지냄.

591) 鎭安(진안) : 전라북도에 있는 고을.

592) 鄕廳(향청) : 향소(鄕所). 유향소(留鄕所). 지방 수령의 자문기관.

593) 鄕所(향소) : 유향소. 향청.

594) 座首(좌수) : 조선시대 지방의 자치기구인 향청의 우두머리.

595) 全東屹(전동흘,1616~1705) : 조선조 숙종 때의 무신. 자는 사탁(士卓), 호
　　는 가재(佳齋), 본관은 천안(天安). 철산 부사(鐵山府使)로 있을 때, 장화(薔
　　花)·홍련(紅蓮)의 원한을 풀어준 것으로 유명함.

596) 全州府(전주부) : 전라북도 전주시에 조선시대에 설치하였던 관아.

597) 民(민) : 자기 조상의 무덤이 있는 곳에 사는 백성이 그 고을 원에게 자신
　　을 이르던 1인칭 대명사.

598) 城主(성주) : 조선시대 지방 수령을 이르던 말.

599) 料米(요미) : 중세시대 봉록(俸祿)이나 급료(給料)로 주던 쌀.

李家. 當歲赤立之中 猝得十斗米 李之母驚喜雀躍. 李大以爲
恩 銘在心骨 期以厚報. 及李登揚 爵位漸高 謂田曰, "君之前
恩 不可以草草601)報矣. 君是閑良602) 相當職不過邊將603). 君
雖老 得一武紅牌604) 則達官可期矣." 田乃近五十之年 習射發
身 發身之後 力量幹局605) 過人超等. 相國極力擢拔 至於統制
使606)云. 〈鎭安座首〉

27 ○李一齋恒607) 井邑608)人也. 少時 氣欲沖天 橫逸609)
趫捷610) 不能自制. 欲往京城 隨意漁色611). 自井邑 不滿數日

---

600) 以索作擔(이삭작담) : 끈으로 묶어 부담(負擔 : 등에 지는 짐)을 만듦.

601) 草草(초초) : 간략(簡略)한 모양. 분주(奔走)한 모양.

602) 閑良(한량) : 아직 무과(武科)에 급제하지 못한 호반(虎班)의 사람. *현직
(現職)이 없어서 놀던 벼슬아치. 활을 잘 쏘거나 놀기를 좋아하고 돈을 잘 쓰
는 멋쟁이.

603) 邊將(변장) : 조선시대 종3품 첨절제사(僉節制使), 종4품 만호(萬戶), 종9
품 권관(權管) 등 변방의 무관 벼슬.

604) 紅牌(홍패) : 조선시대 문무과에 급제한 사람에게 주던 합격증서.

605) 幹局(간국) : 재주와 도량(度量).

606) 統制使(통제사) : 조선시대 충청·전라·경상 3도의 수군(水軍)을 지휘·감
독하던 종2품 무관 벼슬.

607) 李恒(이항,1499~1576) : 조선조 선조 때의 문신이자 학자. 자는 항지(恒之),
호는 일재(一齋), 본관은 성주(星州), 이자영(李自英)의 아들. 박영(朴英)의
문인. 시호는 문경(文敬).

608) 井邑(정읍) : 전라북도에 있는 고을.

609) 橫逸(횡일) : 제멋대로 놂.

610) 趫捷(교첩) : 교첩(蹻捷). 발놀림과 몸놀림이 재빠름.

已過廣州板橋店[612] 意謂, '渡漢江 何必用格例[613] 渡以舟乎?'
時當四月 葛葉方盛. 摘裘[裹]以衣 至江岸 捨舟徒入 以所裹數
葉葛 墜於水面 加足其上. 旋又墜葉於前面 移步以越. 隨墜隨
躡 有若宓妃[614]凌波狀[615]. 渡訖 又不由南大門 緣蠶頭[616]下
飛空踰堞[617]. 旣入城 心思曰, '士夫家婦女 不可犯眄[618] 獨於
內官[619]輩之有妻 非所當有奪以姦之 不悖於義.' 乃就三淸洞
[620]碧藏洞[621] 內官叢集處直入 苟有內官之在家者 則輒以數
尺繩條 繫其兩拇指[622] 懸之於樑上 姦其妻於渠所目覩處. 女
雖欲拒 力不能制 無數[不]被眄[汚]. 姦訖 輒解內官之縛 而所
謂內官 莫敢眱視. 自南家至東家 宣淫不啻數十處. 驀然[623]猛
省[624]曰, '此決是禽性獸行[625]. 吾之誤入 一何至此?' 善心泉

---

611) 漁色(어색) : 엽색(獵色). 여자와의 육체적 관계 따위를 지나치게 밝힘.
612) 板橋店(판교점) : 오늘날의 경기도 성남시 분당구 판교동 지역에 있던 주막.
613) 格例(격례) : 격식으로 되어 있는 관례(慣例).
614) 宓妃(복비) : 중국 신화에 등장하는 洛水(낙수)의 여신(女神).
615) 凌波狀(능파상) : 물결 위를 가볍게 걸어다니는 모양.
616) 蠶頭(잠두) : 서울의 麻浦(마포)와 龍山(용산) 사이에 있는 잠두콩(蠶頭峰).
617) 堞(첩) : 성가퀴. 성 위에 낮게 쌓은 담.
618) 犯眄(범면) : 넘봄.
619) 內官(내관) : 내시(內侍).
620) 三淸洞(삼청동) : 서을 종로구에 있는 동네.
621) 碧藏洞(벽장동) : 벽장동(碧粧洞). 한양에서 술집과 기생집이 집중해서 모여 있던 동네.
622) 拇指(무지) : 엄지손가락.
623) 驀然(맥연) : 홀연(忽然). 문득.

湧 愧如市撻626). 頃刻之間 强制麤氣627) 便成溫溫628)恭人. 買
着草鞋 規趍[規趨]緩步歸故鄕 杜門讀書 爲世大儒. 至今湖南
士人尸視[祝]629)之. 〈李一齋〉

28 ○昔有一武弁 善於風鑑630). 新除永興631)府使 將赴任
之際 引鏡自觀已[己]相 則當在任所 死於御史之手 厥弁大以
爲憂. 辭朝至樓[樓]院店午炊 有喪人步過店舍前. 瞥觀其相
乃是非久當爲御史者也. 厥弁問店主人曰, "俄過喪人 是何許
兩班?" 對曰, "此後村李參議宅子弟也. 參議令監喪出 已經小
祥 而喪家赤貧可矜矣." 武弁歷問李家凡百於店主 知其大略然
后[後] 送下吏 先報入吊[弔]之行. 仍往祭廳 伏哭几筵前 哀痛
數[數]食頃. 喪人以爲其父切友 亦興感盡. 哀罷 客謂主人曰,
"先令監之與我交誼 哀猶未悉矣. 吾年來久滯邊地 積阻聲息
豈料人事至此? 而初朞後始聞訃 今乃致弔 慚愧萬萬." 言罷鳴

---

624) 猛省(맹성) : 깊이 반성함.
625) 禽性獸行(금성수행) : 금수(禽獸)와 같은 성품과 행위.
626) 市撻(시달) : 저잣거리에서 종아리를 맞음.
627) 麤氣(추기) : 거칠어서 곰살갑지 못한 습성.
628) 溫溫(온온) : 마음을 부드럽게 녹여주는 듯한 훈훈함.
629) 尸祝(시축) : 본디 신주(神主)와 축문(祝文)을 뜻하는 말로, 숭배(崇拜)한다
　　는 뜻임.
630) 風鑑(풍감) : 관상술(觀賞術). 관상가(觀相家).
631) 永興(영흥) : 함경남도에 있는 고을.

咽. 又曰, "哀家素貧 想多喪葬之債矣." 主人曰, "何可盡言." 客曰, "吾得外任 哀[632]遭巨創[633] 以故情誼 固當全當喪債 而 官中多事 似難到卽治送卜馱 哀無論大祥前後 賁馬下來 則吾 當優濟." 成給入門帖子而去. 李喪人送客入內 其母曰, "何許 客來弔哀痛耶?" 對曰, "新除永興倅 謂與先人切親 念我喪債 要我下來 至給門帖矣." 母曰, "吾家似逢生人之佛 千萬幸幸 必去必去." 李纔過大喪[祥] 艱關賁馬借奴 踰鐵嶺[634] 抵永興. 觸冒風雪 顏面憔悴 付門帖入官 則主官望見其容 大異於前 將 不能做御史矣. 乃生推絶迫逐之意 問客寒暄卽曰, "尊與我 豈 有舊識乎?" 客曰, "主令歷路弔我 如是成帖 勸我下來故 千辛 萬苦 踰嶺以到 而今遽作素昧樣 人之孟浪 何至此極?" 主人 曰, "歷弔非我事 給帖非我事 客之初面脅我 誠虛誕矣." 主客 之言 一去一來 漸至狠怒. 主倅呼吏(曰), "曳出此兩班!" 又使 遍呼府內四面村人曰, "今夜若有住接此兩班者 則當重棍 且罰 定京行使喚矣." 李纔出門外 官令旣嚴 誰肯引接? 天方酷寒 日且曛黑. 東西覓家 面面見逐 無可奈何 惟待一死而已. 立馬 村隅空杵間 主奴共波吒[咤]矣. 有素服村女 携十六七歲女子 及十餘歲男子 歷過杵間而去. 俄而 素服女獨自復來謂李曰,

---

632) 哀(애) : 상중(喪中). 또는 상중인 사람을 가리키는 말.

633) 巨創(거창) : 일의 규모나 형태가 매우 크고 넓음.

634) 鐵嶺(철령) : 강원도 회양군과 함경도 안변군 사이에 있는 높은 재.

"何處客　遭此厄境耶?"李略道其由　女曰, "上道進賜死必矣.
'上道進賜'者　北人[635]稱京華兩班之方語也. 我是村寡婦　雖違
官令　官不至打死我　我當活入矣." 遂引李歸家　以大瓢貯溫水
使李向水俯面. 良久　一部凍面　墜下水中　乃氷也. 乃處之以溫
堗[突]　饋之以好飯. 女家饒富　且多義氣故也. 李盛致銘謝　留
其處一兩日. 主嫗謂李曰, "上道進賜　捽[猝]難復路　人情於尋
常他人接待之道久則怠[636]　無端留吾家多日　則勢必不免齟齬.
請以吾女爲妾　所謂吾女　亦極端艶." 李樂從之. 乃待以新郎　衣
食甚豊. 李以老親倚閭[637]爲念　將歸京師. 主嫗母女俱曰, "當
此嚴冬　行阻嶺雪　則決難保性命　離親雖難耐　待來春可也." 李
强從之. 留過一冬之際　主倅之貪贓不法　慣於耳目. 及解冬將
行　主嫗具騎卜　齎之以六百兩銀子　數十疋細麻布. 李丁寧有後
約於其妾　而李還京師. 盡償喪債　身數旣通矣. 當年登第　以翰
林入侍　筵中適從容　上曰, "諸臣進古談可也." 李起對曰, "臣
請以自已[己]所經歷　替古談以達矣." 因備陳永興事始末. 上
卽入寢殿　旋出以三封紙　手授李曰, "封紙上書塡第一二三　其
第一則汝出闕門外坼見施行　第二則至當到處而坼見之　第三則
又從其後坼見之." 李出闕外坼封　乃永興捉贓暗行御史也. 卽

---

635) 北人(북인)：북관인(北關人). 함경도에 사는 사람. *조선시대 사색(四色)
　　당파의 하나.

636) 怠(태)：업신여김. 게으름.

637) 倚閭(의려)：어머니가 문에 기대어 자식이 귀가(歸家)하기를 기다리는 일.

刻治[馳]發 到永興. 着弊衣冠 行到妾家. 妾母嫌其衣裝之蔽
[弊]陋 無甚欣然色問曰, "何爲而遠來也?" 李曰, "難忘君女而
來矣." 仍問[向]妾房 懽愛可知 與同枕席. 夜深後 李乘妾睡
暗出隱房後 窃[竊]聽以探妾誠 則妾睡醒引臂 將更抱郞 而郞
不在矣. 起而呼母 且啼且語曰, "晝間母示不悅色故 進賜已怒
去矣." 母曰, "吾之接待 有何致怒之端耶?" 女曰, "千里他鄕
爲我委來 而母不懽迎 安得不怒也? 四顧無親之地 去而無托
易死於飢寒矣. 我心何如?" 號哭不已. 母再三寬譬僅止泣. 李
卽還着來時冠服 呼書吏驕從 出頭於客舍. 列炬滿庭 一邊封庫
一邊捉入三鄕所638) 吏房戶長加之於刑板上 一府震動. 李妾
之母 誘其女 去觀御史 先倚客舍墻 望見御史於火光下. 良久
母催歸 女曰, "母先去 吾則姑留觀矣." 少選 女走還告其母曰,
"母母, 御史非別人 乃吾家進賜也!" 母曰, "豈有是理?" 女曰,
"吾見眞的 母須復往觀乎?" 母女復往 自墻諦視 則果如女言.
母女卽地懽忻歸家 喜而不寐. 御史卽寫書啓 臚列639)主倅竊
公貨 掠民財 大貪大虐數十條 馳驛以聞. 又坼見第二封御書
則乃令仍行本府府使之旨也. 卽推印信 修送到任狀于監營. 不
多日 金吾郞馳來 拿去舊倅. 李又坼第三 則乃命妾爲次夫人事

---

638) 三鄕所(삼향소) : 조선시대 지방수령의 자문기관인 향청(鄕廳)의 좌수(座
首) 1인과 별감(別監) 2인을 아울러 이르던 말.

639) 臚列(여열) : 순서대로 늘어놓음.

也. 卽以彩轎延妾 官人前呵後擁 入處內衙大房. 邑底常女 猝
爲官府室內 榮耀聞於四隣云. 厥倅誠不善於風鑑也. 〈觀相〉

29 ○京師有兩書生 情如兄弟. 平生同硏 約以一人先宦達
則一人廢擧 終身仰哺[640]於達友. 一人果登第 其友果如約廢
擧. 登第者 得拜慶州府尹 友亦自期 以免飢寒 貰馬往慶州 入
見本倅. 本倅定給下處 而粮太柴草[641] 無所資給. 初日則客以
爲, '主倅一時偶忘.' 貸之於下處主人. 翌日又然 又翌日亦如
之. 友叱倅曰, "君於吾待之如此者 決非人理!" 主倅曰, "經國
大典[642]中 元不懸錄 客行粮太矣." 客擧前約以責之 主人曰,
"官事異私事 守法爲重 不可顧人情矣." 客與主人遂大閧 不告
而去. 出門勢同登樓去梯[643] 無以北歸. 賣馬以食 未幾而賣衣
賣冠 只餘赤身 乃被苫席[644] 行乞府城內. 一府人號以爲'官
主友乞人!'. 一日 當霜朝酷寒 波吒[咤][645]於街上 有名妓過之

---

640) 仰哺(앙포) : 자손이 어버이를 봉양(奉養)함.

641) 粮太柴草(양태시초) : 양식(糧食), 말에게 먹일 콩과 땔감.

642) 經國大典(경국대전) : 조선시대에 통치의 기준이 된 최고의 법전으로, 고려
　　말부터 조선 성종 초년까지 100년간에 반포된 법령, 교지(敎旨), 조례(條例)
　　및 관례 따위를 망라한 책. 1485(성종16)에 6권3책의 활자본으로 간행하였음.

643) 登樓去梯(등루거제) : 다락에 오르게 한 뒤 사다리를 치워 버린다는 뜻으
　　로, 처음에는 이롭게 하는 체하다가 뒤에 어려운 처지에 빠지게 함을 빗대어
　　이르는 말.

644) 苫席(점석) : 거적자리.

645) 波吒(*바타) : 파사(波査). 불고용어로 고통이나 시달림을 뜻하는 말.

憐而語之曰, "官主友乞人 隨我往吾家爲可."云. 乞從之則厚
饋飯 挽使勿去. 向夕 妓呼婢 煎白沸湯 盛之于槽 使乞淨浴遍
身. 昏後 妓坐房中明燭 呼乞使入來. 乞辭以惶恐不敢 妓强之
後入. 妓自籠中 出華服一件兼笠子 給乞使着. 乞稍復本樣矣.
妓謂乞曰, "吾輩亦聞 乞之與官主 夙夕[昔]之約 而乞之不知人
甚矣. 吾官主豈有一分人情者乎? 吾已於到任日 洞知爲人矣.
乞事罔測646) 然乞之骨相 終必大宦達 不應死目前飢寒也."仍
請與之同枕 乞曰, "賜衣之恩 死不敢辭 而至於此事 則惶恐惶
恐 決不敢承當矣." 妓曰, "賤娼之得卿士夫 謂之惶恐可也. 而
士夫之近賤娼 安有惶恐之端乎?"乞曰, "吾到此地頭647) 已爲
天下之陋賤乞兒 班閥之士夫 非所可論 猝然侍寢於玉人 安得
無惶恐乎?"妓固請 李乃從之. 妓潛謂李曰, "吾官主容貌 決非
令終者. 生員主目前窮厄雖甚 必復擧修[修學]業 以圖立揚 期
雪其恥焉."穩留數朔 厚齎金錢以送. 旣還京 當年登第 登第以
後事 一如前篇之說話648)云. 〈乞客〉

30 ○李大將浣649) 少年時出獵 起獸逐之 不覺山之深日之

---

646) 罔測(망측) : 기구망측(崎嶇罔測). 운수가 사납기 짝이 없음.

647) 地頭(지두) : 지경(地境).

648) 前篇之說話(전편지설화) : 전편의 이야기. 곧 제28화인 〈관상〉이야기를 가
리킴.

649) 李浣(이완,1602~1674) : 조선조 현종 때의 무신. 자는 징지(澄之), 호는 매

暮　越重崗[岡]疊巒[巒]以入　則有一瓦屋在其中. 叩門無出應
者　無數呼喚　乃有少年女子　容貌頗艶　依門而語曰, "此非可留
之處　速速出去可也." 李曰, "山深多虎豹　日又昏矣. 艱辛覓來
人間處　而不肯容接　拒之使去　何其迫切耶?" 女曰, "留此有必
死之勢故耳." 李曰, "與其夜行　死於猛獸　無寧死於有人家處
耳." 李遂突入　女拒不得. 入坐後　詰其不可留之端　則女曰,
"此是大賊魁巢穴[650]也. 吾亦良家女子　被擄來此　爲賊主饋[651]
而逃遁末由[652]. 賊魁方出獵　入夜當還　還則君與我併命[653]
矣." 李曰, "死期雖迫　而火食不可闕. 汝須炊夕飯以來." 女卽
炊飯而進　灯[燈]已張矣. 李枕女膝而臥　女戰掉[654]不自定曰,
"如是而將奈何?" 李曰, "削[655]之亦叛　不削亦叛　雖不如是　豈
能免死乎? 死生有命　惴慄[656]何爲?" 以手撫乳而臥　自若矣.
俄而　聞庭中有橐橐[橐橐][657]投物之聲. 女驚曰, "果歸矣." 李
窺見[658]則　鹿豕盈軒. 賊魁大漢　咳而開門. 身長近十尺　大眼

죽헌(梅竹軒). 본관은 경주(慶州). 수일(守一)의 아들. 시호는 정익(貞翼).

650) 巢穴(소혈) : 소굴(巢窟).

651) 主饋(주궤) : 중궤(中饋). 안살림 가운데 음식에 관한 일을 맡은 여자.

652) 逃遁末由(도둔말유) : 달아나 숨을 길이 없음. *말유(末由) : 어찌 할 도리
가 없음.

653) 併命(병명) : 함께 죽음. *목숨을 버림.

654) 戰掉(전도) : 두려워서 벌벌 떪.

655) 削(삭) : 범(犯)하다. 해(害)치다.

656) 惴慄(췌율) : 두려워서 부들부들 떪.

657) 橐橐(탁탁) : 물건이 바닥에 떨어지는 소리인 '탁탁' 또는 '툭툭'의 취음(取音).

如灯[燈] 聲音如雷. 瞋視房中曰, "彼男子何漢也?" 女不敢對
李曰, "逐獸入山 迫昏到此." 賊魁曰, "汝犯吾妻 可能免死乎?"
李曰, "吾雖無事 實深夜男女襯坐659) 安能免疑? 到此地頭 不
敢避死矣." 大漢遂以巨橐[橐] 堅縛李公 倒懸於樑上 呼其妻
使熟獵獸以來. 女出去 取獐豕等物 剔毛去腸 淨洗入鼎 爛烹
以出 滿貯大柳器奉進. 蒸氣浮浮660) 肉軟易斫. 大漢命妻酌酒
傾進[盡]661)一小盆 腰抽如霜之劒 切肉以啖. 間間揷肉於刀端
向樑倒納於李口曰, "飮食不可獨呑 近死之漢 亦須知味." 李張
口受刀端餂662)肉而呑之 小[少]無疑懼[懼]之色. 大漢喫訖 仰
觀李公曰, "可人663)可人!" 李公俯語曰, "汝之殺我 何遲延
耶?" 大漢笑而起 解縛以下 回把李臂曰, "如君傑男子 吾所初
見 將大用於世 吾豈可浪害王國之干城664)乎? 吾於片言之間
已許爲知己. 彼女子雖本吾妻 而經君一場戲 便成君妻. 吾豈
敢復犯故人妻耶? 自今屬之於君 幷庫中錢帛 櫪上諸馬 一切
以歸之. 君居此則留用之 出山則携去之 惟意所欲. 吾則今日
只抽單身 永謝此處. 來頭吾有大厄 死生懸君手 君其勿忘之."

658) 窺見(규견) : 몰래 훔쳐봄.
659) 襯坐(친좌) : 가까이 앉음.
660) 浮浮(부부) : 김이 뿌옇게 피어오르는 모양. *비나 눈이 한창 쏟아지는 모양.
661) 傾盡(경진) : 기울여 다 없앰. 술 따위를 단숨에 다 마심.
662) 餂肉(첨육) : 고기를 낚아챔.
663) 可人(가인) : 쓸 만한 사람. 마음에 드는 사람.
664) 干城(간성) : 간성지장(干城之將). 나라를 지키는 믿음직한 장군.

遂飄然別去. 翌日 李牽出槽上驄665) 駄女駄錢帛而歸. 及李公
顯達 爲捕盜大將666). 自退方 捕劇盜667)大漢而至. 前進細審
則乃山中舊逢賊魁也. 李奇之 備達前事於榻前 不惟寬釋668)
至授捕盜從事官669). 大漢善擧職670) 稱李意云.〈擲劍〉

31 ○昔有一兩班 父母俱沒 少失學 家貧 壯未娶. 第有膂
力膽量 喜射獵. 一日 逐獸入山中 山中有士大夫家別業671).
園林672)第宅673) 極幽靜宏麗. 正寢674)之欄檻675)嶙峋676) 軒牎
敞豁677) 岸山678)之小亭翼然679). 生薄暮680)叩門 寂無人應.

---

665) 驄(총) : 청총마(靑驄馬). 갈기와 꼬리에 푸른빛이 도는 백마(白馬).

666) 捕盜大將(포도대장) : 조선시대 좌우 포도청의 종2품 우두머리 벼슬.

667) 劇盜(극도) : 포악(暴惡)한 도적(盜賊).

668) 寬釋(관석) : 너그럽게 용서하여 풀어줌.

669) 捕盜從事官(포도종사관) : 조선시대 좌우 포도청의 종6품 벼슬.

670) 善擧職(선거직) : 맡은 직책을 잘 수행함.

671) 別業(별업) : 별장(別莊).

672) 園林(원림) : 집터에 딸린 숲.

673) 第宅(제택) : 살림집과 정자를 통틀어 이르는 말.

674) 正寢(정침) : 거처하는 곳이 아니라 제사를 지내거나 주로 일을 보는 몸채
　　의 방.

675) 欄檻(난함) : 난간(欄干).

676) 嶙峋(인순) : 바위나 절벽, 또는 건물 등이 우뚝함.

677) 軒牎敞豁(헌창창활) : 창문이 넓게 탁 트임.

678) 岸山(안산) : 높이 솟은 산.

679) 翼然(익연) : 새가 날개를 편 것처럼 좌우가 넓은 모양.

680) 薄暮(박모) : 땅거미가 질 무렵.

千呼萬喚 始有一處女 低聲對曰, "此是死地 客須速去"客稍近
前 問其所謂死地之由. 處子亦喜人到 不甚隱避 乃曰, "我家本
以豪富士夫 田民財帛無數 而此家宅凶 惡鬼夜夜出來害人 父
母兄弟娣[姊]妹 相繼暴沒. 今夜則當吾次. 吾死以後 則吾門
永減矣."客問, "村中何其無一親戚奴僕家耶?"處子曰, "親戚
奴僕 皆畏惡鬼 避居岸山外. 每夜吾家喪出 則山外族人奴輩
待天明 持擔來到 殮尸出埋而去. 明日 又將來殮我矣. 客何可
度夜於危地 自促其死耶?"生曰, "吾氣魄過人 可以喝逐惡鬼.
主人處子 但供我夕飯 依我經夜 則必無事矣."處女欣然引生
入坐正寢 出廚炊飯以進. 飯罷 客多索燭炳[柄] 處女覓出六兩
燭 近十雙於(壁欌中以出. 生乃開八窓 拓賽諸障子 張大燭於)
四隅以待之. 入夜 女已無人色 身戰不能定 押坐女側而鎭驚.
夜深後 燭影下望見岸山亭子下 忽出黑棺 空中轉來. 棺漸近而
鬼始出 狀貌獰特[681]. 將上階 生大喝一聲 鬼驚而退縮. 生又
出臨欄檻 厲聲責鬼 以無端害人之故. 鬼曰, "人不害我 則我豈
害人?"生曰, "人之害汝者何事?"鬼曰, "此主人 岸山亭子前
柱 直揷吾塚中 壓骨磨齒[682] 痛不能堪 是以報毒 過今夜 滅盡
此門矣. 君自何來 而氣魄如彼. 吾不敢前進矣."生曰, "汝何
不告于此家人 請其毀亭拔柱 而只事虐殺多人耶?"鬼曰, "吾

---

681) 獰特(영특) : 몹시 흉악함.
682) 壓骨磨齒(압골마자) : 유골(遺骨)을 누르고 갊.

雖請此 而無氣人 生見我則怖死奈何?”生曰,“吾當於明日 毁
其亭而拔其柱 汝愼勿復作害於此家. 汝不竣舊習 則吾當掘汝
骸 燒諸火(683)而投諸水(684).”鬼曰,“謹奉敎.”拜謝而去. 其翌
日 果有主家族人 率主家奴僕 持棺而來 將殮處子. 見生在房
大驚以爲惡鬼留至白晝 蒼黃将走. 生曰,“我非鬼也. 我已除
去鬼害 須前來聽我言.”諸人遂還入. 生備述夜間事 主家之族
人 僕僕(685)致謝曰,“今日吾來 已料主家一塊肉 幷已死於鬼
矣. 天幸賴君之意氣氣魄 晏然度夜 自此此家有遺種矣. 處女
旣與男子 共經一夜 更將議婚於何處 君可與偕老 而此家田畓
與奴婢及彼庫中財帛一任 君作主人矣.”生遂率主家奴輩 卽往
岸山 毁亭子 拔其柱. 柱下果有塚 穿骨露骸. 改封以土莎 祭之
以酒果. 於是 避鬼移居之奴僕 續續還集. 稱生以新書房主 競
相賀謝曰,“書房主, 能使吾家阿只氏 死中得生 恩德如天. 奴
輩當盡誠服事矣.”生專管別業 猝成豪富. 琴瑟歡洽 子女衆多
云.〈士大夫別業〉

32 ○昔有某家 庶弟友於其嫡兄. 嫡兄迂闊[濶](686) 斥賣(687)

---

683) 燒諸火(소저화) : 불에 태움. '저(諸)'는 어조사로, 지어(之於)의 뜻은.

684) 投諸水(투저수) : 물에 던짐.

685) 僕僕(복복) : 귀찮을 정도로 번거롭게.

686) 迂闊(우활) : 세상 물정에 어두움.

687) 斥賣(척매) : 헐값으로 내다 팖.

田土. 庶弟隨賣隨買⁶⁸⁸⁾以後 則全數還納 嫡兄不能保守 復爲
出賣. 庶弟又如初 如是者三. 至第三次 則嫡兄固辭不受曰,
"以汝之賢 能爲人所難爲 而緣吾迁劣 再次不得保 更以何顔
受汝所納乎? 汝雖力請 吾決不從矣." 庶弟度其終不受 窃[竊]
自思於心曰, '吾若永永逃去 不使兄知去處 而田畓等棄無主
則嫡兄不得不次知⁶⁸⁹⁾矣.' 遂只齎輕裝 提挈妻子 乘夜逃去.
嫡兄早起而看 則庶弟家虛無人矣. 默揣其逃意 悲歎不已. 厥
生去無指向 行到一處 望見大瓦家 背山臨流⁶⁹⁰⁾ 在而空虛. 問
於隣村之人 則謂以凶家 沒死無人更入矣. 尋訪其家族親 則有
八寸親 在隣洞矣. 往見而請買其家宅 答云, "欲居必死之宅者
誠妄矣. 如不畏死 則當入處 安用費一文買賣[賣買]爲也?" 厥
生曰, "雖曰凶家 旣是大屋 則無価[價]白占⁶⁹¹⁾ 非義也." 固請
成文 納價以數十金買取之. 生遂留頓其家眷於他所 獨往其新
屋 灑掃一室. 點火房宇 留宿其中 明燈危坐矣. 入夜後 聞庭中
有履聲 俄有小鬼 開門引領⁶⁹²⁾以覰 旋卽闔戶退去. 庭有長者
問小鬼曰, "房內有人乎?" 鬼竦身作驚狀以報曰, "主人來矣."
長者曰, "然則好矣." 遂闖然⁶⁹³⁾入來 身長着冠. 生與之揖而坐

---

688) 隨賣隨買(수매수매) : 파는 대로 삼.

689) *次知(차지) : 명사나 대명사 뒤에 쓰이어 그 소유가 됨을 나타내는 말.

690) 背山臨流(배산임류) : 배산임수(背山臨水).

691) 白占(백점) : 값을 치르지 않고 그냥 차지함.

692) 引領(인령) : 목을 길게 빼고 멀리 바라봄.

因問曰, "君是人耶?" 長者曰, "非人也." 生曰, "殺盡舊主人
君難免凶鬼之名矣." 對曰, "吾豈有害人意也? 第吾有所掌重
寶於此業(694) 欲傳授而離去. 每夜訪舊主人 欲說傳宝[寶]之意
則屛魄輒驚窒而死. 吾之留滯漸久 極以爲悶. 今君見我 不驚
不動 君眞寶之物主也. 傳授得人 離此在卽 萬幸萬幸. 此屋第
幾柱礎下有大甕 銀牣(695)其中. 君須出用 而些少留此 可也."
顧謂小鬼曰, "汝所掌小缸 亦同納可也." 小鬼亦指他礎下所
藏. 大小鬼遂辭去曰, "吾等自此逝矣. 君須鎭守好宅 永享多
福." 生遂邀來妻孥 安頓好家. 夫妻齋沐 卜日致祭. 掘其兩柱
礎下 大甕小缸 果如所指. 出而置[買]土 數十里內 良田美土
[畓] 盡爲已[己]有. 遂成無敵之富. 四五年後 歸省其嫡兄. 嫡
兄亦感弟至誠 悔其前過 竭力治生(696) 加辦數石落畓(697)於其
弟 所納本田畓外 謂其弟曰, "吾旣辦一家産 汝須速歸 而還執
汝土." 弟曰, "弟得無限橫財 廣占無限田庄(698). 根基已固 不
得還鄉. 兄須幷管新舊土 好承先祀也." 嫡庶兄弟 各拓(699)庄
土 穩過平生云. 〈嫡庶兄弟〉

(693) 闒然(탑연) : 기회를 타서 느닷없이 행동하는 모양.
(694) 業(업) : 별업(別業). 별장(別莊).
(695) 牣(인) : 가득 참. 충만(充滿)함.
(696) 治生(치생) : 살아갈 방도를 마련함.
(697) 落畓(낙답) : 드문드문 떨어져 있는 논.
(698) 田庄(전장) : 개인이 소유한 전답(田畓).
(699) 拓(척) : 개척(開拓)함. 넓힘.

33 ○黃判書仁儉[700] 未第時 讀書山寺. 有一僧 盡誠服事
粮饌隨供. 積功效勞 靡不容[用]極[701]. 及黃顯達 思所以報
效[702] 而與厥僧聲息不相聞矣. 黃爲嶺伯[703] 巡道內 至一處.
道傍有僧背坐 自後視之 亦可以省識舊樣. 招之使前 則果前日
有功僧也. 黃不勝驚問曰, "汝何以積年頓絶耶?" 對曰, "山間
白足[704] 非便於名士宰相宅門庭[705] 自致如此耳."黃遂命載之
後車 遍隨於巡過邑 還營時仍帶歸 置之冊房 撫愛款[款]洽. 而
語之曰, "汝於我舊勞非細. 雖欲多與錢貨. 然汝是食草衣麻
無所事錢貨矣. 汝及今長髮還俗 則邊將可得. 汝須勿違吾言."
對曰, "山僧有素執 決難從命矣."黃一[日]日敦迫[706]之 而僧
一向牢拒. 黃曰, "願聞汝所執."僧亦不肯吐實. 黃意以爲, '僧
之所執事係隱密.' 一日 屛去知印[707]妓輩 與促膝而坐 謂僧
曰, "今日坐間 如是從容 汝之所執 今可以言矣."僧乃言曰,
"小僧未識大監時 本俗人也. 夕過山谷間見新塚 前有一第屋

---

700) 黃仁儉(황인검,1711~1765) : 조선조 영조 때의 문신. 자는 경덕(景德), 본관
    은 창원(昌原), 재(梓)의 아들. 1760년(영조36) 경상도 관찰사로 나간 일이 있
    음. 시호는 정효(貞孝).
701) 靡不用極(미불용극) : 다음과 힘을 다함.
702) 報效(보효) : 힘을 다해 은혜를 갚음.
703) 嶺伯(영백) : 경상도 관찰사. 경상감사.
704) 白足(백족) : 맨발. 승려(僧侶)를 가리킴.
705) 門庭(문정) : 대문이나 중문 안에 있는 뜰.
706) 敦迫(돈박) : 자주 재촉함.
707) 知印(지인) : 통인(通引). 지방 관아(官衙)에서 심부름하는 아이.

而前有素服少婦挑菜708) 容色頗美矣. 四顧無人 欲就姦之 則
抵死牢拒. 乃以背上擔索 縛其四肢劫姦 姦訖解縛. 而宿十餘
里地酒幕矣. 翌朝 有人來涖幕曰, '某處守墓烈女 今夜自到而
死. 盖緣過去漢 縛其四肢 而劫姦之. 女憤其被辱 而自裁.'云.
似緣自已[己]事 而猶欲得其詳. 復進其處而探覘 則女之親戚
方來收屍 而致死之由 果以自已[己]故也. 靜言自思 憖悔痛疚
俯仰天地 無所逃罪. 雖凡常女子 因我劫姦而自裁 誠可錯
愕709). 況此以常女 廬[廬]夫墓者 何等節烈 而我乃汚之 仍使
之死 神明之嫉我 其當如何? 百爾思量 償罪沒策 獨有薙髮710)
一條路. 喫盡天下苦行 了無人生佳況 似可以稍償我罪故 卽日
爲僧 誓以終身不脫衲. 今豈因大監之勸 徑變其志乎?"黃適於
數日前 點檢殺獄711)舊文書 有道內守令報狀712)辭緣 略曰,
'常女有夫死廬墓者 節行四聞 而被過去常漢之結縛劫姦 遂自
決以死 誠爲慘惜. 願自巡營 分付諸鎭營發捕 期於必捉.'云云.
黃問於僧曰, "汝之始爲僧 果在何年何月何日?"僧詳對之. 黃
潛以參較於舊報狀中月日 則了無相左713) 的是此僧事也. 黃

---

708) 挑菜(도채) : 나물을 캠.
709) 錯愕(착악) : 뜻밖의 일로 놀람.
710) 薙髮(치발) : 머리를 깎음. 승려가 되는 일을 가리킴.
711) 殺獄(살옥) : 조선시대 살인사건에 대한 재판을 이르던 말.
712) 報狀(보장) : 어떤 사실을 상급 관원에게 보고하는 공문서.
713) 相左(상좌) : 서로 어긋남.

使吏 曳下厥僧于獄曰, "汝於我雖是有功人 公法不可枉." 遂鞫覈[714]置之死云. 〈償罪〉

34 ○趙豊原顯命[715] 爲嶺伯 鄭彦恢[716] 爲大邱[717] 通判[718]. 一日 通判造上營 話到夜分[719]而罷. 歸貳衙[720] 解衣將臥 營吏來告曰, "使道有時急事 邀判官主 便服進來." 通判蒼黃加衣冠 到布政司[721]門外. 閽人[722]又告以 "使道主分付內 判官主勿先通[723]去來[724] 直爲入來."云. 入營問曰, "陪語纔罷 夜色向闌[725] 緣何忙招?" 趙曰, "柒谷[726]縣有檢屍事 判官待鷄

---

714) 鞫覈(국핵) : 국핵(鞫覈). 죄인의 죄를 심리(審理)함.

715) 趙顯命(조현명,1690~1752) : 제21화 주 504) 참조.

716) 鄭彦恢(정언회,1677~?) : 조선조 영조 때의 문신. 자는 현도(玄度), 본관은 동래(東萊), 필동(必東)의 아들.

717) 大邱(대구) : 경상도의 한 고을. 오늘날의 대구광역시 지역.

718) 通判(통판) : 조선시대 여러 관아의 종5품 벼슬인 판관(判官)을 달리 이르던 말.

719) 夜分(야분) : 야반(夜半). 한밤중.

720) 貳衙(이아) : 감영(監營)이 있는 곳의 군아(郡衙). '군아'는 지방수령의 관아(官衙).

721) 布政司(포정사) : 조선시대 감사(監司)가 집무하던 관청.

722) 閽人(혼인) : 문지기.

723) 先通(선통) : 미리 알림.

724) 去來(거래) : 예전에 사건이 일어나는 대로 아랫사람이 윗사람이나 관아에 가서 알리던 일.

725) 夜色向闌(야색향란) : 밤이 다하고 날이 새려 함.

726) 柒谷(칠곡) : 경상북도에 있는 고을.

鳴發去 趁日暮修文書還來可也.”判官曰, “事若急則請勿待鷄鳴 炬導卽發矣.”趙曰, “好矣.”通判曰, “第未知殺獄727) 是何許獄事?”趙曰, “柒谷有老徐吏728) 裵以發729) 及其弟時任吏730)裵之發731). 通判往卽枷其兄弟 先問以發. 以子女有無 則必對以獨女 死已久矣. 後使以發兄弟前導 向渠女葬處 掘而檢之 揷屍杖[狀]732)以來. 而厥女兒死時十七歲矣. 編髮頗盛 所着卽玉色紬襦733)藍裳 新襪絲鞋734)耳.”通判遂夜行七十里到柒谷 天方曙矣. 本邑上下 皆以爲‘初無殺獄. 檢屍之事 十分駭怪.’云. 而通判問裵以發之(發)有無 則果有之. 卽捉入着枷 通判問以發曰, “汝子女幾何?”對曰, “元無子 只有一女 未嫁而死. 死已七年矣.”又問, “葬女於何處?”對曰, “關[官]門七里地也.”通判卽向其處 置以發兄弟於馬前. 又使官隷隨之而持鍤 到卽掘破開棺以視之 則衣服不敗 面色如生. 屍體所着衣服 一如監司所指. 脫衣檢屍 不見傷處. 最久[後]伏之而視背 則盖以大石撞其背 泐毀735)結血尙淋漓736) 傷處靑黑. 其餘肌膚

---

727) 殺獄(살옥) : 살인 사건.

728) 老徐吏(노제리) : 늙어서 퇴직한 아전(衙前).

729) 裵以發(배이발) : 경상도 칠곡현에서 퇴직한 아전 이름.

730) 時任吏(시임리) : 현직 아전.

731) 裵之發(배지발) : 경상도 칠곡현의 현직 아전. 배이발의 아우.

732) 揷狀(삽장) : 소장(訴狀)을 제출하는 일. 여기서는 검시(檢屍) 보고서를 뜻함.

733) 紬襦(주유) : 명주(明紬) 저고리.

734) 絲鞋(사혜) : 비단실로 짜서 만든 신.

了不腐於七年間. 盖寃氣所結聚而然也. 卽揷屍杖 修檢狀 盡
枷以發兄弟夫妻 馳往營門 日始向曛737)矣. 卽上罪人於營庭
而訊鞫738)之發 不待刑杖 先自遲晚739)曰, "使道主神明740)洞
見地底741) 小人何敢周遮隱諱742)乎? 矣兄家饒無子 矣身743)
欲以矣身之子繼後. 以爲日後貪取財貨之計. 而兄酷愛744)其
女 每期以女長擇配 使女奉祀 以傳外孫. 而現在兄嫂 卽女兒
繼母也. 乃與兄嫂同謀 誣侄[姪]女以淫行 矣身謂矣兄曰, '吾
家門地是戶長吏房之族 而侄[姪]女穢聞彰著745) 則必枳746)前
程. 莫如早除之 俾不宣露於他人耳目.'云 則矣兄謂以'至情所
不忍.' 終無除去之意. 矣身伺兄之出往經宿 與兄嫂下手於侄
[姪]女. 以石撞背 卽爲隕[殞]命 趁兄未歸 先爲瘞葬其屍體 告

---

735) 泐毁(늑훼) : (살갗이) 갈라지는 상처를 입음.
736) 淋漓(임리) : 피나 고름 등이 흥건한 모양.
737) 向曛(향훈) : 해가 저물어 감.
738) 訊鞫(신국) : 죄인을 신문(訊問)함.
739) 遲晚(지만) : 예전에 죄인이 자기 죄를 인정할 때에 너무 오래 속여서 미안
     하다는 뜻으로 이르던 말.
740) 神明(신명) : 신령스럽고 이치에 밝음.
741) 地底(지저) : 땅속.
742) 周遮隱諱(주차은휘) : 둘러막고 감추어 숨김.
743) 矣身(의신) : 죄인이 취조관에 대해서 자신을 낮추어 이르는 말.
744) 酷愛(혹애) : 몹시 사랑함.
745) 彰著(창저) : 어떤 사실을 밝혀 드러냄.
746) 枳(지) : 해침. *탱자나무.

兄以病死. 矣兄則至今全然未知矣. 此外無可達." 遂成獄[747]
一次刑推[748]俱下獄. 通判問於方伯曰, "使道何以知有此獄一
一洞悉[749]耶?" 趙曰, "昨夜罷送本官 讀周易數編 退燭將寢之
際 有兒女開門闖入 拜告以抱冤求雪. 吾問曰, '爾冤何事?' 女
兒乃悉告始末曰, '死則不必悲 而幼少閨中之身 被淫名以死
爲此至冤. 使道主精神過人故 不有幽明之隔 敢暴伸雪之願.'
吾許以曲施[750]. 女兒乃拜謝而去. 其服色如是如是. 纔送其兒
卽邀通判而送之. 屍體如獄情[751] 豈有差爽[752]之理乎?"

〈柒谷獄事〉

---

747) 成獄(성옥) : 살인사건을 재판하던 일.

748) 刑推(형추) : 형문(刑問). 형신(刑訊). 형장(刑杖)으로 죄인의 정강이를 때
　　리던 형벌.

749) 一一洞悉(일일통실) : 하나하나 모두 꿰뚫어 앎.

750) 曲施(곡시) : 철저히 시행함.

751) 獄情(옥정) : 사건의 情況(정황).

752) 差爽(차상) : 어긋남.

인명 색인 (숫자는 이야기가 수록된 순서임)

옮긴이 **김동욱**

성균관대학교 국어국문학과 졸업
한국정신문화연구원 한국학대학원 문학석사
성균관대학교 대학원 문학박사
현재 상명대학교 한국어문학과 교수

저서 : 《고려후기 사대부문학의 연구》, 《고려사대부 작가론》, 《따져가며 읽어보
는 우리 옛이야기》, 《실용한자·한문》, 《대학생을 위한 한자·한문》

역서 : 《완역 천예록》(공역), 《국역 동패락송》(천리대본), 《국역 기문총화》(연세
대 4책본) 1~5, 《국역 수촌만록》, 《옛 문인들의 붓끝에 오르내린 고려시》
1·2, 《국역 청야담수》 1~3, 《국역 현호쇄담》, 《국역 동상기찬》, 《국역
학산한언》 1·2, 《국토산하의 시정》, 《새벽 강가에 해오라기 우는소리》
상·중·하, 《교역 태평광기언해》(멱남본) 1~5, 《국역 실사총담》 1·2, 《교
역 오백년기담》(장서각본), 《국역 동패락송》 1(동양문고본)

국역 동패락송 東稗洛誦 ❷

2013년 3월 27일 초판1쇄 펴냄

역 자 김동욱
발행인 김흥국
발행처 도서출판 보고사

책임편집 오은아
표지디자인 윤인희

등록 1990년 12월 13일 제6-0429호
주소 서울특별시 성북구 보문동7가 11번지 2층
전화 922-5120~1(편집), 922-2246(영업)
팩스 922-6990
메일 kanapub3@chol.com
http://www.bogosabooks.co.kr

ISBN 978-89-8433-887-6
        978-89-8433-922-4 94810(세트)

ⓒ 김동욱, 2013
정가 15,000원
사전 동의 없는 무단 전재 및 복제를 금합니다.
잘못 만들어진 책은 바꾸어 드립니다.